海岛茉莉

2024
中国年度微型小说

作家网 ▣ 选编　　冰峰 | 张云霞 ▣ 主编

HAI
DAO
MO
LI

漓江出版社
·桂林·

图书在版编目（CIP）数据

海岛茉莉：2024中国年度微型小说 / 作家网选编；
冰峰，张云霞主编 . -- 桂林：漓江出版社，2025.3.
ISBN 978-7-5801-0214-0

Ⅰ . I247.82

中国国家版本馆 CIP 数据核字第 2025W7W803 号

HAIDAO MOLI：2024 ZHONGGUO NIANDU WEIXING XIAOSHUO

海岛茉莉：2024 中国年度微型小说

作家网　选编

冰峰　张云霞　主编

出版人：梁志
责任编辑：黄彦
书籍设计：石绍康
责任监印：张璐

出版发行：漓江出版社有限公司
社址：广西桂林市南环路 22 号　邮编：541002
发行电话：010-85891290　0773-2582200
邮购热线：0773-2582200
网址：www.lijiangbooks.com
微信公众号：lijiangpress
印制：北京中科印刷有限公司
[北京市通州区宋庄工业区 1 号楼 101 号　邮编：101118]
开本：690mm×1000mm　1/16
印张：20　字数：274 千字
版次：2025 年 3 月第 1 版
印次：2025 年 3 月第 1 次印刷
书号：ISBN 978-7-5801-0214-0
定价：48.00 元

目 录
contents

微型小说创作也要扎根人民（代序）

冰　峰（作家网总编辑）

文学创作源于生活，源于人民，这是文学创作的原动力。那么微型小说创作如何深入生活，扎根人民呢？我觉得，主要有三点。

第一，在创作上，首先要有反映人民生活，表达人民情感，具有人民立场的思想意识。要处理好"大我"和"小我"的关系，在表达"小我"情怀、情感和思想的同时，要考虑到人民性，大众能否产生共情，以及守正创新的社会效果。作者本身也是人民，所以要处理好作者个体和人民大众的关系。我们不应该一味地双耳不闻窗外事，在个人的书房里闭门造车，表达自己的小感情、小情绪、小思想，我们应该走出书房，投入波澜壮阔的社会生活当中，与人民一起，同呼吸共命运，共创美好的未来。

微型小说《此处再无风景》写的就是邪不压正的官场故事，具有人民立场。汤局长来 Y 局工作，考虑的不是如何开展工作，他首先关注的是办公大楼的风水。他上任的头一日，就围着办公大楼兜了三圈，终于瞅出了毛病：大门的方向有问题。翌日，汤局长就召开会议，决定改变大门的方向，工程不小，耗资五百多万元。改门不久，黄副局长就遇上了车祸，他觉得改门改了风水，所以出了车祸。于是他趁汤局长出差的机会，把门又改了回来，耗资四十多万元。汤局长回来后，看到黄副局长和自己对着干，于是想办法把黄副局长挤到了下面的乡镇，做一个副镇长。之后，汤局长自己也因为受贿被降职。一场闹剧结束，具有党性原则的尤局长上任，强调："你们有闲心瞧'改门'的风景，为何不把精力放在工作上，为老百姓多办些实实在在的事？"从此，Y 局上下，大家都在努力工作，再无人对改门感兴趣。两年后，尤局长被提拔为副县长。

可以说，邱宗植的《此处再无风景》弘扬的是正能量，对心中有鬼，看风水，讲迷信的糟粕思想和行为给予了批判。所以，对于作家来说，心中那种见不得光的，阴暗的情绪要进行自我消减，冷静处理，同时，要把那些阳光的、积极的、正能量的情绪和思想表达出来，去感染读者，感染社会，从而实现文学作品的社会意义和价值。

第二，要创作人民喜闻乐见的作品，去除庸俗化、低级趣味化，要多写表现人民生活细节的作品。王爱红《南湖边上的女子》，就是一篇表现人民情感的作品，其人物内心的描写，细腻、真实、生活化。在小说中，作者偶遇南湖边上的女子杨洋，他们没有出现火热的、一见钟情的粗俗场面，而是宛如清风吹过，给读者留下了一缕淡淡的清香，让人回味、品读其余韵。作者写道：

"我和杨洋散步在南湖湖畔，南湖旖旎的美景尽收眼底。太阳劲照，万里无云，杨洋十分得体有分寸地给我打着一把遮阳伞，她自己大半个身子暴晒在夏日上午灼热的阳光下，汗水早就像一粒粒珍珠挂在了她的脸上。杨洋擎伞的姿势略显疲劳，我几次从伞下退出来，我们的脚步就有所凌乱。我说一声，我喜欢晒一晒这里的阳光，不要争让，便把伞留给了杨洋。"

小说里的"我"没有失控、放纵，更没有用粗俗的伎俩"勾引"心仪的女子，而是以节制的、有礼貌的、有理性的姿态完成了散步的人性"考验"。这样委婉的、含蓄的、彬彬有礼的情绪表达，正是中国人几千年文明在"我"身上留下的烙印。

当然，人非草木，孰能无情。"我"也有过激烈的情感涌动，甚至在红船上"想大声地呼喊，想像胜利之吻一样拥抱一个人，想纵身一跃跳进南湖，畅游南湖，采菱、捉蟹……许多念头一闪而过，我是个规矩人，什么都没有干，只举起随身携带的佳能最新款式的单反照相机长焦镜头，以红船为背景……按动快门，给杨洋拍了几张照片"。但"我"什么也没有做，没有逾越男女之间的红线，更没有庸俗化和低级趣味化。

换一个角度看，对于"我"和杨洋而言，或许擦肩而过的情感，是一生的遗憾。但人生的选择是多样的，留下一缕清风吹过的淡雅记忆，一种人生的美好，一幅蕴藏着美妙故事的画卷，不也是一种选择吗？否则，小说怎么会给人留下那么清澈、干净、余韵无穷的结尾呢？

"前几天，我突然收到杨洋给我寄来的一幅画，画中，树荫婆娑，一对情人的倒影躺在水中，随着水的微波跳动。我仔细看去，倒影中的男孩，居然是我年轻时候的样子。"

第三，在讲好中国故事、传承中华文脉的同时，要处理好人民性和时代性的关系。文学作品的人民性是与生俱来的，有着悠久的历史。《诗经》是我国第一部诗歌总集，其作品结集的时间大概在西周初年至春秋中叶。《诗经》的编者已无法考证，但有一点可以明确，里面的作品大部分是采集于民间大众之手，凝聚了当时人民的集体智慧，而面向的也正是人民群众。正因如此，《诗经》才得以具备传诵几千年而不衰的强大生命力，并对后世诗人的创作产生了巨大的影响。总的来说，《诗经》的编著，彰显了人民的智慧，反映了人民的苦乐，具有深刻的人民性。而我们的时代不同了，日新月异，波澜壮阔，人民在不断创造新的时代。那么在新时代，如何书写人民，表现人民，歌颂人民，应该也是我们每位作家应该承担的新课题和新任务。

刘斌立的《麦客秦川》，写出了最后麦客的伤感。时代在发展，大型收割机的出现，让麦客成了一段历史。作者写道："那是关中平原一个夏季的黄昏，坐在高岗上的麦客落魄地抽着烟。眼前是一字码开的四台联合收割机。在高速的行进之中，这绵延不绝的麦浪前赴后继地倒下了。在机器的轰鸣中，再桀骜的麦子也妥妥地折服在了现代机械面前。一并被折服的不仅是麦子，还有秦川。"

小说里的麦客是伤感的，但对于收割机的出现又充满了赞叹。收割机的诞生，解放了生产力，让几千年"日出而作，日入而息"的农民获得了解放。但对于麦客来说，却失去了工作。故而，人民性和时代性的关系是复杂的，充满了辩证关系。

纵观天下，一个时代的车轮碾过之后，许多职业消失了。小时候常见的弹棉花的、补鞋的、补锅的、修钢笔的、拉板车的、演木偶戏的、修钟表的……

已经快看不到了。取而代之的，是高铁、飞机、宇宙飞船、航空母舰、智能手机、智能汽车、网络、微信，等等。新的信息覆盖了我们的全部生活。一夜间，我们的生活开始变得紧张而慌乱，以前那种悠然自得、闲情散漫的生活节奏不存在了。

当然，在生活的挤压下，有些人的心态变了形，让人看到了一种说不清楚的悲哀。如原上秋的微型小说《把爱情放在大房子里》，小说中讲述的，就是一种扭曲的社会现象。为了儿子的婚姻，当父亲的居然脱离了生活的轨道，变得荒唐起来。看下面的一段对话，总觉得有一种说不清楚的伤痛弥漫在我们的生活里。

"堂哥说，在县城买一套房子。

"她又问，你家有多少，还需要借多少？

"堂哥说，手头有七八万，要借二三十万。

"她一听吓一跳，接着问，多大房子？

"堂哥说，一百八十平方米。"

看了这段对话，似乎觉得堂哥的行为有点滑稽，但透过人物，我们也似乎看到了人物之后的时代底色。过去几千年，我们延续了农耕时代的生活方式，人们与踏实的土地打交道，一步一个脚印，生活节奏井然有序，悠闲质朴。而现在，科技、资本、信息爆炸覆盖了我们的生活，点燃了人性的欲望，很多人变得贪婪了，没有节制了。俗语言：借米看谷窖，堂哥手头只有七八万，却要借二三十万付一百八十平方米房子的首付，这种超乎常规的行为，其结果肯定是一个悲剧：堂哥借到了二十多万，差一点够首付了，但他突然死了。

可以说，这是一场闹剧，也是一场悲剧，小说给予我们的，是警醒和告诫：人的行为不能没有底线，不能没有正确的人生观。儿媳妇有外遇，儿子郁闷，染上了赌博的习惯，输掉了三十多万。父亲没有正确对待这件事情，而是以借款买房，用满足儿媳无理要求的方式来拯救已经崩塌的家，结果，逼死了自己，家也没了。

当然，这篇微型小说所写的是一种社会现象，是个例，不具有普遍性。但对于读者来说，小说中的人物给读者留下的却是深深的思考。人的欲望，会随着自身所处的环境而改变。我们再来看看儿子和儿媳的关系是如何改变的：

"结婚后小日子过得还不错，儿子干装修，挣得也不少。儿媳妇在家种地、带孩子。如果一直这样过下去，根本就不会有借钱买房这回事啦。后来，儿媳妇给县城一家驾校当教练，心野了。"

可以看出，儿媳变坏，是因为自身的生活环境变了，如果她一直生活在农村，没有那么多诱惑，她或许就不会变坏。由此可知，环境一旦改变，人性的弱点就会暴露出来。上个世纪八十年代之前，农村人能吃饱饭，能按季节穿上衣服就不错了。小说中的堂哥是不可能到县城买房子的，儿子也不会出现赌博输掉三十多万的事，儿媳也没有去驾校当教练的可能。因为那个年代，没有商品房，也没有几辆汽车，更不会出现赌博的场所。而时代在发展，一切都在改变。物质丰富了，人的欲望、追求、梦想也不同了。

但无论如何，社会是发展进步的，时代的车轮在滚滚向前。所有的发展，所有的辉煌成果，都是人民创造的，是人民智慧和劳动的结晶。在新时代，如何书写人民，书写时代，歌颂伟大的祖国，处理好人民性和时代性的关系，应该说，既是我们作家的光荣任务，也是我们作家应该思考的问题。

2024 年 10 月 23 日于北京

荷香茶

凌鼎年

周家世居古庙镇好几代了，早先是镇上的大户人家。到周寒冰父亲这一代，已败落了。所幸周寒冰父亲留给了他一栋平房。房是老房子，不起眼，院子很大，院中还有个小水池，依稀能见旧时私家园林的轮廓。

周寒冰最喜欢的是周敦颐的《爱莲说》，认为这是周家的骄傲。虽说查了几次也未查到他是周敦颐一脉后裔的文字证据，但他自认为至少是周敦颐的精神后裔。

有了这种想法后，他把业余时间全放到了种荷上。他把淤塞的小池拓宽拓阔，把池中之泥堆成土坡。坡上植梅，池中种荷。开春，他欣赏"小荷才露尖尖角，早有蜻蜓立上头"的景色；入夏，他陶醉于"映日荷花别样红"的意境里；深秋，他体会"留得残荷听雨声"的趣味。

渐渐，周寒冰不满足于一般性地种一池荷花了，他开始搜寻荷花佳品。功夫不负有心人，他先后觅到了大洒锦、重台莲、并蒂莲、红千叶、寿星桃、千瓣莲、大碧莲、中日友谊莲等名贵品种，像大洒锦，花型大，香味浓，颜色奇，白底红边绿镶条，宛如荷花中的皇后。周寒冰对这亭亭净植、香远益清的花中君子爱之日深，推而广之，他又爱上了碗莲，他种了一盆又一盆，其中有"白雪公主""娇客""娃娃莲""醉杯"等，皆是名品名种。几年下来，他家里，院中有荷，池中有荷，窗台有荷，书桌上有荷，大大小小，一百多盆，每到夏秋之际，周寒冰观叶观花观莲，真所谓其乐无穷。

他客厅里挂的是《墨荷图》《菡萏图》《接天莲叶无穷碧》，书桌玻璃台板下压的是他自摄的荷花照片，他还请同邑的大书法家苏人望先生题写了"国香轩"的斋名，一看便知主人乃真正爱荷人。

常言道"物以类聚，人以群分"，周寒冰交结了一帮荷友，荷花盛开期间，隔三岔五小聚赏荷。偶尔还有外地光临小镇的文艺界朋友慕名前来赏荷呢。

凡有客至，周寒冰必以上好的碧螺春茶待客。若是稀客，又是性情中人，若提前三天知道的话，他就以荷香茶来待客。

据说荷香茶乃元代大画家倪云林之发明。

周寒冰待夜色漫开，暑气消散后，取龙井茶叶一撮，用洁净的白纱布包之，然后选一朵晨来刚开的荷花，放在莲房之上。荷花特点，朝开暮合，夜晚放入，那茶叶即被荷花瓣包裹住了，待清晨荷花绽放时取出。吸收异味乃茶叶之特性，尤以龙井为最，这一小包龙井茶经一夜之吸收，荷香尽吸其中，花露也尽吸其中，可挂阴凉之处晾干，夜来再放入，晨来再取出，再晾干，如是三夜，此龙井茶叶既得荷花之馨香，又得天地之精华。再用洁净之水泡之，立时清香扑鼻，闻之荷香缕缕，呷之沁人心脾，即便最挑剔的老茶客也常常赞不绝口。

荷香茶有季节性，因此能在周寒冰家喝到荷香茶的并不多。

一日，娄城的摄影家裘一鸣打电话来说要拍些荷花照片。

裘一鸣以拍花鸟鱼虫照片见长，特别是拍静物，确实有自己独特的心得。

这次海内外数家单位联合举办"2024国际荷花摄影大赛"，这是国际性大赛，裘一鸣自然看重，拍花本是他的强项，他一副志在必得的样子。据说不少参赛者都拥到苏州拙政园、南浔小莲庄去取景了。裘一鸣寻思，园林里的荷不免大路货，且你能拍，他也能拍，缺乏与众不同的竞争力。如何发挥静物的特点，又在取景上避免雷同呢？裘一鸣想到了周寒冰家的荷花。说起来仅一面之交，交情不深。不过无妨，裘一鸣甚至认为有些事，浅交比深交好，君子之交淡如水嘛。

裘一鸣在娄城文艺界是有点知名度的。周寒冰对这位同道的拜访，很是高兴，已预先准备了荷香茶。如今古庙镇也用上了自来水，或许是水质污染的关系，用自来水烧开后泡出的荷香茶那味总逊色好几分。因此周寒冰都是用井水的。当然，按古人说法，最好是无根之水，即天落水。也是巧，前天一场雨，周寒冰收好了一小缸夏雨水呢。

裘一鸣一到，好客的周寒冰就要泡荷香茶待之。裘一鸣摆摆手说："先别忙喝茶，早晨的光线最柔和，最适合拍带露荷花。先拍摄，再喝茶，好不好？"

这种艺术家的敬业态度立时博得了周寒冰的好感。于是，两人来到院中，周寒冰如数家珍地一一告知这盆叫什么名，那盆叫什么名，这盆以花型大闻名，那盆以香气足传世……

裘一鸣心不在焉地听着，他的眼睛却如鹰隼般扫视着每片叶，每朵花，从不同的角度捕捉着别具一格的画面构图。"好花，太好了。"不一会儿，他就沉浸在自己的发现之中，似乎已忘了周寒冰的存在。

周寒冰倒并不在乎他这种态度，他反认为搞艺术的就该有这种痴迷劲头。

裘一鸣拍了几张后，发现周寒冰一直在身边陪着，就对他说："你忙你的，我一个人拍，静心些。"

周寒冰想想也是，怕干扰了裘一鸣的构思，就悄悄回了屋。他泡好了荷香茶，只待裘一鸣拍好，一起赏荷品茗，聊上一聊。

裘一鸣整整拍了两个小时才恋恋不舍地回到屋来，那脸上抑制不住兴奋。他望着那满院的荷花说："如果我家有这么多荷花，每天早上来选景拍几张，不获奖我不姓裘。"

"随时欢迎你来拍。"周寒冰很真诚。

"我走了，荷香茶下次来喝。我得赶紧回去冲印出来，所谓先睹为快。"

周寒冰虽觉遗憾，却很理解他，一直把裘一鸣送到门口。

送走裘一鸣后，周寒冰才发现裘一鸣为拍摄到理想的荷花图，做了不少所谓的艺术加工，诸如这盆摘掉一柄荷叶，那盆剪掉一朵荷花插在这盆里，或者剪了几盆的莲蓬，集中插一盆中……

周寒冰对荷花盛情之深，有如生命，他甚至连残荷都轻易不剪枝修叶，没想到裘一鸣他会如此对待神圣的荷花。周寒冰对他的好印象一下丧失殆尽。周寒冰气呼呼地回到屋里把为裘一鸣泡的荷香茶泼了。心里想，幸亏他没喝，他这种人不配喝荷香茶。

原载《中文导报》2024 年 8 月 22 日

此处再无风景

邱宗植

汤局长一接到调令，要他去 Y 局上班，就心惊胆战。

汤局长知道，Y 局的前局长马某，上任不及一年，牵涉到一个经济要案被革了职。马某的前任局长吴某，年仅 37 岁，上任刚三个月，便脑溢血遽然辞世。吴某的前任局长刘某，也没有好结果，上任八个月就与女下属闹出了绯闻，不久便匆匆调离。

大家都说，Y 局的一把手不是被革职就是英年早逝，或者出了别的什么问题，那里办公大楼的风水一定不行。

汤局长不想去 Y 局，就去找县领导。

县领导说，"军令如山"，不去不行。

汤局长只好硬着头皮去。

汤局长到 Y 局上任的头一日，就围着办公大楼兜了三圈。

汤局长平日里看过一些风水书，对风水颇感兴趣。

果然，汤局长瞅着瞅着就瞅出了毛病，原来大门设在大楼的背面，正犯坐煞。

翌日，汤局长就召开会议，决定改门。

汤局长说："不知大家是否发觉，咱们办公楼的门不对劲，应该改一改。"

"门咋不对劲了？"黄副局长问。

"大楼坐南向北，门却由南边进，当然不顺。好比一个人，正面迎敌不可怕，就怕有人从你背后捅一刀。"

"当初设计建筑时，门的位置就如此，有改的必要吗？"

"不改就不是最佳位置，无论干哪项工作，咱们都得讲究'最佳'嘛。"

碍着新局长初来乍到，大家为了顾全班子团结大局，就勉强通过了改门方案。

于是，那路舍近求远，沿大楼侧面绕道从北面进门。门前拆迁了一座民房，建起了一座小花园，工程耗资五百多万元。

谁知，改门不久，黄副局长就遇上车祸。

在一次出差途中，司机小吴因疲劳驾驶，宝马轿车摔下了河道。小吴遇难，黄副局长两根肋骨断裂，在医院里躺了三个多月。

黄副局长想，汤局长一上任就忙着改门，葫芦里卖的到底是哪门子药。门的风水生死攸关，能随便改吗？

办公楼刚刚改了门，自己就遇上了车祸，兴许这改门后的风水对汤局长有利对自己不利。

出院之后，黄副局长背地里请了风水先生，欲弄清办公楼改门到底是吉还是凶。

风水先生绕着大楼兜了三圈，然后拽住黄副局长的衣角，悄声道："此门从北到南，那方向与您的生辰八字正好相克，大凶大恶哩！"

"有无救治办法？"

"将门改回从南而进，与您的生辰八字相符，便可化吉。"

"有无别的办法？"

"没有。"

从此，那门成了黄副局长的眼中钉，每回上班走入大门，车祸刚刚愈合的伤口又阵阵发痛，宛若扎入了刀子。

黄副局长就有了心事。

五月，汤局长到外地考察，一走就是二十天，单位的工作由黄副局长临时主持。

汤局长出差的当日下午，黄副局长便召开了会议，决定将办公楼的门改回原处。

黄副局长说，大楼的门从北边进，不但多走弯路，而且与大楼的布局极不协调。

多半人认定，当初改门的决定是错误的，必须纠正。

于是，原来的大门封口被重新打开，并进行了一番装修。

重新修建后的大门金碧辉煌，门前路的两侧围起了不锈钢栏杆，栏杆外摆置了盆景，豪华而气派，耗资四十多万元。

黄副局长觉得舒坦多了，旧伤的疼痛日渐消失。

傍晚，汤局长忽然回到了机关。

到了门前，司机还未发现大门已改回了原处，汤局长就让司机停车。

汤局长下车在门前瞅了一阵，一挥手对司机说："走，咱们不进此路，走北路！"

谁知，北面的大门已被堵塞，墙前堆满了剩余的脏兮兮的砖块。

汤局长脸色骤变，脸上的肌肉抽了几抽，半日说不出话来。

现在，汤局长坐在办公室里，那柔软气派的高背椅不再让他舒坦，总觉得脊背阵阵作痛，宛若被人捅进了一把刀。

汤局长觉得迟早要出事。

汤局长认定，只有把路改回北面，才能化吉。

汤局长就有了心事。

不久，一纸调令飞来，黄副局长突然被调到乡镇当副镇长去了。

黄副局长不想离开县城，就去找县领导。

县领导说，你不会协调与一把手的关系，整天搞"窝里斗"，若不及时调走，对工作不利嘛。

黄副局长调走没几日，办公楼的门又改回了北面。

可万万没想到，半年后汤局长因受贿降了职，被调到县工会当了一名普通干事。

一名姓尤的副局长，被提拔为了局长。尤局长是一名转业军人，在地方工作已经五年，至今仍然保留着军人的作风与气质。

这一回，有好事者便等着瞧尤局长的笑话，他到底会不会把办公楼的门改回南面呢？或者他也来一番捣鼓，把门改到别的什么方向。

谁知，尤局长闭口不谈那门的事，全身心扑在工作上。

一日，一名下属半开玩笑地问尤局长，汤局长与黄局长把门改来改去，到底谁改得好呢？这门啊，弄不好还有更佳的方向呢。

另外几个好事者附和道，是啊，眼下办公楼大门的方向，不知是否与您的生辰八字相克，这可直接关系到您的前程哩！

尤局长突然表情严肃起来，对着他们喊出了口令。立正！向前看！稍息。你们给咱听好了，从今往后，别在咱面前提改门的事。你们有闲心瞧"改门"的风景，为何不把精力放在工作上，为老百姓多办些实实在在的事？本局长明白告诉你，此处再无风景！

好事者们脸上红得肉熟，无地自容。

从此，Y局上下，大家都在努力工作，再无人对改门感兴趣。

两年后，尤局长被提拔为副县长。

原载《荷风》2024 年春夏卷

量子纠缠

刘国芳

单位有个同事要给刘玉介绍对象，他们跟刘玉说统计局有个男的，条件不错。话还没说完，刘玉就说自己还不想找对象。说过，刘玉就出去了。单位有个芳芳，才调来不久，芳芳在刘玉出去后问同事："统计局我熟，你想把哪个人介绍给刘玉。"

同事说："向南。"

芳芳说："向南呀，我熟得很。"

同事说："我觉得向南挺优秀的。"

芳芳说："的确。"

同事说："其实他和刘玉挺般配的。"

另一个同事则说："可人家刘玉根本不想找，好多人都想给她介绍对象，她都不见。"

芳芳说："到时我来跟她说说。"

同事说："没用，刘玉好像真不想找，想找，也不会三十岁了还不把自己嫁出去。"

芳芳笑了笑。

这一天就过去了，第二天，刘玉上班，看到几个同事在听芳芳说着什么，刘玉就问芳芳："说什么呢？"

芳芳说："量子纠缠。"

刘玉看着芳芳。

芳芳说："你们知道量子世界的诡异吗？当没有观测它的时候，它表现出来是一个波的属性，当它知道有人在观察它的时候，它马上就变成粒子属性。换句话说，观察者可以影响被观察者。用我们中国的一句古话来说，就是念念不忘，必有回响。"

一个同事说："好神奇哟。"

有一天，刘玉下班回家的路上，看到一个老人摔倒了，路上好多人，但都不敢去扶。刘玉没犹豫，过去扶起老人并打了110。这事，并没有像传说中的那样，刘玉惹上了麻烦，相反，老人的家人还到单位来感谢刘玉。等他们走后，单位一个同事夸刘玉说："现在像你这样敢扶老人的人真不多。"

芳芳接嘴："也有，我认识一个叫向南的人，就扶过摔倒的老人。"

刘玉便看了芳芳一眼。

此后，时不时地，芳芳会在刘玉跟前说到这个向南。

一次刘玉哼着歌来上班，韩红那首《天路》，芳芳听了，就说："已经好几次听你哼这首歌了。"

刘玉说："我很喜欢这首歌。"

芳芳说："我认识的那个向南，也喜欢哼这歌。"

刘玉"哦"一声。

又一次，刘玉手里拿了一本《作品》杂志。芳芳就问刘玉："你还喜欢看这种纯文学的杂志？"

刘玉点头。

芳芳说："那个向南也喜欢看纯文学的杂志，我还说过他，说现在的人都看手机，谁还看纸刊。"

刘玉说："有时候我觉得纸刊更有内涵。"

芳芳说："向南也是这样说的。"

刘玉说："那我跟这个向南的观点还挺相近的。"

这天，芳芳在田径场跑步，跑着时，忽然看到刘玉来了。芳芳便跟刘玉打招呼，还说："你也喜欢跑步呀，一起跑。"

刘玉点头。

便一起跑，但刘玉跑得慢，芳芳跑得快，她们根本不在一个步频上。后来，芳芳还是按照自己的步频跑，差不多要比刘玉快一倍，也就是刘玉跑一圈，芳芳便跑了两圈。跑了几十分钟，她们歇下来，这时候刘玉说："你跑得太快了，对身体不好。"

芳芳说："你怎么跟向南的观点一样，他也说我跑得太快了，会伤身体。"

刘玉说："多次听你说到向南，好像我们的观点真的差不多。"

芳芳说："要不我引你们见一下？"

刘玉说："倒也可以。"

毫无疑问，后来刘玉和向南见面了。

让单位一伙人意外的是，后来刘玉居然和向南好上了，也就是他们恋爱了。有人记得芳芳曾经说过她认识向南，便问芳芳："是你介绍的吗？"

芳芳点头。

同事说："任何人跟刘玉介绍对象她都拒绝，你是怎么做到的？"

芳芳说："量子纠缠。"

同事说："听不懂。"

芳芳说："就是用我的意识影响刘玉呀，这就叫量子纠缠。"

这话一说，大家好像听懂了，都点头。

原载《小小说月刊》2024 年 6 月上半月刊

林中怪物

陈　炜

深秋的一个早晨，西罗王国大剑客皮塔斯备好马匹、武器和干粮，独自从都城向北境山林进发，寻找林中怪物。

王国北境是连绵群山，林海茫茫，人迹罕至。

皮塔斯第一次听到林中怪物的传闻，是三个月前他刚回到西罗王国时。在港口的酒店，一群好友为他设宴洗尘。叙说完游历中的数次重要决斗，皮塔斯问起一年来西罗王国的政情与奇闻。一个传闻引起他的兴趣：北境林中有怪物，见者无一生还。觥筹交错间，他无暇问及太多。回到都城不久，王室卫队剑术教官、老友阿亚桑来向他辞行，要去除掉林中怪物。皮塔斯打算同行，但老友坚拒。阿亚桑一去无回，王国中都在传说，再出色的剑客在林中怪物面前也毫无抵抗之力。皮塔斯再也坐不住，除掉怪物是他唯一的目标。

十天后，皮塔斯进入了北境山林。数天后，他开始怀疑传言是不是妄言。白天林中秋景灿烂，夜间林中清幽寂静，让他难以想象会有怪物出没。也许，阿亚桑只是在林中走失了？

皮塔斯打算回去，干粮即将耗尽，再搜寻下去，怕是再走不出山林。

忽然，天空暗了下来。皮塔斯暗叫不好，没等他做出反应，意识就消失了。

醒来时，皮塔斯身处石室。他没发现身上有伤，连一点不适都没有。无疑是落入林中怪物之手，但为什么没受到伤害？难道要被长期囚禁？

皮塔斯多年来第一次感到恐惧。他想逃离石室，但连门都找不到。空气静得令人发慌。有一丝声响也好，哪怕是怪物的嚎叫。

就像有感应，石室里传进声音。"你是皮塔斯吗？"

"你是谁？请站出来！"皮塔斯大声吼着。

"从外形看，你确实是皮塔斯。"那个声音说，"但不是我以前知道的那个皮塔斯。"

"你到底是谁？"

"我是你们认为的林中怪物。"那个声音说，"我无处不在。"

"我从未见过你。你怎么知道我？"皮塔斯问道。

"我很早就知道你。所以我说你是皮塔斯，又不是皮塔斯。"

皮塔斯惶惑了，这怪物之所以是怪物，是因为纠缠不清？

石室里突然黯淡下来，眼前出现一个修长少年，活灵活现，但通体闪着幽光，一看就知道不是真人。

"这是谁，你认识吗？"那个声音问道。

皮塔斯看着眼熟，但一下子想不起是谁。

"这是三十年前的你啊。"

皮塔斯愣住了。

修长少年动起来，手中长剑舞得风雨不透。皮塔斯认出这确实是少年时的自己。那一天，他终于将师父传授的剑法练通，满心喜悦。

闪着幽光的少年消失了，石室黯淡下来。石室忽然又转亮，眼前出现一个高大的青年，背负长剑向一个老人道别。皮塔斯认出，这是青年时的自己。那一天，他辞别师父，开始游历天下，立志做一个侠士，除尽世上奸邪之徒。

背负长剑的青年一眨眼长出了浓密的胡须，割下地上一具尸体的衣襟，擦拭着沾血的剑。这也是他。皮塔斯想起，那是索拉斯王国的一个剑客当面质疑他的剑术，他当时笑容不减，夜间悄悄追出，在荒野背后一剑刺死这个对他不敬的人。这一天前，他们从无任何交集。

下一个出现的应该还是自己，皮塔斯想。果然，闪着幽光的皮塔斯脸上有了深深的皱纹和疤痕，站在船头，下令船工立即解缆起航。他记起，那天他身藏刚刚找到的稀世珍宝抢先回到船上，把两个同伴甩在身后，骗船工那两人已在藏宝洞丧身。

最后出现的皮塔斯和现在几乎一模一样。那是他最近一次游历的末尾，在百丈山崖上，他一把将身边的女伴推落。他和她相识半年，如胶似漆，她愿意跟着他哪怕没有名分，但他不能带她回家，在西罗王国，他是一个不好色的硬汉，一个敬爱妻子的好丈夫。

"皮塔斯，我认识你好多年了，"林中怪物说，"很久之前起，我开始不认识你。你还认识自己吗？"

皮塔斯无语。这么多年来，这个问题只是偶尔在深夜于心头闪现，随即深深埋起。在这个石室里，在这么多不同年龄的自己面前，他只能得出一个结论：几十年之后，他变成了自己年轻时痛恶的人。

"你要除掉我吗？"皮塔斯问。

"不，我不会除掉任何人。"

"那么，你要把我终身囚禁在这里？"皮塔斯又问。

"你现在想回去吗？"

皮塔斯说："不，我宁愿待在这里。"

"好吧。"林中怪物说，"如果有一天不愿意待在这里，你随时可以离开。"

皮塔斯静处石室，不知过去了多少时候。他总是想着不同年龄的自己，把这样的禁锢当作赎罪。终于有一天，他决定离开，家中的一切都是他拼命赚下的，他要回家颐养天年，终身不再游历。

皮塔斯有些疑惑地朝着石室的石壁走去。黑魆魆的石壁就像空气，一触即穿。他发现自己站在一处山崖下，脚边是他的行囊和长剑，但马已不在。

背起行囊和长剑，皮塔斯看着太阳的方位，朝林子的边缘走。走过一处陡壁，眼前一道山溪，清水流淌。他放下行囊，想掬一把山泉水解渴。他忽然发现，窄窄的山溪对面有人正看着他。

这个人是阿亚桑。

几乎同时，皮塔斯和阿亚桑都抽出了长剑。

耳边响起呼呼的声音。皮塔斯知道，这不是林中怪物的声响，只是山风而已。

原载《作品》2024 年第 3 期

恋爱戏

孙毛伟

　　和小芸见面是在奎河岸边的左岸咖啡屋。

　　小芸一脸高深莫测的冷峻，声音冷得像从冰冻的河面上吹过来的："很抱歉。我并不想谈恋爱结婚。是父母逼得紧，我才想找一个人装作恋人给父母看。你能帮我吗？当然你还可以和别人正常恋爱。你的付出我也会付报酬。"

　　什么？这叫个什么事？凭什么？我心头火起，但很快平息了，而且很没自尊地点头答应了。在美女面前我完全没有抵抗力。她长得很漂亮，只一眼我就全身心地沦陷了。我的心不容我放弃，哪怕是演戏，我也愿意陪她演下去。谁能说到头来就一定不会是个柳暗花明弄假成真的结局呢？

　　几天后我粉墨登场。小芸打电话说爸妈要见我，我爽快答应。我说："你爸妈的脾气性格兴趣爱好什么的能给我说说吗？我好有个准备。"她说："不必了。记着多赔笑脸少说话就行了。"周日下午，她在她小区大门前接上我。到她家门口，我自然地捞起她的手拉上，却被她一把打掉："你干什么？"我说："装情侣嘛，总要亲热点才像嘛。"她正色道："用不着。人到了就行了。"

　　她爸妈对我的到来显得欢欣鼓舞，能感受到这家人太需要一个姑爷了。我遵旨多赔笑脸少说话，始终保持笑模样，脸上肌肉拿捏得都要痉挛了。说话也尽量说短句，像三句半的最后半句。全过程有惊无险，惊的是她妈的一句话。她妈对我说："小芸太任性了。婚姻那么大的事，她就是不当回事。眼看三十了，你说我们做父母的能不急吗？催急了，你说她怎么着？她让同事冒充男朋友来糊弄我们。后来一了解，人家男的孩子都上托儿所了。哦，对了，你不会是假冒的吧？"嚯！敢情这伪男友我还不是第一任啊！这女人，她得有多不想嫁啊！我赶忙用铿锵的话语掩饰心中的虚怯："那怎么可能！我当然是真的。"

首演成功。她父母对我似乎挺满意，始终笑得很开心，像钓到了金龟婿似的。回来后，小芸向我的微信上转了一千元钱，附了三个字的说明：劳务费。我没收钱，回了她一个不屑的表情。

有国际知名乐团来本地演出，我买了两张票邀请小芸听音乐会。谁知我热脸蹭上了冷屁股。电话里她先是沉默，然后忽然说："你不会是想打我的主意吧？"我惊出一身冷汗。眼下我的"险恶"用心还不能让她看穿，希望她只是无的放矢的敲打。我一脸真诚地说："天地良心，我绝对没这么想，至少现在没有。我听你说过喜欢音乐，所以请你陪我，不，是我陪你去听。"她继续敲打我："你可不能假戏真做哦。"我说："咱不做恋人做朋友总可以吧。我做你的男友担当，不会连朋友也不是吧。"她"嗯"了一声，算是勉强同意。看音乐会的时候，尽管心猿意马，我表现得还是很绅士，做出专注欣赏音乐的样子，身体始终和她保持至少一拳的距离。

小芸爸妈要求小芸每月第一个周末邀我去她家吃晚饭。有吃饭这个环节，对我是再好不过了——我有一手好厨艺。每次去我都抢过围裙一头扎到厨房里做饭。这样，既可以讨二老的欢心，又能减少和他们交流，免得假戏穿帮，包子露馅。

二月的第一个周末，小芸没邀我。我打电话问她，她说她妈新冠住院了。我说我去看看。她说不用。我骑上车子就去了医院。她妈病挺重，各种办法都用了仍无好转。医生说只有输新冠康复者的血液这一招了，但现在血库没这种血。我不失时机地说："我刚好上星期染上新冠，三天痊愈。我是 O 型血，就抽我的吧。"我随即撸起袖子。很快我这伪男友的 400 毫升鲜血就输进伪准岳母的身体里。过后我得意地对小芸比画了个剪刀手。小芸似乎轻松了不少，但脸上仍然冷冷的，瞥了我一眼吐出三个字："马屁精。"过几天，小芸微信我说妈病愈出院了。又打给我两千元，还是三个字的说明：营养费。这次我回的是笑脸，钱没收。

"五一"小长假，小芸要我跟她回老家看姥姥。对小芸的婚事姥姥比她爸妈还上心，到了吃不下睡不着的程度。小芸只好谎称结婚了。姥姥得寸进尺地非要见外孙女婿。小芸是姥姥带大的，姥姥的心愿她不能不当回事。我俩乘四个小时火车送戏下乡。经过这么长时间的演练，假冒情侣的戏我早就驾轻就熟，但这回有了新内容，她姥姥死活留我们住一夜。姥姥给两人准备了卧房和洁净的床铺。当晚，我俩进了房间，见小芸面露难色，我指着房间里一张桌子说："你在床上安心睡，我趴桌上凑合一夜。"在一个美好的夜晚和这样一个活色生香的女人独处一室，心中自然狼奔豕突，我用了洪荒之力才逼退了一阵阵潮水般涌来的冲动，乖猫顺狗样地趴在桌上熬到天亮。

第二天，两人乘车返回。在车站分手后，小芸忽然在后面叫住了我，问："你愿不愿意和我谈一场真的恋爱？"我心里一阵狂喜，却尽力抑制住激动心情反问："你不是不想恋爱结婚吗？"她妩媚地一笑说："过去不想，现在想了。"

原载《小说月刊》2024 年第 5 期

收　梢

乔正芳

　　付新开车刚出家门，榴红一连串的信息便如鱼泡般汩汩冒出来。他们上个星期就约好了，今天一起去马蹄岭看枫叶的。付新挑了挑嘴角，这个娘们儿，看着娇娇柔柔的，性子却这样急。

　　村街心花园旁围着一圈人，几个老者正指手画脚地冲着蹲在地上的老头训斥着什么。付新隐约听了几句，不由得一震。忙停下车，将车窗开大些仔细听：

　　"天底下哪有这等好事！你不养人家的小，人家凭什么养你的老！"

　　"哎，不是听说你那小婆娘挺漂亮的吗？怎么舍得撂下她一个人回来了？"

　　"呦，原来你还记得付新是你亲儿呀！还以为早就忘了呢。"

　　……

　　好似大冬天被当头泼下一瓢凉水，付新浑身冰冷、战栗。他隔窗恨恨地望过去——透过人群的缝隙，他看见那蹲在地上的老头，此时一副垂头丧气的样子。他那张暗沉的脸虽看不太清楚，但付新还是认出来了：那身形、头形、鼻子和下巴的轮廓，以及那种独特的气息，曾经缠绕了他少年时期的无数个日日夜夜。

　　付新忙关上窗子，泪流满面。

　　他又想起了娘——那个在贫穷和苦难的折磨下早早走了的娘。他不禁喃喃自语："娘呀，您睁开眼睛看看吧，这就是那个负心汉的下场！"

　　透过迷蒙的泪水，付新似乎看到一个八岁的男孩，在山坡上狂奔着，边跑边喊："爹！您别走——"

　　付新又看见，崎岖的山路上，一个双膝打满补丁的男孩，吃力地挑着一担柴火，他满脸通红、气喘吁吁，两手使劲抱着肩上的扁担。

迎面来了几个汉子，都惊讶地看着他。其中一个问："孩子，你这是要去赶集卖柴吗？"男孩点点头。汉子说："巧了，我正要去买柴呢，快放下！我买了。"

男孩攥着几角钱兴奋地跑回家，老远就喊："娘，娘！我回来了。"

娘扶着炕挪下身，娘大概猜出又有好心人帮助了他们。娘抚摸着他红肿的肩膀，满脸泪痕……

付新心如刀绞。他干脆锁上车窗，痛痛快快大哭一场。

不知过了多久，街心花园前的人群散了，只有那老头孤零零坐在那里。

经过村人一阵激烈的声讨后，老头早已蔫了。他蜷缩着身子，头无力地耷拉在腿上，在一阵紧似一阵的西北风中，老头好似一片瑟瑟的枯叶，随时都会被吹走。

付新的心忽然疼了一下。

这时，他的手机再次急速响起，美丽的鱼泡变成了尖锐的噪音，刺激着他的耳朵。付新干脆关了手机。

付新的脑子快速转着：他的家人能容得下这个从天上掉下来的邋遢老头吗？媳妇进门前就知道他是孤儿，两个孩子从出生就没有爷爷。还有，他娘亲如果在天有灵，能允许他把这个老男人带回家吗？

付新犹豫了许久。终于，他做了一个决定。

他掉转车头开向村北的贾春来家——贾春来是他最要好的发小和朋友。

但出人意料的是，春来并没有按照付新的吩咐把老头子送走，而是接回自己家侍奉起来。

于是，一条条小道消息便如西北风般刮进了付新的家：

"哎，今天我看见春来带着付老头去理发洗澡了！"

"你知道吗？上午春来在超市里买了桶蛋白粉，说是给付老爷子加加营养。"

"……春来今天去给付老头抓药了。啧啧，这老头真有福气，这边亲儿子不认，转眼那边又找了个儿子。"

......

付新老婆知道了，便试探着说："那姓贾的充什么好人？他是上辈子欠了老头子的吗？"顿了顿，又小心地问："要不，咱把老头接回来？老住在人家那里显得咱多没面子！"

付新一言不发，两眼望着墙上瘦削干瘪的娘，摇了摇头。

这天，春来打电话说付新你马上过来，你爹快不行了。

付新忙放下手里的活，赶过去。

老头直直躺在炕上，人已走了大半，一双眼睛却还睁着。

付新默默站在炕前。

老头眼睛亮了一下，几滴老泪流下来。叹息一声，走了。

付新再也绷不住，他扑通一声跪下喊道："爹！"

埋葬完亲爹后，付新请春来去镇上的饭店吃饭，感谢他照顾了老人一年零三个月。

他点了六个好菜，自带了一瓶茅酒。谁知还没吃完，春来就悄悄去把账结了。

付新很生气。春来却笑着说："你给我的费用还没花完呢，一个月按四千算，还剩一千多。"

付新摆摆手："咱哥俩，谁和谁。"

借着几分酒劲，春来凑近付新问："你和那个厂花什么红，咋样了？"

谁知付新却沉下脸来，说："别胡咧咧了，早断啦！"

看着满脸狐疑的春来，付新一本正经地说："我爹的教训还不够吗？怎么，你小子，养完我爹还想继续养我？"

两个人哈哈大笑起来。

原载《小说月刊》2024 年第 6 期

生命游戏

罗倩仪

整个孤儿院里，没有人喜欢弗里曼。

七岁的他个性孤僻，蜡黄的脸上布满雀斑，孩子们嬉笑着给他取了外号"斑点橘子"，想方设法欺负他。唯有比他大五岁的斯嘉丽亲近他、呵护他，如小太阳般温暖着一颗冰封的心，试图让它露出原本热气腾腾的模样。

斯嘉丽说："把生命看作一场游戏吧，你要快乐，游戏才好玩。"弗里曼有点动容，愿意跟友好的斯嘉丽一起玩。

斯嘉丽主动跟弗里曼说出自己的身世，父母离异后，她跟着父亲萨特生活。萨特是医生，病逝前将她托付给自己的妹妹，但妹妹不想长期照顾斯嘉丽，把她送进了孤儿院。弗里曼的目光里有了悲伤："你这么可爱都被抛弃，难怪我会被抛弃……"

弗里曼告诉斯嘉丽，母亲中年时才生下他，三年后因病去世，又过了两年多，父亲也病逝了。因此，他才来了孤儿院。

不对！斯嘉丽敏锐地察觉到事情没那么简单。弗里曼的父母早逝，并非故意抛弃他的，那抛弃他的人到底是谁？

弗里曼闭嘴不谈。

直到有一天，詹娜、凯莉以大姐和二姐的身份来到孤儿院，要接走弗里曼。那时弗里曼已和斯嘉丽建立了深厚的情谊，他央求姐姐们把斯嘉丽一并带走。

准备回家时，斯嘉丽出于好奇，问了詹娜和凯莉一个问题，当初为何抛弃弗里曼。她们脸上露出真实的悔意。原来，父母离开人世后，她们意外收到一大笔来路不明的财产，生活条件有了好转。不久，情窦初开的詹娜和凯莉各自陷入爱恋，爱得热烈。但她们的另一半都拒绝弗里曼加入他们的生活，无奈之下，她们唯有把弗里曼送进孤儿院。后来，她们才发觉，两人的爱人不过都是看上了她们的钱，把钱挥霍光了，情路也就走到了尽头。詹娜和凯莉如梦初醒，带着忏悔之心来接弟弟回家。

斯嘉丽听后，脸色突变，沉声道："不，我不能跟你们走！"詹娜和凯莉惊讶地看着斯嘉丽："为什么？我们已经知道错了……"但斯嘉丽伏在她们耳边说了一段话后，詹娜和凯莉便用复杂的眼光打量了一下斯嘉丽，随后生气地拉着弗里曼离开孤儿院。

此后很多年，斯嘉丽都与弗里曼保持单独联系。渐渐长大的弗里曼还是有些腼腆害羞，容易错失良机，斯嘉丽不断鼓励他："生命就是一场游戏，一定要勇敢参与游戏，活得尽兴，不留遗憾。"弗里曼一天天变得开朗，在大姐詹娜意外离世时，也能保持积极的生活态度。

斯嘉丽当了威武的警察，弗里曼考入大学学习计算机专业。

一日，斯嘉丽忽然给弗里曼打了个电话。伴随着短促的拉链声，她淡淡地说了一句："我准备到国外执行任务。"弗里曼"嗯"了一声，随口说："祝你好运！"

斯嘉丽沉默数秒，语气变了："有件事压在心底很多年了，我要向你忏悔。"

原来，斯嘉丽的父亲萨特是弗里曼的母亲南希的主治医生。可惜当年他的医术不够精湛，无法延长南希的寿命，并且武断地表示，即使更换医院和医生，也无力回天。这导致南希过早地与家人们天人永隔。

当萨特变得更优秀时方明白到自己的失误，一直活在懊悔中。所以当萨特意外得知南希的丈夫去世后，孩子们生活困难，便偷偷把大部分的积蓄寄到南希家——这便是詹娜和凯莉收到的那笔意外之财。没过多久，萨特发现自己得了绝症，不久于人世，才将斯嘉丽托付给妹妹。可妹妹嫌萨特留下的遗产太少，不想无偿抚养斯嘉丽，很快就把斯嘉丽丢到孤儿院。当日，斯嘉丽正是察觉到了弗里曼他们是南希的孩子，就把真相告诉了詹娜和凯莉，姐妹俩才气愤离开，把斯嘉丽留在孤儿院的。但她们都深爱着弗里曼，一致决定对他隐瞒这段过去。

"现在你足够强大了，我可以把一切告诉你了。"斯嘉丽说，"我爸爸一辈子的积蓄，竟让你的两个姐姐抛弃了你，也令我的姑姑抛弃了我。得到和失去都能产生悲剧，真是讽刺啊！"

长大后的弗里曼一时之间还是难以接受，恼怒地挂断了电话。

可不一会儿，弗里曼就意识到事态严重。以往斯嘉丽执行任务前，从不跟他打招呼。这次特意打电话告诉他，并告知他尘封的往事，定是因为此行凶多吉少！

弗里曼重新联系上斯嘉丽："萨特的那笔钱，虽然曾让我们被亲人抛弃，却也让我们在孤儿院相遇，成为亲人。如果没有遇到你，我不知会怎样糟糕地长大……"

斯嘉丽听得喉咙发热，弗里曼继续说："小时候，你跟我说把生命看作一场游戏。现在，我来跟你分享另一种'生命游戏'！这款生命游戏，是康威设计的计算机程序。每个方格都可放置一个生命细胞，它们只有两种状态，'生'或'死'。游戏开始时，每个生命细胞随机设定为'生'或'死'的状态。根据设定的规则，计算出下一代每个细胞的生存状态。其中一个规则是，当一个细胞为存活状态时，如果周围的邻居细胞低于两个存活，接着该细胞就会变成死亡状态。"

"我现在就是这种状态下的生命细胞，我已经失去了詹娜，如果再失去你，身边就只有凯莉了。那么，我的生命游戏就要结束了。"弗里曼大声说，"所以请你务必活着回来，我的姐姐！"

斯嘉丽哭了，她本来没打算活着回来，如今活着回来成了她另一个必须执行的任务，她不要那么快结束这场新的生命游戏。

原载《知音·海外版》2024年3月下半月刊

黑　鱼

韦如辉

老话说，不打不相识。此话不虚，母亲跟韩桂枝就是这个样子的。

时间要回到 N 年前，我还小，刚记事。

夜里，下了大雪。雪还没有成团往下掉的时候，家里的座机突然响了。母亲的一只脚才伸到被窝里，哎呀，这是谁呀？母亲慌忙把那只脚从被窝里抽出来，趿拉着棉鞋，来到电话机前，伸出手又蜷回来，好像面前是一块烧红的铁块。上一次，也是夜里，电话响了，父亲从工地的脚手架上掉了下来。

姨奶明天要从武汉来。母亲长舒了一口气，打开门，成团的雪，从天上没头没脸地砸下来。

姥娘走得早，母亲是姨奶一手带大的。自从母亲成了家，远嫁到武汉的姨奶，还是第一次来。

母亲抬头看天，低头看地，眼里除了白，还是白。母亲陷入无限的为难之中，老人家现在来，拿什么招待她？

此时，姨奶喝黑鱼汤的画面，从母亲记忆深处打捞出来。姨奶双手捧着粗瓷大碗，仰起脑袋，眯着眼睛，把最后一口汤滑进咽喉里，吐出一口气，一丝笑意从她眼角的鱼尾纹里荡漾开来。

一大早，雪停了，树上的雪团冷不丁掉下来。母亲深一脚浅一脚往农贸市场赶。她要赶个早市，买一条黑鱼。

鱼行老板跟母亲相熟。母亲说，留一条黑鱼。老板叼着烟，烟火快烧到嘴角，一溜烟灰固执地挂着。来得巧，今天就一条，河里结了冰。说这话时，烟灰倏然落下，落到面前的塑料盆里，一条黑鱼在水里似动非动。母亲再说，留着啊！转身往前走。她要到前面的商店，买些煎煮黑鱼汤的作料。

回头时，鱼行老板的面前站着一个裹着军大衣的人，正接过一个黑色的塑料袋子，袋子左右扭动，呼啦呼啦响。

母亲说，多少钱？

鱼行老板讪笑着，红了脸说，不好意思，黑鱼给了她，孩子爸刚动的手术。

母亲瞅着眼前这个人，头发披散，脸色蜡黄，眼袋青紫。又将目光转到老板那里，老板哈着腰，一副要钻进地缝里的样子。

一向要强的母亲不吃这一套，最亲的亲人从大城市过来，她不能丢这个脸！母亲说，不行，那是我的黑鱼！说着，伸手抓过去，一把夺过黑色塑料袋，在袋子里的黑鱼，受到了惊吓，不停地扭动着，呼啦呼啦响。

受惊吓的不光是黑鱼，那个好像没睡好觉的人，甩掉身上的军大衣，两只手向母亲的头顶抓去。鱼行老板张大嘴巴，别，别，别……到底别什么？别误会还是别打了，结巴着没说出口。母亲的头发被人攥在手里，随便一拉一扯，便滚到雪地里。

过路的人越聚越多，齐心协力，把两个扭打在一起的人分开。左劝右劝，才算息事宁人。母亲得知那人叫韩桂枝，丈夫在第二人民医院，做了接骨手术。

母亲筋疲力尽，与韩桂枝的撕打，耗费了她大半的气力。回到家，却没有停歇，到厨房拎把刀，准备把黑鱼杀了。姨奶乘坐的火车，说到就到了。

电话突然响了，姨奶告诉母亲，哮喘病犯了，这次不来了，等天气转暖再说。母亲应承着，像泄了气的皮球，一点点把积攒下来的热情，慢慢释放出来。

直至终老，姨奶都没能过来，这是后话。

母亲喝了口水，抓起黑色的塑料袋，向第二人民医院赶去。

几经周折，母亲见到韩桂枝。母亲抹了把额头上的汗水，顺便把贴在面庞的乱发捋了捋，红着脸说，这个，黑鱼，给大哥补补刀口。说着，扬起手里的黑色塑料袋。塑料袋里扭动了一下，没有呼啦呼啦的响声。

韩桂枝叫了声，妹子呀，蹲到地上哭泣起来。

以此类推，两个人应该成为好朋友，或者好姐妹。后来呢？我好奇地问过母亲。母亲白了我一眼，撇了撇嘴，人家去外地了。母亲说的人家，当然指的是韩桂枝。

第二年的雪，依然很大，结了冰，路滑。母亲出去买菜，一不小心，摔折了左腿骨。

母亲躺在床上呻吟，医生告诫她，三个月不能下床，否则，后果自负。

我正在院子里堆雪人，有人拍门。打开门，一个穿军大衣的人，拎两条黑鱼进来。她俯下身子，摸了摸我的头，说给你妈炖了吃，补刀口。

她没有进屋，转身消失到巷口。我只顾疯玩，也没让她进屋喝口水。

一定是她！母亲自言自语。两滴眼泪，从她慢慢闭合的眼眶里滚了出来，浸洇到印有荷花的棉枕里。

我问过母亲，韩桂枝怎么知道我们家住这里的？又是怎么知道你摔倒受伤的？

母亲回答，人心自有人心换。

这是什么话？答非所问嘛。

慢慢长大，回味着母亲的话，泪湿衣襟。

原载《安徽文学》2024 年第 4 期

南湖边上的女子

王爱红

　　我是一家刊物的主编，负责书画专栏，每期介绍一位画家、一位书法家。这次，朋友给我推荐了一位女画家，我加了她之后，她的名字"杨洋"一下子唤醒了我的记忆。我按捺住激动的心情，在微信上，用十分平静的语气说了一句，我觉着我们见过。她立刻回复道，不会吧。美女画家认为我是逗她呢。我没有回答。我觉着她比以前更漂亮了，比原来的单纯还多了一分成熟的美。我知道，她可能把我给忘了。我自嘲，这也怪我，没有给她留下深刻的印象。

　　十几年前的一个七月里的一天，我乘机前往浙江嘉兴南湖画院采访。接机的女子叫杨洋，是办公室里的工作人员。我问她，画画吗？她回答，不画画。你不画画怎么在画院工作呢？她说，她的爷爷是一位画家。司机师傅插话说，杨洋的爷爷在他们当地是很有名的画家。我对杨洋说，你应该画画。在画院里，如果不画画的话就太吃亏了。杨洋像圆月一般的脸上露出皎洁的微笑，楚楚动人。

　　南院长就是我在这次南湖画院之行中认识的朋友，那时候，他还是一位风华正茂的青年画家。在画院，我正儿八经地接受了一次颇具规格的热情接待。采访期间，南院长无意中说了一句，小杨还没有结婚呢。我愣了一下，没有问杨洋有没有男朋友，是不是单身，反而脱口说了一句俏皮话，这不太像我的性格。采访任务顺利完成之后，院长安排我去南湖一游，陪同我前往的正是杨洋。

　　不知是公车繁忙，还是南院长有意安排，那天，我和杨洋好似一对恋人，打车直奔南湖。

　　杨洋端庄大方又娇美，像一位南方的大家闺秀，脸上红扑扑的泛着红晕。

生活每时每刻都是对人的检验。我不以为自己是一位善解风情的人，但我碰了她的手，她的手像水一样，是世界上最柔软的物质。

世人皆知，南湖历来是江南著名的游览胜地。来到嘉兴，如果没游南湖，没登红船，就等于没来过嘉兴。杨洋不愧是在南湖红船边上长大的女子，她不仅是我的陪同者，还是我的导游与解说员。

南湖之美，美在悠久的文化历史，美在红船，美在浩渺烟波的一片水域，美在湖中菱田绿如秧畦……我和杨洋散步在南湖湖畔，南湖旖旎的美景尽收眼底。太阳劲照，万里无云，杨洋十分得体有分寸地给我打着一把遮阳伞，她自己大半个身子暴晒在夏日上午灼热的阳光下，汗水早就像一粒粒珍珠挂在了她的脸上。杨洋擎伞的姿势略显疲劳，我几次从伞下退出来，我们的脚步就有所凌乱。我说一声，我喜欢晒一晒这里的阳光，不要争让，便把伞留给了杨洋。

南湖红船边上的女子杨洋，有可能认为，我在南湖爱的一定是红船。我不敢说，我还爱红船上的女子，爱真理，爱这个世界上一切美好的事物。我说，我姓王，三横一竖，反过来正过去都是一个字。在红船上，我想大声地呼喊，想像胜利之吻一样拥抱一个人，想纵身一跃跳进南湖，畅游南湖，采菱、捉蟹……许多念头一闪而过，我是个规矩人，什么都没有干，只举起随身携带的佳能最新款式的单反照相机长焦镜头，以红船为背景，"咔嚓——咔嚓——"的声响，多少有点吓人，我按动快门，给杨洋拍了几张照片。反过来，我把相机递给杨洋。请她给我拍照留念的时候，我嘱托尽量把红船拍得大一些，把人拍得小一点。

红船上下来，杨洋见我兴致颇高，便建议泛舟湖上，客随主便，我欣然答应。在游艇上，我和杨洋还谈到她的爷爷。有这样优秀的家传，这么好的学习机会，我还是建议她画画。杨洋眺望远处，笑而不答，我发现她笑的时候，俊俏的脸上还隐隐浮现出两个不易觉察的酒窝。顷刻间，我有几分醉意。

前不久，我在翻阅影集的时候，还看到我与红船的照片，居然还有杨洋的备份，可惜那天我们没有合影。我在微信上浏览着杨洋的画，好像又回到了南湖，在这一方水上荡漾。原来，一位佳人是含蓄的藏而不露的好画家。否则，仅仅十几年的时间，不管是谁都不可能在中国画的创作上有这样深厚的造诣。

前几天，我突然收到杨洋给我寄来的一幅画，画中，树荫婆娑，一对情人的倒影躺在水中，随着水的微波跳动。我仔细看去，倒影中的男孩，居然是我年轻时候的样子。

原载《朝阳日报》2024 年 6 月 19 日

麦客秦川

刘斌立

秦川就叫秦川，跟关中平原的八百里秦川一个名。六月的阳光已经有点毒了，每到中午晒得人心烦意乱的。秦川给自己倒了杯热水，从茶叶罐里捏了一小撮茶，均匀撒在杯子里。他盯着杯子里厚厚的浮沫，久久没有回过神来。

他抿了一口茶，吐了一下粘在嘴上的茶沫，重重地放下了杯子。那杯底磕在桌面的响动，似乎为秦川这个决定盖下了一个慎重的戳。"都在家哈，是这，我想好了，再去割一次麦。娃放心去学校报到。"

女儿没有吱声，抬眼看了一下也在里屋的母亲。秦川媳妇知道他的脾性，也没接话，只是对女儿说了一句："抓紧收拾，我帮你。"

那绵延上千公里的小麦种植区，从宁夏一直到甘肃，既是中华农业文明的根基，也是一代代关中麦客"朝圣"之地。秦川自从腰肌劳损以后已经有三年没有去当麦客了。以前，每年麦子成熟的时候，秦川和乡党们沿着麦子成熟的地理带，一把镰刀，一捆绳子，带两件换洗衣物，从六月割麦到九月。不仅换来一家人一年的粮食，也是充满了成就感的日子。

女儿考上了省里的高职，九月即将启程报到，学费国家有减免，但秦川算了算地里的这些营生，是无法凑够女儿每月近千元的生活费的。于是在喝了那杯没泡开的茶以后，他决定再当一年麦客。

六月，盛夏似火，而秦川的心，随着一次又一次被拒而降到冰点。那是关中平原一个夏季的黄昏，坐在高岗上的麦客落魄地抽着烟。眼前是一字码开的四台联合收割机。在高速的行进之中，这绵延不绝的麦浪前赴后继地倒下了。在机器的轰鸣中，再桀骜的麦子也妥妥地折服在了现代机械面前。一并被折服的不仅是麦子，还有秦川。

这已经不是讨价还价割一亩麦子要两百元还是三百元的时代了，联合收割机收一亩麦子的燃料和人工驾驶成本不到八十元，人力收割即将成为历史了。秦川，穿行在滚滚麦浪的旁边，孤独的身影与那片麦海映衬着。路边，一台三脚架上的摄影机，并没有引起他的注意。就在他走过后，摄影机后面那个一直没出声的人，大声喊住了秦川。

"老哥，我观察你一天了。我叫穆海，我是来这边拍纪录片的，纪录片你知道吗？你就当是拍电影吧。"

秦川疑惑地看着穆海，从背后把手蹭了两下，直接伸了过去。穆海也愣了一下，赶紧握了他的手。那天黄昏，两个素昧平生的人，在一片倒下来的麦浪边，抽着烟，聊着天，直到天黑。

穆海想找一片麦田，拍一部《滚滚麦浪下》，中国最后一批割麦人的纪录片。秦川就是这最后一批割麦人，只是他似乎再也找不到一块需要人工割麦的地方。这两个为着似乎同一件事而来的人，在滚滚麦浪前面都失去了坐标，幸运的是，他们意外地相遇了。

秦川告诉穆海，他第二天准备回去了。出来一个月了，基本没找到像样的活计。麦田都是机械收割了，又便宜又好，只有一些小坡小山坳里的麦子，才需要人来干。一个月下来，钱没攒下都耗在路费生活费上了。

穆海告诉秦川，如果不是遇到秦川，他的纪录片也拍不下去了。他本想拍最后这批割麦人的故事，但麦子已经不用人收了，没有故事了。

秦川哈哈大笑起来，说："我可没故事，我家里只有一个腿脚不便的女人和一个即将要去大学报到还缺生活费的女儿。"

秦川又点了支烟，平静地讲述着他家里的事。穆海静静地听着，身边架着的摄像机并没有关闭。

突然的一声呼喊从麦田的那一角传来，他俩都站起身来。秦川眼前一亮，大声说道："来活啦！我就说嘛，那片斜坡，机器上不去！"穆海扛起机器紧紧跟着秦川，也向麦田那边跑去。

第二天，在关中平原上某一个长途汽车站里，秦川把一兜子苹果塞给穆海，让他路上吃。穆海把半条烟推给秦川让他路上抽。"兄弟，谢谢你昨晚请我喝酒啊！这次出来啥也没成，就认识了你这么个人。"秦川捏住穆海的肩膀说。穆海提醒秦川，说"手机号存好了，以后有难事记得找我"。

那就是萍水相逢的两个人在路上的一次普通的分别，两个本没有交集的人生，偶然相遇，又各自朝着自己的方向匆匆而去。

秦川坐在车上望着窗外，高速路边，一望无际的麦浪让秦川耿耿于怀，但远方收割机的影子，又让他淡淡地长长地叹了口气。他下意识地想掏一包烟出来，却从穆海送他的半条烟里掏出了一个内有一沓钞票的信封和一张纸条。"秦川老哥，两千元钱是你帮我拍片子的误工费。昨晚你喝多了死活不收，只能这么给你了。好好保重！"

秦川想点烟，但在车里，举起打火机的手又放下了，只能呆呆地望着远方。

三个月后，穆海在自己的工作室剪辑完了一部纪录片，定名为《最后的麦客》。他在片尾留下一段字幕："我的父亲用割麦的收入供我完成了学业，他走在了我毕业的那一年。这部纪录片，用来纪念父辈，纪念那一代人的劳作与辛勤！"

原载《海燕》2024 年 3 月刊

隐　痛

王　军

　　赖文的妻子看到赖文从房间出来，便走过去搂着丈夫的脖子亲昵着。

　　"文，天太热了，早点回来，我给你做点儿好吃的。"

　　赖文捧着妻子的脸，说："今天发工资，我去给你买件裙子。"说完，赖文吻了一下妻子，去公司了。

　　赖文领完工资，来到了候车亭，打算去商场。候车的人很多，他扫了一眼人群中女人们的衣裙，心想为妻子挑选一件时髦的。他发现那位身穿淡紫色连衣裙的少妇，很有诱惑力。正当他瞅第二眼时，2路车来了。她使劲儿地挤上了车，赖文也挤了上去。车上的乘客埋怨说："今儿人真多，脚都没处放。"

　　车，开动了。乘车的人一个个都在摇荡的车中，你紧挨着我，我紧贴着你。这时，一绺柔软的头发触到赖文的背上，散发着女人的体香。赖文心情一动，用余光扫见身后是那个"紫裙子"，便做了一个深深而又慢慢的呼吸，想大口大口地享受。于是轻轻地把整个身子挤了过去，想去更多地接触。

　　汽车在急驰，一会儿，"紫裙子"从赖文的背后转过身来，面对着赖文的背部，正好赖文的整个后背紧紧地挤进对方的怀中。赖文顿时激动不已，生怕她立即离开。凭感觉，她会让男人倾倒。今天，要是别的男子能有这样的机缘，也舍不得放弃下车前一分钟的占有。

　　汽车，仍颠得很厉害。赖文被背后那丰满而富有弹性的身体搞得如痴如醉，他担心她向别的地方移去。与此同时，他又觉得她的前胸贴紧了一点儿。

　　她一点害羞的余地也没有。他也没有，反正是人太挤，反正是车太颠。

　　这样想着，便放心了，他处在得意之中。

　　她任凭着他，她像是不在乎。

他很感激车子的颠簸，也很感谢今儿满满一车人。不过，他始终没有回头看一眼，装作不在乎。借着汽车周期性的颠动，他的身子似乎有点用力，恰与振动相吻合。

赖文闭上眼睛，他奢想车再慢一些，振动再大一些。要是平时，他绝对不是这样。仿佛自己不是在车中，而是在沉甸甸软绵绵的草地里，仿佛只有他们两个。赖文沉醉在浪漫的彩虹里。心怦怦乱跳，血流得很快，绷紧的肌肉里血液要胀了出来，身上有一种特别的感觉，沉醉在浪漫的彩虹里。

车到了一个站台，乘客下去了大半。

她也下车去了。

赖文还有一站。此刻，他却有点儿迷恋刚才的瞬间，若有所失。他找个位子坐下，无力地靠着窗子，默默不语，脑子里在尽力地回味刚刚失去的"浪潮"。他闭上眼睛，自忖：我这是怎么啦？

"终点站到了，请下车的同志把票拿出来。"

售票员的喊声，惊醒了赖文那场黄粱美梦。他微微地睁开眼睛，看了一眼售票员，把手伸到裤袋里。顿时，似电击一般，身体抖了一下，冰凉冰凉，痛苦的表情在脸上突露，脸色煞白，呆滞的目光像是得了一场大病。"妈的，一个月的工资全栽了。"他的心在滴血，暗暗地在骂："妈的！妖精！"但赖文不敢声张，无可奈何地走下汽车……

妻在家里好等。赖文回到家里看到满桌丰盛的饭菜，苦苦地望着妻子，不想动筷……

原载作家网 2024 年 8 月 6 日

捧一束粉玫瑰回城

岑燮钧

"乖乖"是女友对他的昵称，因为他是一条舔狗。这都是年轻人的私密话，妈妈是不会懂的。

此刻，他在回省城的高铁上。

妈妈昨天给他打了半个多小时的微信电话，问他怎么办，考公都过去半年了，问他下一步的打算。他心里烦得很，真想马上挂掉。但是，妈妈是金主，不能惹恼了她，因为他连房租都快交不起了。

高铁像时光机一样飞驰着，外面的世界在速度中扭曲变了形。

他是去看女友的。女友上岸了，她考中了当地的公务员编制。他也想考编制，可是不想回老家去，更不喜欢与妈妈独处，因为他从小是单亲，而回去意味着被妈妈监视，依然不得不去做一个"小乖乖"，然后相亲，结婚，生娃——可是他自己还是娃呢。

刚毕业那会，他们多快活，虽然干的都是短期工作。她在咖啡店磨咖啡，他在附近一家自媒体公司做视频剪辑，累了就到她的店里喝一杯咖啡。来的都是年轻人，他喜欢这样的氛围。那些日子，他与女朋友手挽手走在梧桐树下，替她系上鞋带，或者，她一手抱着自己的后腰，一手拉风地张开翅膀，骑行在大街小巷，买一盒章鱼小丸子，你一口我一口……但是，此刻，在回城的高铁上，他什么都没有了。

他已经明白，这是他最后一次去看女友了。

编制可以改变一个人，他们之间已经有了深深的鸿沟。因为考公，他辞去了刚入职三个月的自媒体，去参加考公培训班。那时，向妈妈要钱，似乎是光明正大的，因为这也是妈妈的命令。可是，结果比预想的更差，他根本没有面试的机会。那一刻，他如释重负，又怅然若失。妈妈在视频里骂了他一顿，说他不用功，让他回去。他大言不惭地说要自己创业。他又去找了那家咖啡店，但是人家不需要人。前些天，他看见一个饮料批发公司在招临时工，他看了一眼没上心。

他是抱着一束粉玫瑰上高铁的，很多人都用温情脉脉的眼光看着他，觉得年轻真好，可以送花给心爱的人。其实，为了买这一束花，他纠结了很久，因为省城的粉玫瑰太贵了。他让女友到高铁站来接他，他设想那是一个浪漫的场景：当他走出高铁站的时候，女友跑过来，然后，他也跑过去，在众目睽睽之中，他把一束粉色的玫瑰花送给她，而她的脸上，满是幸福和娇羞……如果是这样，他会温暖一辈子。可实际情况是，女友并没有来接他，她接到的是领导的临时任务。那他捧着一束花，到肯德基店去吗？在商场闲逛？显然，一束玫瑰花成了累赘。如果没有这束玫瑰，他甚至可以在路上走到半夜……

他开了一个普通的房，这已经让他的预算破产。但想到女友晚上会来看他，他心中又燃起一团火，毕竟，他已"守男德"很长时间了。他等着，可是天就是不黑，而粉玫瑰似乎越来越不粉嫩了，他浇了一点水在上面。他一边吃泡面，一边聊天刷视频，女友回得很少。正好妈妈横插一杠，打他微信电话，他只好先对付着。她催他还是先回老家，明年再考老家的编制。他半答应不答应的，与妈妈周旋着，但心思在女友那边。他问女友什么时候能过来，她说不知道。直到晚上十点钟，她说她不能过来了，她们先是在市里，这会儿连夜赶到省城去了。他回了一个：靠！砸手机的心都有了。他狠狠地拍了一下自己的脑袋，胸口似乎有一口老血正要喷出来……

第二天走的时候，他不知道要不要带走玫瑰花。就在要去退房的一刹那，他还是决定捧在手里，花还没有蔫，就像他对女友的感情，尽管他已经感到岌岌可危。他又捧着玫瑰上了高铁，就像昨天他捧着玫瑰上高铁一样。但是，他隐隐感觉，此花已非彼花，虽然只隔了一夜。他茫然地找着自己的位子，很多人都投来关注的目光，他感觉自己像个动物园里逃出来的怪物，因为整列高铁列车，没有一个人是捧着一束玫瑰花的。而这一束没有送出的粉玫瑰，仿佛成了烫手山芋。可是，他又舍不得，毕竟，这几乎是他一月的口粮。在口粮面前，所有的浪漫都是那么奢侈……

走出省城的高铁站时，他没有乘车，一个人孤零零地往回走，像一个傻瓜。他也不再催问女友在干吗。就在高铁站下电梯时，他忽然灵光一现，想到女友可能并没有来省城，而是撒谎不想见他。起初只是一闪念，但是这个念头却越来越强烈。女友一变再变，说不定背后有人在不断指使，因为一个谎言需要更多的谎言来延续。于是，他最后给女友回了一条语音，说自己回城了，既没说想见她，也没说让她来找他。马路上，车堵成一条长龙；人行道上，行人匆匆。省城里的人，什么稀奇的事没见过，还会在意他手中的那束粉色的玫瑰花吗？

他在一家路边摊里吃了两个煎饼，往前走时，正好看见那家饮料批发公司门口，还摆着那个招工广告。他犹豫了一下，走进去问一个管事的人。管事的人跷着二郎腿，说卸完一车饮料，两百，现钱即付，看他愣愣的，站起来指着货车说，从货车上卸到叉车上，或者从叉车上叠到仓库里，都行，只要你有力气。他想试试，因为现在自己是一个男人而不再是一个"小乖乖"了。他低头看了看手中还捧着的那束玫瑰花，粉色开始起皱，仿佛是一个老女人脸上抹的底粉。

他前后看了看，默默地走到一个垃圾箱边，把花扔了进去……

原载《鸭绿江》2024 年第 6 期

一锅炖肉

蒙福森

秋风起了。

王宫里，清冷的风，寂寞的月，枯黄的草，光秃秃的树，地寒冰冻，雨凝为霜。

御厨易牙端着一只热气腾腾的金锅，走进王宫，把金锅轻轻地放在桌面上。齐桓公吸溜着鼻子，掀开锅盖，一股奇异的肉香扑面而来，满满的一锅炖肉，色泽金黄，肥瘦相间，嗞嗞地冒着热气。

齐桓公端起肉来，刚想吃，锅不见了，肉也不见了，像一溜轻烟飘散得无影无踪。齐桓公叹息一声，回到现实中，肚子里一阵接一阵地咕噜噜响，感觉更饿了，头晕眼花，虚汗直冒，有气无力。

很多天没有东西吃了。

窗外，一弯新月如钩，投下清冷的月光，一地霜白。

齐桓公像一条饥饿的野狗，卷缩着瘦弱的躯体，在被窝里瑟瑟发抖。

他想起了易牙。

易牙做御厨有很多年了。

多年前，易牙在一次偶然的机会进了王宫。

齐桓公最宠爱的爱姬卫长姬病了，病得不轻，茶饭不思，滴水不进，拉稀，呕吐，啥都吃不进，吃啥吐啥。眼看着卫长姬一天天地瘦下去，御医束手无策。齐桓公急了，下令征调天下大厨，谁能做出爱姬能吃下去的食物，重奖！

易牙应征进宫了，精心做了一锅汤，也不知道啥食材做的，反正易牙端上来时，卫长姬远远就闻到一股浓香，扑面而来，氤氲鼻翼，顿时精神一振，吃了个精光。吃完，病居然好了一大半；再调理一段时间后，病全好了。

就这样，易牙留在了王宫里，专职为齐桓公做饭。

易牙，天下第一名厨。

易牙的厨艺有多高？民间传闻："淄渑之合者，易牙尝而知之。"淄河水和渑河水味道不一样，把两者混在一起，没人能分辨出来，但易牙可以。又云："至于味，天下期于易牙。"要吃到天下最佳的美味，唯有找易牙。

食不厌精，脍不厌细。易牙对食材、调味、技法、火候，乃至刀法、柴火、厨具、餐具等的研究和应用，达到了炉火纯青的地步，其高超的厨艺，普天之下，无人可比。

比如齐国名菜"鱼腹藏羊肉"。在齐国，水产以鲤鱼为最鲜，肉类以羊肉为最鲜，但这两样食材也有缺点——做得不好的话，一个易腥，一个易膻，特别考验厨师的功底。易牙就厉害了，直接让鲤鱼和羊肉搭配，把羊肉塞进鱼肚里，加上各种佐料，烧烤成一道名菜。

菜品出锅后，色泽光润，外酥内嫩，鲜美异常，齐桓公吃得满嘴流香，赞不绝口。

以前，"鲜"字是由三个鱼组成的。易牙做出这道"鱼腹藏羊肉"后，"鲜"字就变成了鱼加羊了。

光阴似箭，日月如梭。一晃，易牙在宫中有很多年了。

纵然有易牙这样的天下第一名厨，厨艺绝妙，无人匹敌，久而久之，齐桓公也吃厌了易牙做的菜。有一天，齐桓公看着满桌的山珍海味，没有半点儿食欲，唉声叹气。

易牙诚惶诚恐，跪在地上，不敢抬头。

齐桓公问易牙："有什么新鲜的菜肴吗？"

易牙摇头。

良久，齐桓公感叹说："寡人什么都吃过了，吃厌了，吃腻了，吃烦了，唯独没有吃过人肉。不知其味如何？"

易牙跪伏在地，久久不语。

第二天中午，易牙端上了一锅炖肉。

齐桓公闻到了一股诡异的肉香，跟以往所有菜肴不同的香味，顿时，胃口大开，拿起筷子，大快朵颐，一扫而光。

吃完，齐桓公抹抹嘴，问："这是什么肉？以前没吃过啊。"

"人肉。"

"什么？"

易牙的眼泪掉下来了："确实是人肉！君上所吃的，乃臣之幼子！"

齐桓公顿时感动得不得了，拉起易牙，想说什么，却一句话也说不出来。

第二天，齐桓公提拔易牙为官，不离左右。治国与烹饪不乏相通之处，齐桓公想，易牙擅厨艺，当然也能做官。一时间，易牙炙手可热，权倾朝野，成了仅次于管仲的权臣。

管仲病重，危在旦夕，齐桓公去探视，询问后事安排。管仲语重心长地说："当今天下大乱，群雄争霸，强敌环伺，国事日危，望君上保重身体，治国图强，善待百姓，远离小人，如易牙、竖刁、开方等人，勿用为好……"

齐桓公十分惊讶："易牙烹子奉君，如此忠心，天地可鉴，为何不可用？"

"人之情非不爱其子也。其子之忍，又何有于君？"言罢，管仲大口大口地吐血，昏迷过去，当夜病亡。

齐桓公不以为然，依然重用易牙等人。

不久，易牙、竖刁等人趁乱发动宫廷政变，拥立公子无亏为国君。易牙将齐桓公囚禁在王宫里，加高围墙，封死宫门，任其自生自灭。齐桓公在空荡荡的王宫中，靠吃老鼠、蟑螂、鸟蛋、虫子、池鱼、竹笋、树皮、草根等果腹，生吞活剥，茹毛饮血，能吃的吃，不能吃的也吃。最终，活活饿死。临死前，齐桓公想起管仲临终之言，含泪叹息道："嗟乎！圣人之所见，岂不远哉！若死者有知，我将何面目以见仲父乎？"

弥留之际，齐桓公依稀看见一个面目模糊的人影，捧着一锅香味四溢的炖人肉，慢悠悠地走来……

秋风萧瑟，残阳如血，映照着王宫里的枯草、树木、竹林、曲径、假山、池沼和亭台楼阁，像披上了一层缥缈的血色的云雾。

原载《百花园》2024 年第 5 期

曲径幽

张爱国

晓风残月，晨雾缭缭，百鸟啁啾，流水淙淙。

寺门大开，掩映在繁茂的竹枝和白乳一样的雾气中，如张开的臂膀，随时拥抱尘世来者。入寺，竹密树高，与云雾相缭绕。前看，一轮红日跳跃于山肩，金光四射，遍洒在远远近近的高树顶上。人在树下，有头戴一顶偌大金冠的幻觉。

只有一条小径在竹林里蜿蜒游动，好似没有尽头，或者尽头就是佛的世界。

常建不觉有些胆怯。他从没有经历过这种无穷的幽深，他也怕迷失在这没有尽头的幽深里。他想往回走，又怕找不到来时的路。

"施主清晨入寺，就不怕进不得，也出不去？"声音似由竹林发出，又似由天上或地下发出。常建被惊得毛发竖立，老半天才发现是一个和尚，身披袈裟，站在一道拐弯处。

常建还礼："请问大师尊号，大师如何知道常建到此？"

"老衲怀述，本寺住持。"怀述和尚走到常建跟前，双手合十，颔首，"施主尚在寺外，林间鸟雀即向老衲传递讯息，老衲这才前来引路。"

常建跟随怀述和尚在竹林里好一番前后左右地穿插，终于走到小径尽头。

尽头在山下。山下一涧，涧水下泄，声响泠泠，清脆激越。涧旁有一石潭，两丈的直径，潭水伸手可取。潭中游鱼众多，大大小小，各形各色，追逐、呷哺、优游、静浮，各有各的自在，各有各的乐趣。阳光斜射，鱼影倏忽往来，交错叠落在石壁石底上。

"大师，此山苍翠巍然，未曾有残缺崩塌之处，焉何名曰破山，寺曰破山寺？"

"施主请跟我来。"怀述和尚领着常建向左又转过一片竹林，一间禅房出现在眼前。禅房不大，倚山而卧。

"本寺所在，原是一片山坳，乱石林立。百年前，本寺开山师父云游至此地，见此方人众性情乖戾，好狠好斗，常有打斗和死伤，遂有建寺化民之愿。师父多方探察，见此处有山，可倚山建寺；此处皆乱石，建寺而不占耕田。有好心人劝阻，言此处建寺将百倍艰难。师父笑道：'破山立寺，以山石填乱石，一举数得。'因之，师父将自己法号取为'破山'。此后六十年间，破山师父俨然愚公，与数僧人、信众叩石垦壤，填石造院，种树栽竹，终于寺成。破山师父八十六岁圆寂，信众为感念其功德，将寺取名破山寺，山为破山。"

"我在此地已盘桓多日，但见此地民风淳朴，百姓友善和乐，当是破山师父之功。"常建静静地看着怀述和尚，进入沉思。

鸟雀越发喜悦，由竹林飞到禅房上，炫一阵歌喉；又追逐打闹到涧水边，击一些水花；最后在石潭上悠悠盘旋，照一照影儿，忽然一溜烟儿扎进竹林里。

"大师，常建有心……"

"阿弥陀佛。"怀述和尚轻声打断常建，"施主能诗，何不为小寺留一首？"

常建欲推辞，一名小和尚已捧来笔墨。常建道一声"献拙"，提笔，稍做思考，在禅院墙壁上缓缓写道：

> 清晨入古寺，初日照高林。
> 曲径通幽处，禅房花木深。
> 山光悦鸟性，潭影空人心。
> 万籁此都寂，但余钟磬音。

"好诗，好诗。"

"大师，常建虽身处尘世，然心在……"

"施主之心，不在佛门。"

"大师此话由何说起？"

"施主的诗。施主眼中有光，有影，也有花；耳中有鸟鸣，有钟磬。耳目及物甚多，何以心空？"怀述和尚摆手制止常建开口，"施主大可以认为老衲所言无理。然老衲方才已细说本寺来历，施主可知破山师父当时建寺之艰，我等代代弟子护寺之难？"

常建急忙张嘴，又缓缓闭上。

"凡欲皈依佛门者，一为寄身，二为宿心，唯宿心者能成我佛弟子。寄身者不可，盖因其尘世遇挫，失意心冷，故而生发寄身佛门之心，然此心仅为暂时，并非长久。施主年近半百，想必也是如此吧。"

常建不置可否。

"施主有无想过，尘世为何遇挫失意？与自身有关否？自身努力抑或沉沦？若尘世努力，何来遇挫？若尘世沉沦，如何入佛门而不沉沦？尘世无所成，则佛门也无所成；若佛门能成，则尘世早已成，何至于今日之失意？尘世，佛门，其实一理。"

常建不由得低下头。

"施主，无论入世还是入佛门，其旨意无不为渡济、造福众生。施主若有此心，又何必计较是尘世还是佛门？"怀述和尚双目微闭，喃喃而语，"佛门幽深，远甚于曲径。施主方才幽幽曲径都怯于走成，又何必强求皈依？"

"大师所言极是。"常建抬起头，眼眶里有点点泪光。

"施主少小即诗名在外，聪颖过人。老衲万望施主归去尘世，振作精神，不负此生。"

"谢大师点化。"常建向怀述和尚恭恭敬敬地一鞠躬。

原载《作品》2024 年第 2 期

小巷深深

胡　玲

老街的清晨，阳光穿过古榕树的枝叶，照在地上明晃晃的，像撒了一地碎玻璃。

她披着一身阳光，提着一份肠粉和一杯豆浆，钻进路边的小巷。幽深狭小的长巷生长着许多寂静挺拔的古榕树，葱茏的绿意中，掩映着一间沧桑的老屋。

她用钥匙打开斑驳的木门，鱼儿般闪进屋内。

里屋卧室，老太太躺在床上安详熟睡。她静坐在一旁的椅子上，看着老太太，像母亲凝望着熟睡的婴孩。

窗外，古榕树上的鸟儿突然唱起歌儿。在清脆欢快的鸟鸣声中，老太太缓缓睁开双眼，看到她，脸上的皱纹如柔波舒展，轻声说："来了？"

"来了。"她答道，起身给老太太披上外套。

她给老太太梳头，一头银发梳得光亮整齐，在脑后绾起一个高高的发髻。她打来热水，把老太太的脸擦拭干净，拿起镜子对着老太太照，笑道："看，多好看多精神啊。"望着老太太，她有点晃神，仿佛一下子穿越回到四十年前。

那年，她刚满12岁。初夏的一天，她和堂姐挑着荔枝进城卖。天没亮就出发，走了几个小时，终于从乡下来到老街。布满破洞的布鞋里，她的双脚磨破了皮，但城里的一切都令她感到新鲜，使她忘却了辛苦和累。她像刘姥姥闯进大观园，这里看那里瞧。老街很热闹，各种小店林立，来往的行人像潮水一样多，不时有人骑着自行车从街道快速驶过，留下"叮叮当当"的铃声。

她们坐在街边，面前竹筐里的荔枝新鲜水灵，很快被人们一抢而光。数了数卖荔枝的钱，整整有3块多——她从来没有见过那么多的钱，小心翼翼地把钱装进上衣口袋里。

堂姐去买日用品，让她在原地等。她挑着空竹筐站在那里，古榕树吹来的风伴随着诱人的香气朝她扑来。一个上午水米未进，她已饿得饥肠辘辘，那香气像一双充满魔力的手，用力牵扯着她向前走，走到一家名为"明月"的肠粉店门口。

店里的录音机飘出清甜的歌声："甜蜜蜜，你笑得甜蜜蜜，好像花儿开在春风里……"门口，一对夫妻麻利地忙活着，男人蒸肠粉、磨豆浆，女人将肠粉和豆浆端给店里的食客。女人身穿米色衬衫，乌亮的头发在脑后绾成一个高高的发髻，像一朵朴素纯净的小花，摇曳在秋野里。门前，一个与她年龄相仿的小姑娘坐在古榕树的绿荫下，认真地写着作业。

她眼巴巴地朝店里张望，口水不受控制地往外冒。她从口袋里掏出钱，犹豫了一下，又放回去。家里穷，一家人都指望着这些钱，她一分钱也舍不得用。

她感到有缕目光朝她而来，抬头，女人朝她一笑。那笑，让她想到初春穿过柳枝的阳光。女人走过来抓起她的小手，把她拉进店里，推到桌子边坐下。她惊慌起身要离开，女人把她按在座位上。"小姑娘，我请你吃肠粉喝豆浆。"女人的声音像山里的清泉一样轻柔。她的脸一红，坐着没动，她太饿了，这一刻，没什么比热气腾腾的食物更具吸引力了。

女人将一盘肠粉和一碗豆浆端到她面前，晶莹剔透的肠粉裹着鸡蛋和肉末，乳白色的豆浆闪耀着牛奶般的光泽。她拿起筷子大口吃起来，丝毫不顾忌任何形象。女人温柔地看着她吃，笑道："肠粉配豆浆，吃了满嘴香。"软嫩的肠粉入口，鲜美的酱汁缠绕在唇齿间，配上一口散发着浓郁豆香的豆浆，那美味简直无法用语言形容。热乎乎的食物入肚，她的身体仿佛注入了神奇的力量，浑身舒坦，活力满满。

女人似乎想到什么，快步走出去，一溜烟钻进旁边的小巷。很快，女人拿着一双布鞋走进来。那是一双崭新的手工布鞋，针脚细密，千层底，黑色灯芯绒鞋面，鞋头绣着两只翩翩起舞的紫蝴蝶。女人蹲下身，脱掉她脚上布满破洞的旧布鞋，套上新布鞋。鞋不大不小，仿佛为她定做一般。看着她脚上的鞋，女人露出满意的笑，说："这是给我女儿做的新鞋子，你穿吧，我再给她做。"新布鞋柔软舒适，穿在脚上，她感觉一脚便踏进了春天的绿茵里。

几年后，她考上城里的高中，每次经过老街，都会特意绕到明月肠粉店门口，偷偷朝里面看几眼，但她从未进去过。对于一个穷学生来说，进小吃店吃东西是奢侈的。

后来，她参加工作了，只要来老街，都会走进明月肠粉店，点一份肠粉和豆浆享用。女人从没认出她来，毕竟，女人每天要面对很多食客，而她，只是众多食客中的一个。时光飞驰，她见证着岁月将女人的青丝涂染得一片雪白，看着岁月在女人脸上雕刻出一道道深深的纹路。

去年，她去老街时，发现明月肠粉店已经变为奶茶店。向周围人打听，得知女人的丈夫前段时间去世了，女人把店转了出去。女人去女儿工作的大城市生活了一段时间，不习惯，又回来了，独自在老屋生活。

她打听到女人的住址，走进深深的小巷，敲响女人的家门。门开了，老太太陌生地看着她，问："你是？"看着老太太，泪雾迷蒙了她的双眼。她没说话，从包里拿出一双旧布鞋，黑色的灯芯绒鞋面已发白，鞋头的蝴蝶也褪色脱线了。看着那双布鞋，老太太身子一震，浑浊的眸子里突然闪起了光。

从此，她经常来老街看老太太，老太太便把家里的一把钥匙给了她。

她扶着老太太坐下，将肠粉和豆浆端到她面前，笑着说："肠粉配豆浆，吃了满嘴香。"她打开手机音乐，歌声传来："甜蜜蜜，你笑得甜蜜蜜，好像花儿开在春风里……"

老太太停下手里的筷子，徐徐望向窗外那深深的小巷。

原载《文艺报》2024 年 6 月 17 日

醉汉与富翁

冰 峰

书呆子张二，有洁癖，不抽烟，不喝酒，但爱琢磨事。有一次他在路上走，脑子里想着别的事情，结果撞在了一个醉汉的身上。醉汉是一赖皮，打架斗殴，无恶不作。张二撞到了这样的人，算是倒了血霉。醉汉不由分说，挥拳便打。三拳两脚过去，张二的左眼被打爆了，直冒血。有人报了警，警察来了，张二进了医院，醉汉也进了派出所。

张二的左眼伤势很重，做了几次手术才看见了光。为了彻底治疗眼睛，张二开始博览医学群书，遍访名医，刻苦钻研眼科知识。两年之后，张二的眼睛治好了，他也变成了一位自学成才的眼病专家。

闲下来，张二琢磨，当下电子产品泛滥，患眼病的孩子层出不穷，如果能把自己所学的一技之长广泛服务于学生，也算为社会做了一件功德无量的事情。于是张二在一所学校附近租了场地，开了眼睛保健馆。

保健馆开张之后，看眼病的人便纷至沓来。一年多时间，保健馆由小到大，成了连锁产业，又一年过去，张二成了 A 城家喻户晓的名医。

一日，张二正要出门，曾经打他的醉汉拦住了他。醉汉一副哭腔哀求道："当初我打您几拳，坐了三年牢，出狱后，身无分文。您如能收我做保镖，我一定保护好您的安全。"

张二想，醉汉身手不凡，当初虽爱打架斗殴，但经过劳动改造，现在已悔过自新，若好好调教，做保镖，应该能称职。

又一年过去，张二成了 A 城首富，他每次出门，身边都有保镖护卫。张二觉得醉汉讲义气，又言听计从于他，便与其结拜为兄弟，并任命醉汉为保镖队队长。

有了保镖队的护卫，张二顿觉自己神气起来，有了老大的派头。在 A 城的豪华饭店里，张二的酒杯越举越高，酒量越喝越大。他每次醉酒之后，便会晃着身子对身边的保镖队队长说："当初如果不是你打我几拳，我也不会成为富翁，更不会有如此大的产业……你是我的福星啊。"

时隔一年，A 城打黑，张二被人举报，据说罪名有十几项。张二被送进监狱时，他眼含泪水喊道："我一个书呆子，怎么会变成黑老大？"

原载作家网 2024 年 9 月 15 日

老有好友

曾宪涛

老吴是老师，知识分子往往都是君子之交，老吴便是如此。老吴上班时就没什么好友，不过那时和同事、学生在一起还不觉什么，现在退休在家，一个人确实烦闷无聊。所以说老了一定要有好友，没好友说话聊天一起玩，时间久了要出毛病。

老伴说他："你也跟人联系联系，秦桧还仨相好的呢，你一个朋友没有。"

老吴不服气说："交朋友有啥难的，我喜欢一个人素净，自由随便。"

老伴撇撇嘴："你也交个朋友看看。"老伴是为他好。

最近，老吴才搬了新居，对门只见女的不见男的，年纪辨不清，应该不小了，却浓妆艳抹，指甲五颜六色。

老吴对这种女人反感，但对门住着，常要见面，女人倒热情，老吴却只在喉咙或鼻子里嗯嗯或哼哼。老伴说："人家那么热乎，你冷得像冰棍，热天孙女不吃冰糕，吃你得了。"

听了老伴的话，老吴也意识到自己有点过分，但见了对门女人就是反感，到底为啥，想想也不全因她的浓妆艳抹，关键是走廊里堆满了她家的花盆和杂物，快成她家的储藏室了。

老吴认真讲原则，对这种缺少社会公德的事实在看不下去，几次想说，都被老伴拦阻了，老伴说："装看不见就是，又不在你家里。"老吴嘴上忍了，肚里气却难消。

那晚老吴回家，竟见一塑料袋垃圾放走廊上，第二天早上垃圾还在，大早开门就见垃圾，晦不晦气。

连续几天如此，女人有了新的生活方式，晚上把垃圾放走廊，白天有时间再送垃圾站。

老吴心里那个烦，你摆花盆杂物就算了，你把垃圾放走廊，你不嫌别人烦不烦。

老吴非要找机会说话不可了，老伴劝他："她自己不也能看到。"

"那不一样，自己的垃圾自己不嫌，就像嘴里的痰。"

老吴的话有点损，但没说给外人听。他一直没碰到女人，总不能去她家里找她，终于老吴找到了告诫女人的方法。

小区有业主微信群，女人特别好在群里发帖，什么电动车乱放了，花草被踩了，都在标榜她如何爱护小区环境，讲究社会公德。老吴看了她那些言行不一的话就来气，便在群里发了张垃圾的照片，配上文字：希望及时把垃圾送垃圾站，不要放走廊，杜绝不文明行为。

老吴发完，本以为邻居们会附和赞同，可半天没人发言，虽说正能量，但谁愿得罪人。女人也不理睬，老吴有点尴尬。

正不好下台时，有人发话了。

"支持，走廊是公共场所，都把垃圾放走廊成啥了！"

发帖的是楼下老鲁，人长得很粗犷，像个心直口快，爱打抱不平的人。老吴知道他，没说过话，但这叫老吴很感动，有人支持不难堪了。

女人回复了，说不好意思，因没时间去垃圾站，就临时放在门口，以后注意。虽说强词夺理，也算承认了不对。

老吴见到老鲁，表示感谢，老鲁说对这种人就不能客气。老鲁也退休了，虽然显老，却跟老吴同岁。一聊，两人还都喜欢钓鱼，从此不是他找他，就是他找他，一块儿钓鱼，一块儿在小区花园里散步锻炼聊天。

老吴没想到在新地方竟然交上个好朋友，再不孤单寂寞，老伴也高兴，叫他改改自己的牛脾气，好好跟人家相处。

可两人来往没持续多久，老鲁突然不来找老吴了，老吴找他，他似乎也总推脱，不愿同老吴一块了。老吴明显感觉他是在回避自己，不明白咋回事，他很苦恼，到底为啥呢？百思不得其解，只好也不再找老鲁。他性格本来如此。

小区里再也见不到两人一块散步锻炼了。

老吴很郁闷，他从来没有好友，好容易有个朋友，咋像流星一样熄了。

有天在小区，老吴见老鲁竟跟对门女人站那说话，还满脸堆笑。难道女人诱惑了他？这个老鲁，这么大岁数还能被诱惑？

回家老吴就对老伴说了，老伴撇撇嘴："瞎说，我看老鲁不是那样的人。"

没过几天，老吴独自钓鱼回来，一进门，老伴就说："我知道老鲁为啥了。"

"为啥？"

"老鲁的儿子跟对门男人在一家公司，男人是老总。"

"你咋知道？"

"老鲁老婆告诉我的，她直，啥话都说，还说对门男人外面有女人，很少回家，那天巧了，回来跟儿子碰上才知道的。估计老鲁因这才回避你的，不过这事也不能怪他，我说你不要得罪人吧，你不听。"

老吴觉得老伴说得有理。

知道情况后，老吴不再怨老鲁，见面还挺热乎，只是不在一起玩了。老吴能理解，问老伴："那男的也快退了吧？"老伴道："说是还有一年。"老吴叹了口气："一年也挺长。"他是想着那男的退了，老鲁没顾虑又能一块玩了。

没想到还没等多久，老鲁又来找老吴了，而且丝毫不避那女人。

老吴不解为啥，问老伴："难道那男的提前退了？"

老伴摇摇头。

"要不老鲁儿子不在那个公司了？"

老伴依然摇摇头。

"你去问问。"

"我才不去，他不避你，你俩还一块玩就是，问他干吗？"

不过，老伴还是去打听了，回来对老吴说："你猜的都不对，女人男的贪污受贿，隔离审查了。"

老吴听了，竟脱口道："反腐倡廉好！"

原载《小说月刊》2024 年第 4 期

鸽 异
——聊斋新编

马宝山

　　邹平县有一个叫张幼量的人，特别喜欢养鸽子。他按照《鸽经》上所列鸽子品种，四处寻访，想着把天下有名的鸽子都寻来喂养。张公子养鸽子，如同养育婴儿。天冷了，用甘草粉为鸽子暖护；天热了，给鸽子吃盐粒。鸽子好睡觉，可是睡得太多容易得麻木症，会死掉的。张公子在扬州花十两银子买来一只鸽子。这个鸽子身材小，喜欢走动，不停地转来转去，没有停歇的时候。张公子把这个鸽子放到鸽群里，让它扰动其他鸽子，这样就防止鸽子贪睡而得麻木症。

　　这个身材小巧的鸽子，名叫"夜游"。

　　张公子在山东养鸽子很有名，他也以善养鸽子为豪，总是夸耀自己。

　　一天夜里，张公子正在灯下读《鸽经》，忽然一位身着白衣的少年叩门进来。张公子一看，不相识。问他是什么人。白衣少年回答："一个四处漂泊的人，哪里有什么名号啊。听说公子蓄养鸽子最多，我是特来观赏您的鸽子的。"

　　张公子听说少年也爱鸽子，养鸽子，很高兴地把各种鸽子展示给少年看。灿若云锦、五颜六色的鸽子让少年很惊讶，说："传言真是不虚，公子蓄养的鸽子都是天下名鸽。我也养鸽子，却不多，只两只，怕是您从未见到过的鸽中异类啊。"

　　张公子一听，央求一定前去观赏。少年答应了。

　　二人踏月前往，走了不一会儿就来到一所小院子，院子里有一间小屋，旁边两棵树。他们走进去，张公子感到奇怪，屋里没有灯火，却被月光照得如昼。这时候少年口学鸽子叫，就见两只鸽子翩翩飞来。两只鸽子也像平常的鸽子，羽毛纯白，在两个人头顶上翻飞欢叫。一刻，少年一挥手，两只鸽子飞走了。

少年噙嘴再发出奇异叫声，又有两只鸽子飞来，大的如雁，小的如雀；两只鸽子并立在台阶上，如仙鹤起舞；大的引颈、展翅，似孔雀开屏；小的上下飞鸣，在大鸽子头上翅翼翩跹，如燕子翻飞在蒲叶上，声音细碎，如雨打蒲叶；大鸽子站立不动，嘴里发出银槌击玉似的悦耳声。两两相合，间杂中节。一会儿，小鸽子飞起来，大鸽子上下扭摆，引逗小鸽子，嬉戏和鸣。看得张公子赞赏不已，自己纵然有千只鸽子，却没有这般神异的鸽子。

张公子实在是太喜欢少年的鸽子了，忘了是新交，竟开口相求，要少年割爱。少年不肯，公子就乞求。少年让两只舞乐的鸽子飞去，又学着唤鸽子的声音，招来先前那两只白鸽子，伸手捉住，交与公子，说："若不嫌弃，就送这两只白鸽吧。"

张公子接过两只白鸽子细看，鸽子的眼睛在月光映照下，呈琥珀色，通明透亮。眼珠子，黑圆如墨珠。掀开鸽子翅膀看，肋间肌肉，晶莹剔透，如水晶，里面的五脏六腑都看得清清楚楚。张公子很是奇怪，想开口再求几只。少年猜出他的心思，回绝道："我还有两种奇异的鸽子，实在不敢再请您观赏了。"这时候，少年的家人点着麻秆火来了，说家人要少年速速回去。张公子还要说什么，少年化为一只白鸽，大如雁，飞向天空。再看眼前，哪里还有院落、房屋。只有一个小鸽笼，鸽笼旁边是两棵很小的树苗子。

张公子怀抱两只白鸽子往家走，既惊骇，又叹息。回到家里，两只白鸽子异常驯良，翻飞戏逗如初见时一样。张公子倍加爱惜，精心喂养。过了两年，这对白鸽又生了六只白鸽，三雄，三雌。张公子更加珍爱。

一天，张幼量家来了一个人，说是张家世谊，是个贵官。他看到张公子养了这么多名鸽、异鸽，与公子论起《鸽经》来。说了各地的名鸽子，如山西的"坤星"，山东的"鹤秀"，贵州的"腋蝶"，等等，很在行。张公子认为贵官也是个喜欢鸽子的人。官人神色告诉公子，他有索鸽之意。公子虽然舍不得，又不好驳客人的面子。就选送两只白鸽子。他想，两只鸽千金难抵，官人珍惜才好啊。

过了两天，张公子回拜贵官。因为送过重礼，公子有点居功得意。而贵官的话语毫无诚谢之意。因为心念自己的鸽子，公子便问："我送您的鸽子可中意？"

贵官咂咂嘴说："倒也很肥美。"张公子惊愕："怎么，大人把鸽子烹食了？"

"是啊，午餐刚刚吃过的。"

"啊？！"张公子大惊失色，"送你的鸽绝非寻常鸽子，它是佳种'靼鞑'，千金难买呀！"

贵官剔牙，说："味道也没什么特殊的，与寻常的鸽子一样嘛。"

张公子拂袖而去，悔恨不已。

晚上，张公子梦见白衣少年来了，责备他说："我原以为你能很爱惜鸽子，所以把子孙托付于你。你怎么能把明珠投到黑暗里去呢。使我孩儿丧身于镬（锅）。"公子想辩解，少年不听："你不识人，不辨是非，难做大事，我怎么敢再托付你豢养鸽子啊。"说罢，一挥手，鸽群里所有的白鸽子都飞聚到少年身边。少年最后瞪一眼公子，也化作一只白鸽子，带着一群白鸽子飞走了。

天明，张公子去看笼里的鸽子，果然所有的白鸽子都不见了。公子追悔莫及，灰心丧气，把他所养的鸽子全部分送他人。

后来，张幼量碌碌无为，一事无成。

原载《海淀文艺》2023 年第 6 期

雁　奴

蒋玉良

大漠，孤烟，黄沙，落日。正是初秋的黄昏。

余晖里，将军兀立城头，目之所及，除了漫漫黄沙，似乎什么也没有。

但将军知道，黄沙之外的大漠深处，正有一支虎狼之师，随时准备冲杀过来。

双方暗中对峙已经一月有余。

其实双方相距甚远，但将军身经百战，洞若观火。敌军一出，将军就已知晓，并且知道领兵的正是屡犯边关的悍将乌思摩。

落日缓缓地向天际线靠近，黄昏愈来愈浓，大漠里像是被泼了血。

三年前将军被派驻这里，经历数十余战后，无数的战士将鲜血流在了这里，浸染着这里的每一粒沙子。

这黄昏的颜色，是战士们流出的鲜血吗？将军想，纵然粉身碎骨，也绝不能让敌人践踏我每一寸土地。

清脆的雁鸣传来。将军想，雁群归巢了。不远处有一个湖，每当黄昏，雁群归来，栖息湖中。此时，也是猎雁的最好时机。

离天黑还有一段时间，此时敌人也决计不敢来犯，是将军难得的可以放松的时刻。

去猎大雁吧，再有一段时间，这些家伙该飞走了。

将军带上弓箭，向着湖的方向走去。他正要靠近湖时，只见湖边的苇丛里伏着一个人，一手握弓，一手搭箭，紧紧地盯着湖心。

群雁正悠闲地漂浮于湖中水面，开始入睡。湖边一棵粗壮的苇秆上，却停着一只大雁，警惕地环视着周围。

将军很快认出那人是附近的猎户小武，跟将军极为熟络，数次帮助过将军。小武是一位出色的猎手。将军早就听说他善于猎雁，但亲见他捕猎，却还是第一次。

将军怕惊了大雁，便隐藏于苇丛看小武狩猎。

小武并不急着射出手中的箭，只静静地伏着，仿佛在等待最佳的机会。

突然，小武起身，旋即蹲下，身影在苇丛中一晃而没。

虽是极短的一个晃动，但那只停立在苇上的大雁已经被惊扰到了，伸长脖子发出尖厉的警报。

湖中的大雁纷纷停止沉睡，咕咕低叫，转动脖子四处搜寻。小武只伏身于苇丛中一动不动。大雁们并未发现异常，于是又安静下来。

过了一小会，小武再次起身，蹲下。湖边的大雁再次报警，湖中的雁群再次骚动。确认未发现险情后又恢复平静。

小武如此反复五六次。奇迹出现了，湖中的大雁在发现又一次"上当"之后，竟然一起扑向岸边报警的那只大雁，将钢锥似的嘴狠狠地啄在了那只大雁的身上。

顿时，那只大雁羽毛飞散，发出阵阵哀鸣。之后，任它如何报警，湖中群雁再不理睬。

小武瞅准时机，一箭射出，箭声未停，一只大雁已然中箭，再射一箭，又一只大雁中箭。湖水在夕阳的映照下，像一摊殷红的血水，两只大雁的尸身漂浮于上面，说不出的阴森诡异。

大雁们这才反应过来，纷纷飞起，急速逃离险境。湖中一时乱羽飞扬，湖波荡漾，黄昏的宁静霎时被打破。

将军不由得大叫一声："好！"

小武连忙招呼："将军吗？知道您早来了，没来得及跟您打招呼，请恕罪呀！"

将军大感诧异："你知道我早来了？"

小武腼腆地说："这也许是我们猎人的直觉吧？您过来时，我就知道有人靠近这边，也知道是您。"

将军说："一直听说你善于猎雁，今天亲眼所见，竟然如此高超，佩服。"

小武说："哪比得上将军呀！您知己知彼，运筹帷幄，拒敌于边城之外，才是最高明的猎手！不过，我们打猎也需要知己知彼，运筹帷幄。"

将军饶有兴致地问："那……猎雁可有什么讲究？"

小武说："大雁最是难打，因为它们警觉性最高。只有使其失去警觉性，才能得到最佳的时机。"

将军问："如何做到呢？"

小武说："一个雁群不管有多少只雁，总有一只专门放哨的。这只雁对雁群忠心耿耿，任劳任怨，即使自己置于巨大的危险，也极力维护雁群的安全。它叫作雁奴，只要有危险靠近，总是及时发出警报。"

将军叹道："有这样忠心的雁奴守护，确实不易找到机会。难怪以前我猎雁时难有收获。"

小武却话锋一转："虽然有雁奴，但雁群却有一个致命的弱点。如果雁奴发出数次警报而没有险情，雁群便认为雁奴欺骗它们，不仅会报复雁奴，而且再也不会相信雁奴的任何警报了，这就是我数次弄出动静而迟迟不动手的原因。我在等待雁群失去对雁奴的信任。"

将军听罢，默然无语，只长叹一声，不知是为雁奴，还是为了别的。

天色快完全暗下来了，地面一切已依稀难辨。将军别了小武，自回城中。

灯下，将军执笔疾书："臣第五次启奏，敌陈兵边关已久，必有所图。其言与我朝和平共处之语，定然不实。恳请朝廷明察，收回撤防之命。"

一月之后，乌思摩领军突袭，将军率队迎敌，双方于城下展开了厮杀。激战之际，左右伏兵齐出，乌思摩猝不及防，敌兵死伤无数。

乌思摩死命杀出重围，夺路而逃，却被将军一箭射落马下。

深秋，肃气阵阵，寒风萧萧。将军带着数骑走在南归的路上。

天空一群大雁疾飞，将军抬头，却见排在最后的一只大雁，与雁群保持着一定的距离。也许是看到将军一行人吧，它一边飞一边发出凄厉的雁鸣。

将军轻呼："雁奴！"他摸摸马背上的羊皮袋，里面是一封请罪的奏折。

原载《民间故事选刊》2024 年 8 月上半月刊

茶 香

徐全庆

寒风呼呼地吹着，有一种透入骨髓的冷。好在下面一单是郝大爷的，我可以喝上一杯热乎的茶。

想起三年多前第一次给郝大爷送快递，我至今还有点不好意思。我打他电话，让他下楼取快递，他说："我坐轮椅，不方便，你给我送上来吧。"

我从送货地址上知道他住十六楼。我很讨厌这样的顾客，他们总是不肯下楼取快递，找各种借口让我送上门去，完全不介意会耽误我多少挣钱的时间。我回话说："这幢楼上有好几份快递，你得等他们都拿完了我才能给你送。"

"我有的是时间。"他声音平静，但我总觉得那语气里有一股和我较劲的味道。我先去了旁边两幢楼送快递。我是故意的。这是我当时能想到的报复他的唯一的方法。

我敲开郝大爷的门时，他确实坐在轮椅上，但我看出他能走，那个轮椅只是他的代步工具而已，因而对他更加嫌恶。他小心翼翼地说："实在不好意思让你跑上来一趟。"他把愧疚毫不掩饰地写在满是皱纹的脸上，让我释然许多。

我正准备离开，他把一杯茶递给我："专门给你泡的。"我虽然并不懂茶，但看那茶叶在杯中舒展着腰身，仿佛要翩翩起舞，也觉得那是很好的茶叶。

轮到我愧疚了。

那天的茶真香，从内到外浸润了我，直到今天仿佛还没散去。

那之后，我和郝大爷熟悉起来。他很规律地每周五买一样东西，我每周一给他送上楼。他每次都会泡好一杯茶等我。我喜欢这种感觉，仿佛我每次放学回家，母亲立刻把饭菜端上饭桌。

我很快注意到，郝大爷每次买的都是一种几元钱小挂件。这东西不是消耗品，他为什么会买那么多？为什么不干脆一次性买上很多？有一次，我把自己的疑问说给他听，他只是笑笑，并不解释。

郝大爷每周给自己买一个小挂件，只有春节例外。我曾经问过郝大爷为什么，郝大爷很认真地说："过年了，你们都应该回家过年。"

谁不想回家过年呢？但春节生意正好，我更想多挣一点钱。郝大爷听了我的想法，沉默了一会儿，说："你爸妈应该更想你回家过年。"

郝大爷的话我并没有听进去，但我喜欢给他送快递。不仅仅是因为能喝到一杯热茶，更因为每次我们能像亲人一样聊上几句话。在这个陌生的城市，很少有人能心平气和地和我说上几句话。每天的顾客，绝大部分都视我为无物，取了快递就走。偶尔有两个与我说话的，也多是趾高气扬的样子，不是挑毛病，就是提一些无理的要求。这让我更加念起郝大爷的好。

我拨打郝大爷的手机，没人接。也许他恰好去卫生间或在忙别的事情，这种情况以前也出现多次，这一次，我期待的热茶怕是要泡汤了。

我挂了电话，直接去了郝大爷的家。

敲门，无人应。我再次拨打郝大爷的电话，隐隐听到屋内有手机铃声响起。我使劲拍门，还是没人应。

我有一种不祥的预感。我找到物业公司，物业说他们有郝大爷家的钥匙。一个保安随我到了郝大爷家。我第一次走进郝大爷的卧室，发现他死在了床上。卧室里摆满了他买的那些小挂件，全都没有拆封。

床头柜上放着两封信，一封是给我的，另一封是给他儿子的。

给我的信上，郝大爷说："你现在明白我为什么每周买一次用不着的东西了吗？"

我当然明白。我按照郝大爷的要求，联系了他远在外地的儿子，并且帮忙张罗郝大爷的后事。

一切都忙完了，郝大爷的儿子对我说："你去我的公司工作吧，这也是我父亲的遗愿。"

那一刻，我清清楚楚地听到了自己心跳的声音，我为能改变自己的命运而激动。但我还是拒绝了他的邀请，我突然觉得送快递也很有意义。

　　我依然送我的快递。每次到了郝大爷楼下，我依然会上到十六楼，敲响郝大爷的门。门内寂然无声，但我分明能感到一股浓浓的茶香透过厚厚的防盗门弥漫在我周围，久远而不绝。我站在门外，心静如水。

　　有一天，我如往常一样敲门，门开了，一个陌生男人警惕地问："你找谁？"我愣了一下，说："这儿曾经是我的家。"

原载《安徽文学》2024 年第 9 期

碎花连衣裙

阎秀丽

阳光刺眼，光线被窗外的树叶层层叠叠地过滤，透过连衣裙，漏到二妮的脸上，变成了摇曳着的光晕。

二妮在这大小不一的光晕里有了刹那间的恍惚。

连衣裙很干净，没有任何污渍，有的只是光阴的折旧。二妮把连衣裙用水投了一遍，湿答答地悬挂在阳台上，那上面一簇一簇的花儿，仍在鲜艳地开放着。

这件裙子是田赋买给二妮的，那年他们才二十刚出头，是最好的年龄。

当时田赋笑得比裙子上的花儿还要灿烂，小心翼翼地从挎包里掏出裙子，递到二妮面前。二妮则没有说话，脸上已经是赧红一片。

这是我用一个月的工资给你买的，你试试看，合适不？

二妮转过身子，长长的辫子一甩，温柔了这个带着月亮的夜晚。

那件裙子二妮没穿，小心地放在箱子里，当思念在心里泛滥的时候，她就会把裙子拿出来，在镜子前比画着。

二妮的眼睛里便藏了星星，在裙袂飘飘中闪烁。

田赋在省城里打工，每个月都会给二妮写一封信，信很简单，就是平时的点点滴滴，哪怕是剪个头买件新衣服吃顿红烧肉，都交代得清清楚楚。二妮喜欢，感觉田赋就在身边，他的一举一动、一言一行都能看得到摸得着。

英子说，天天写信，一点正经东西都不写，都不值得浪费那些邮票，你们真是闲的。

二妮看着撇着嘴的英子，心想这些信里写的都是正经东西，都是她特别想知道的，怎么就是浪费邮票呢。

英子摆摆手说，你没看书上写的吗，应该说点……英子趴在二妮的耳边叽叽咕咕地说着，一边说一边嘻嘻地笑。

二妮红了脸，拳头打在英子的后背上，英子跑了开去。二妮想着英子的话，是啊，信里老是这些东西，不用看，掰着手指头都知道得清清楚楚：几点起床，几点吃饭，几点干活，几点睡觉……

二妮忽然感觉写信的笔不再流畅，不知道说些什么好。索性把家里的那些陈芝麻烂谷子的事，一粒粒地捡拾出来，邮到那个遥远的地方去晾晒。

当那些陈芝麻烂谷子都没的可邮寄的时候，二妮成了别人的新娘。

二妮长长的辫子已经变成了齐耳短发，那条碎花连衣裙也压在箱子的最底层。只有每年到了那个让二妮一脸赧红的日子，她才会翻捡出来，用手仔细地抚摸着那上面的花儿，然后再用清水投投，放到阳光下晒一天，连衣裙上便有了阳光的味道。

一条旧裙子，放了这么多年，怎么洗也有发霉的味道，再说那么老的款式，你又不穿，要不我给你买件新的？

说这话的是二妮的丈夫，一个老实木讷的人，但是对二妮很好，很疼二妮。

二妮翻了翻眼睛，没有说话。她的心已被早上的一个电话搅得翻江倒海。

是英子打来的电话，她说话的声音缥缥纱纱，像是从遥远的海边飘过来的。她说她看到田赋了，她说田赋很想见她。

二妮撂下电话，那些陈芝麻烂谷子的往事便夹着风声，扑进了二妮的心里，空气中弥漫开的霉味竟然带着隐隐的花香，她仿佛看到了自己脸上的赧红。

二妮把衣柜翻了个遍，没有找到合适的衣服，红的火辣，黑的沉闷，白的单调……二妮看了看阳台上的碎花连衣裙，拿下来，套在自己的身上，裙子上还有着阳光的暖意，妥帖地浸润着肌肤。二妮闭上眼睛，裙子有些瘦，勒得她有种喘不上来气的感觉。

二妮脱下了那件连衣裙，重新挂在阳台上，从衣柜里找了一件新买的衣服穿上，匆匆地跑了出来。

路很长，阳光摇曳着二妮的身影，二妮走得很慢，影子也很慢，二妮的思绪也慢了下来。

时光的车轮轧过一个个平常的日子，生活的柴米油盐就散落在车辙里，无论是平坦还是泥泞，二妮铆足了力气赶着这辆车往前走。丈夫在前面拉着车，比黄牛还要黄牛。难得的空闲时间里，丈夫也会把以前的那些陈芝麻烂谷子的事一一摆出来，在阳光里晒着，二妮甚至能闻到那些芝麻谷子散发出的霉味。

这些霉味又有些似曾相识，二妮歪着脑袋想了很久很久。

二妮想来想去就想到了田赋，却怎么也想不出他的长相，是圆脸还是长脸，是大眼还是小眼，模糊得像天上的那团日影，白亮亮的，只是一个轮廓而已。

二妮转身回了家，几步奔到阳台，把那条裙子拿下来，揉成一团，扔在了垃圾桶里。

丈夫咕哝了一句：一条破裙子，从没见你穿过，留着干啥，早就该扔垃圾堆了！

二妮看了看天上的太阳，说，也是，早就该扔了，穿着也不合身了。对了，那些新衣服也要经常拿出来晒晒，省着有霉味儿。

原载《北方文学》2024 年第 8 期

失　独

徐国平

富华大街中心路口离我所在的市场东大门很近。

老杜是去年秋天出现在这个路口的。从早到晚，他一直不知疲惫地在路口来回走动着，用很不标准的动作指挥着过往的行人。起初，路人还以为他是违章的司机，被罚来协助指挥交通的。

时间久了，人们方知老杜的脑子出了问题。

我每次路过，瞧着老杜疯疯癫癫的模样，心中就隐隐感到难过。

我跟老杜很熟悉。前几年，我常跟他打交道，他在市郊开了一家说大不大说小不小的织布厂，雇着十几个工人，生产一些色织的纯棉老粗布，当时市场很畅销。我常去他厂里进货，别看他当老板，可漂纱浆线，保全维修，有时都亲自动手。我笑他这老板当的跟工人有啥区别，他一边洗着五颜六色的手，一边大大咧咧地抹着头上的汗水说，啥老板啊，现在工资这么高，自己能干一点就给儿子多省一点。

老杜快四十岁才结婚，老来得子，格外心疼儿子，近乎溺爱。老婆几年前患癌症去世，他也没再续个女人，儿子就成了唯一的亲人。他把赚的钱几乎都用在培养儿子上，私立学校那么高的学费也舍得掏。没想到儿子不是读书的料，好歹技校毕业，也没出门打工，就留在他的厂里。在他的言传身教下，儿子很快娴熟此业，成了他的助手。我见过老杜的儿子，小伙子长得要比老杜高一头，体健形美，身强力壮，活泼大方。老杜经常在别人面前如数家珍般地谈论他的优点。后来，老杜在城里给儿子买了一套楼房。紧接着，他又给儿子买了一辆新车。我笑他真舍得给儿子花钱，他说就一个儿子，赚的钱早晚还不都是他的。

老杜正干得起劲，准备再赚些钱给儿子完婚。前年秋天的一个深夜，他儿子却猝遭车祸死了。据说，那天是他儿子的生日，一帮同学在城里一家KTV庆贺狂欢一番后，他儿子驾车回家，路过富华大街的中心路口时，跟一辆闯红灯的渣土车发生了剧烈碰撞。

我闻讯赶到老杜厂里。他正抱着儿子的骨灰盒，在一帮亲戚搀扶下去墓地。他面如死灰，两条腿跟灌了铅一般，一步一颤，老泪纵横，悲痛欲绝。现场无不动容。我心里也叹，这不是摘了老杜的心肝啊！

过了些日子，我再次去老杜的厂，发现车间里的那些织布机一声不响地蹲在那儿，死气沉沉，充满了荒凉和沉寂的气氛，恰似一座荒坟。一问才知，老杜停工不干了，说唯一的儿子死了，再多的钱，还有啥用。我竭力劝慰，可他已经完全提不起精神，神色沮丧，也懒得跟我多说话，痴呆呆地守在儿子的遗像前。只见遗像下面堆满了各种他儿子生前喜欢的东西。

我很少再去老杜的厂子。后来，他的精神出了问题，竟然来到儿子出事的那个十字路口，指挥起了交通。交警劝离过多次，可他执拗不走，出于同情，只好由着去了。我也屡次三番上前，试图劝说他，可他瞪圆血红的双目，把我当仇人一样，双手挥舞着说："我要陪儿子，快走开！"

今年入秋的一个中午，天下起了雨。我远远望着老杜落汤鸡一样瑟瑟发抖的样子，又忍不住冒雨走上前。这回他听话，任由我拽到了路口旁一家餐馆，点了一份热腾腾的板面。老杜有些饥肠辘辘，一边狼吞虎咽，一边用呆呆发痴的眼睛死盯着我，终究没认出我来。

冷不丁，老杜放下筷子，冒出一句："你说被撞死的人会有什么感觉，他一定很疼吧？"我心中骤然一愣，绞尽脑汁也没想出一个合适的答案，只得敷衍："应该毫无感觉吧，因为人死得特别快……"

"不，一定非常疼的！"老杜涨红着脸，憋足了嗓门，打断了我，呛得剧烈咳嗽起来。见他这副痛苦的样子，我也就默不作声了。

老杜风卷残云后，抬起屁股，一抹嘴朝我傻傻一笑，扔下一句："俺要陪儿子去喽！"转身就晃着身子出了餐馆。

也就我结账的片刻，忽听外面传来了一声刺耳的刹车声，紧随着一阵骚动，就听有人惊呼："出车祸了！撞死人了！"我立马跑出去，透过蒙蒙的雾，隐约瞧见一辆黑色的越野车横停在路口中央，一个穿着黄色雨衣的男孩歪倒在一旁，哇哇直哭。肇事司机站在车门外，满嘴的酒气，像只呆愣的木鸡……

老杜他人呢？我大急，四下寻找，很快就发现他一动不动地横躺在路中央的隔离绿化带上，头颅下面冒出的一大摊鲜血，正在雨水的冲淋下向四下的草丛浸染。

事后，我从事发现场的监控录像看到，老杜走出餐馆，晃晃悠悠来到富华大街中心路口时，绿灯亮了。老杜跟前面一个穿着黄色雨衣的男孩正要穿越马路，突然一辆黑色的越野车飞驰而来，但见老杜迅疾地将那个男孩一把拽到了自己身后，而他却被撞飞了出去……

可怜的老杜就这样走了。隔日，我路过富华大街那个路口时，赫然发现中央隔离绿化带里摆放着一束白菊。

原载《小说月刊》2024 年第 9 期

商　机

王培静

　　这天，孙越下楼出门，原先他都是走大路的，今天不知为什么，下楼后莫名其妙地拐进了花园内的小路。本来他已经走过去了，好像有什么拴住了他的眼睛和脚步。他转回身，走回路边正在一个垃圾桶前忙碌的老人旁，点了点头，微笑着说："大叔，我能看看您手腕上的那个手串吗？"

　　那位老人见有人说话，看了看四周，疑惑地问："年轻人，你是和我说话吗？"

　　"对，老人家，您手腕上的手串我能看看吗？"

　　"可以。"老人很痛快地摘下手串递给了他。

　　"谢谢！"他从老人手里接过手串，一边把玩一边睁大眼睛看。

　　看了一遍，又看了一遍。他刚想问你这多少钱买的，老人突然笑着说："你要喜欢，就送给你了。"

　　这是一串沉香的手串，保守估价也得在一万块钱以上。

　　这串手串的纹理干净、清晰、自然，层次感强，结构清晰，毛孔、韧皮部、射线、木纤维清晰，油亮。质感特别厚重，佩戴时间应该在三十年以上。

　　孙越是位手把件玩家，在这一行里摸爬滚打了小十年了。虽然没闯出大名，但在圈里也算半个专家了。

　　刚入行不久时，孙越陪一位圈里的朋友去逛京城的潘家园古玩市场，朋友看上一件翡翠扳指，对方开价三千元，最后砍价到二千六，见对方痛快出手，朋友又犹豫了，怕买亏了，拉他要走。他拿起扳指仔细看了看，小声对朋友说："放心买了，赔了算我的。"回来找专家看了看，果然是件好货，是民国前的老东西，存世在百年以上，专家说，保守估价一万二千元。

他有点不敢相信自己的耳朵，又问了一遍："大叔，您刚才说什么？我不会听错了吧？"

"没错，你要喜欢，就送给你。"老人又重复了一遍刚才说过的话。

"大叔，我哪能随便要您东西，您这手串从哪来的？一直是自己带着吗？"

"我是保洁员，这是我前几天从六楼前的垃圾桶里捡回来的，我问了几乎全楼的人，都说不是自己家的，大家说，应该是刚去世的一个老先生的东西，他儿女从国外回来，处理完老人后事，把他的遗物都扔楼下来了，听说把房子都卖了。"

"我倒挺喜欢这个小东西，这样吧，我给您两百块钱吧。"

"给我钱？你要给我钱，这东西就不给你了。"

"我过去在小区没见过您，您是最近刚来的吧。"

"对，刚来半个月，时间不长。"

"您住哪儿？"

"七楼西头的地下室里，物业给安排的。"

"我叫孙越，住 8 号楼 402 室，咱爷俩有缘分，有时间我请您喝酒。"

孙越拿上手串高兴地走了，他直接去了古玩城，找了两个行家看，一个说，二万我收；一个说，一万八给我吧。

晚上，他搬了一箱酒，拿了一条烟，还有两只烧鸡，来到了地下室找到了白天认识的保洁员。

那个保洁员感到很意外，心里想，这个城里人真不错，这么实在。

孙越从保洁员的小屋里又发现了不少好东西：海南黄花梨的手把件，印度小叶紫檀的扳指，南红项链，家庭旧相册，旧时代的山水画……

后来，孙越和这位保洁员成了合作伙伴，他从这儿悟出了商机。

交往以后，孙越知道了保洁员姓吴，孙越就称保洁员为吴大叔。

和吴大叔合作了一段时间，孙越觉得吴大叔这人朴实厚道。有一次，为了给他送一串佛珠，路上被一辆电瓶车给剐碰了，小腿都红肿起来。从那以后，良心发现，孙越给吴大叔的物件提成不再是几百元，而是几千元了。

吴大叔每次接到几千元的提成后，心里开始琢磨：看来垃圾桶里生黄金呀！

吴大叔也悟出了商机。吴大叔就不再和孙越合作了，避开孙越，偷偷去了几次潘家园古玩市场。

几个月下来，吴大叔发现自己除了倒搭了车费，还被人骗走了一尊金佛。吴大叔后悔地骂了一句娘，拿起手机找到了孙越的号码，拨了过去。

原载《小说林》2024 年第 2 期

脑子是会转弯的

夏红军

吴建军上初二年级的儿子小杰，这天因为一道寒假作业题做不出来，就去问当老师的父亲吴建军，不料被骂了一顿。吴建军训斥小杰说："这么简单的题目，脑子一点都不知道转弯。"吴建军的妻子一贯护犊子，就跟吴建军吵了一架。

眼下已到了年关，吴建军家灌的腊肠已经晒好，挂在阳台上红彤彤的，令人垂涎欲滴。

吴建军跟父母家挨凑得很近，步行十来分钟就到了。吴建军是个孝子，经常过去看望父母，常给父母带些吃的用的。腊肠晒好后，吴建军原本想跟妻子商量，把腊肠给父母送几节过去。可因为小杰写作业的事跟妻子争吵后，两人又为一些琐事加重了分歧，尚处在冷战中。吴建军怕妻子生气不同意送腊肠给父母，就一直没有开口。

这天临近中午时分，吴建军回家后，没看见妻子跟小杰，以为他们母子俩外出逛街在外面吃饭了，便赶紧找了一只黑色的方便袋将几节腊肠取下装起来，系紧口准备偷偷给父母送过去。吴建军之所以选择用黑色的方便袋装，是怕下楼时若是被热心的邻居们给看见了，肯定会将这事传话给妻子的，那样可就糟糕了。

吴建军提着装有腊肠的黑色方便袋匆匆出了门，刚下楼没几步，偏巧就碰见了妻子跟小杰从外面回来了。似乎还在气头上的妻子也没理会吴建军，倒是小杰一见吴建军就大声喊道："爸，你要干吗去？"情急之下，吴建军谎称他出来丢垃圾。

"我来丢！"小杰不由分说，快步跑过来从吴建军的手中夺过方便袋，然后跑向了远处的垃圾桶。

不一会儿，小杰丢好垃圾折了回来，妻子便对小杰说："走，妈回家给你做饭去！"吴建军心里焦急地回头向远处的垃圾桶望了望，他想着只有先跟他们母子回去，然后再找借口出来，将不知情的小杰丢进垃圾桶内的腊肠拿出来，给父母送过去。

做饭时，吴建军便主动进厨房给妻子帮忙，发现家里的盐不够了，吴建军趁机提出他出去买。

吴建军快速出门下了楼，当垃圾桶出现在吴建军的视线中时，他看见有一个像是已经翻罢垃圾桶的老大爷，已经背起装废品的袋子准备离开了。吴建军见状正想冲过去，可偏偏这个时候，小区王阿姨的一声"建军"，让跑起来的吴建军瞬间刹住了双脚。在跟王阿姨说完话后，吴建军终于走近了垃圾桶，他低下头在里面翻腾了半天，也不见那只装腊肠的黑色方便袋。而刚才那位捡垃圾的老大爷早已经没影了。

吴建军满脸的失望，也没心思去买盐了，一屁股坐在了垃圾桶旁的绿化带上。这时，小杰突然跑了过来，说："爸，我妈说家里的醋也没有了，让我出来再买瓶醋。"

沮丧的吴建军也没搭理儿子，而是掏出一支烟点上，猛吸起来。瞬间，小杰跳进绿化带，将一只黑色袋子拿了出来，然后用手举着对吴建军笑道："爸，腊肠，我刚才藏里面的，我知道你是要背着我妈拿给爷爷奶奶的。"

吴建军先是一愣，然后对小杰说："咱们分头行动，你把腊肠给你爷爷奶奶送过去，我去买盐跟醋，记着回家后千万替你爸我保守秘密呀！"

吴建军买好东西在小区门口等了半天也不见小杰回来，心想一定是被他爷爷奶奶留下吃饭了，就独自回到了家中。由于背着妻子给父母送去了腊肠，此刻的吴建军在妻子的面前觉得心虚又理亏，便一直主动跟妻子套近乎。见小杰依旧没回来，就对妻子说："这小子，非要上他爷爷奶奶那儿，定是在那里吃饭了。"

一直到下午，小杰才回到家中。妻子这时正在卫生间里面洗头，吴建军便将小杰拉到一边小声问道："怎么才回来？在爷爷奶奶家吃过了？有没有叮嘱他们腊肠的事以后别跟你妈提起？"

小杰对着吴建军的耳朵说："我在外公外婆家吃的饭，我坐公交车去的。"

吴建军一惊："那腊肠呢？"

小杰笑道："当然是替你送给外公外婆了！"

吴建军一听脸色都变了，本想大声责问小杰为什么跑去他外公外婆家，可又怕妻子听见了。

小杰接着说："因为前两天，我妈带着我已经给爷爷奶奶送过腊肠了。"

弄明白小杰的用意后，吴建军觉得更加愧对妻子了，他责怪小杰说："那你中午在外面怎么不早点告诉我？"

小杰侧过脸，昂起头道："我想证明给你看，我的脑子是会转弯的。"

此时的吴建军内心满是喜悦，但表情仍旧严肃地对小杰说："看来你脑子还不是一般的会转弯，以后都给我用在学习上！"

小杰呵呵道："那是自然，不过阳台上的腊肠变少了，我妈很快会知道的。等下她出来了，我就公布腊肠的去向。要过年了，你俩就相互感动，和好如初吧！"

原载作家网 2024 年 3 月 28 日

一件格子衬衫

崔 立

一件格子衬衫，旧了。

老婆整理衣橱，翻出了这件格子衬衫，手上翻卷着，说，你看，领子都皱了，也有些烂了，扔了吧！我的眼睛，从手机到了格子衬衫上，说，要不，再放放？老婆摇晃着头，无奈的表情。这件格子衬衫，是我们结婚时买的。一晃结婚十数年，这格子衬衫也存在了十数年。一度是我每年夏天的最爱，穿着它照镜子，把我照得是特别地帅，让我走在大街上，也是高昂着头。

手机从微信，翻到了王者荣耀。电话骤然响起，击破了我打游戏正酣的激情。是表弟的电话。表弟说，我要离婚，这日子，我过不下去了！表弟的电话刚挂，舅舅着急忙慌地也打电话来。舅舅说，王亚，你，你快帮帮你表弟吧！妈妈就舅舅一个弟弟。舅舅就表弟一个儿子。从小，舅舅就对我很好，好吃的好喝的，没少照顾我。

周六上午，我开车从城市回到了乡下。我把车开到表弟家的门前。表弟那幢二层的小楼，建了有几年了。是舅舅出钱的。听到我汽车的声音，表弟从屋内走出来，一身休闲装，一双平底布鞋，潇洒自如，一点不像个农村人。舅舅跟在表弟身后，倒是一脸的紧张。舅舅一张干干的脸，干干地看了看我。

表弟喊了我一声，哥——

我和舅舅打了个招呼，又问表弟，弟妹呢？

表弟说，她呀，回家了！

我说，这到底又是怎么回事呢？

表弟说，哎呀，是这样的，那天，你弟妹不是干活回来嘛，本来说让我给她烧饭的，可你知道，我看电视看入迷了，忘记烧了。你弟妹回来就发火了，说我无所事事，说我不学无术，反正是一顿骂……骂完，她说，要跟我离婚！你知道的，哥，我还是干活的，对吧？只不过还没找到机会，是吧？

我站在那里，看着表弟，说，那你想怎么样呢？

表弟愣了愣，说，我无所谓啊，要离就离呗，这世界，少了谁地球不照样得转嘛！

我又想说什么，看到了表弟身后的舅舅。舅舅苦巴巴地在看着我。舅妈走得早，舅舅这些年的希望，就都在表弟身上了。

我打开了车门，对表弟说，走，去弟妹家！

弟妹接回来了。弟妹到了家里，脸还沉着。弟妹一直没讲话。舅舅劝了好久，我也劝了好久。最后，表弟道了歉，说，对不起，是我的错！

我是晚饭后，开车离开的。离开时，表弟夫妻俩脸上都有了笑，两个人好得像压根就没吵过。我上了车，和眉头舒缓的舅舅说了再见，还有表弟他们。我知道，又是两个小时的车程。说实话，有点累。

到家时，老婆躺在窗上，脸上敷了一层白白的面膜。老婆一双裸露在外的眼睛，瞅着我，说，和好了？我说，是啊。老婆说，给了多少钱？我说，三千。老婆笑笑，没再说什么。我知道老婆想什么。

这次的吵架，是这半年来的第五次了。几乎就是一个月一次。老婆还跟着我，回去过两次。后来，老婆就不愿和我回去了。老婆说，其实，你给钱就好了。老婆说的，我明白。表弟没有工作，整天在家无所事事。一没钱，表弟和弟妹很容易就吵起来了。这就像是着了火，舅舅报警，我这个消防员，带着钱去救火。

我也知道，老婆不是心疼钱。老婆说过，这不是办法。我也知道，这不是办法。

果然，一个月左右，表弟还有舅舅的电话，接踵着，又打过来了。挂掉电话，我在房间里走来走去。我对老婆说，那件格子衬衫呢？老婆说，衣橱里呢。衣橱过一段时间就满了，老婆整理过几次，包括那件格子衬衫在内，好多已经不穿的衣物，还是都舍不得扔！我说，都扔了吧！我做表率，先把那件格子衬衫，扔进了垃圾箱。

这次，我没再回乡下。哪怕舅舅快把我的电话打爆了。我推说忙，没有回去。

半年后，表弟给我打电话，说，哥，我想通了，你借我点儿钱吧！我想买辆车，跑跑货运。我一个男人，这样闲下去太没意思了！

老婆刚好在旁边，我看着老婆。老婆说，借！老婆说得掷地有声。

原载《美塑》2024 年第 1 期

最美的格桑花

厉剑童

那年，他考取了北京一所著名大学。他没有像有的同学那样一进大学门，就忙着谈情说爱，沉溺于玩手机游戏……他日夜攻读，只用了两年半时间，学完了大学四年的全部课程。大三下学期，他开始了酝酿已久的圆梦行动——到偏远艰苦的地方支教。

他通过支教助学联盟联系好了一藏族聚居区村小。前一个支教的老师走了数月，迟迟找不到新教师，学生只好放假。他的父母竭力反对：怕他耽误学业，怕他吃不消那个苦，怕他万一有个闪失……他给父母留了一封信，背上行李包，毅然踏上支教的路。

先是坐火车，后是汽车，再后是三轮车、摩托车，又经过两天徒步跋涉，终于到达了那所山村小学。和很多有着支教经历的大学生一样，眼前的一幕让他惊呆了：几间破旧教室坐落在海拔2700米的山腰上，门窗上几乎找不到一页像样的玻璃，几块木板涂上黑漆算是黑板，阳光从破旧的窗户和屋顶破裂的瓦缝里漏出来……眼前一切，让他恍惚进入了另一个世界。震惊、失望，种种复杂的情绪涌上心头。

他走进教室，走到那些瞪着茫然的大眼睛却又顽劣无比的孩子中间，走进那些宁让孩子放羊也不愿孩子上学的家中……几个月过去，一切都有了头绪，那些辍学的孩子已经陆续返回学校。

新鲜、忙碌、充实之后，另一种情绪溢满心头。手机没信号，电脑成了摆设，信息不灵，交通闭塞，一日三餐，几乎顿顿土豆、白菜。每当下午孩子们放学回家后，校园里空落落的，没人跟他说话，哪怕吵一架也行，孤独寂寞想家，像夜猫的爪子挠着他那颗年轻的心。

他经常一个人骑着自行车翻山越岭，走村串巷，到学生家里家访。那些家庭的贫困状况让他震撼，更让他感到自己肩负的重任。每到一户，家长都会拿出最好的酥油茶、青稞酒、糌粑招待他，让他感受到藏族人民特有的淳朴和善良。

闲暇时，他也会到学校周边的山岭上转转，去看那五颜六色的格桑花。他知道，在藏族人民的心目中，格桑花是幸福之花、希望之花。漫步在漫山遍野的格桑花中，他陶醉了，心中燃起一簇簇火焰，点燃着他的蓬蓬勃勃的青春和梦想……

然而，接下来发生的一件事让他顿生失望。那天，他将自己心爱的一支钢笔落在讲台上，返回找寻却再也不见了踪影。那是他18岁生日，高三时的女同桌悄悄送给他的礼物。家教极严的他虽然跟女同桌没有发展成那种关系，但他十分珍惜这份友谊，这份情。那支钢笔始终伴随着他左右。

显然，钢笔被班上哪个同学拿走了或者说偷走了。回想自己一腔热血，千里迢迢来到这里播撒知识的种子，学生却做出这样让他失望的事，他伤心，他恼怒，他失望，他绝望……他想离开这里，回到熟悉的大城市……一连几天，他情绪低落，校园的操场上再也看不到他跑步的身影。孩子们像受惊的小鹿，愣愣地看着他，不知道老师这是怎么啦。

那个送他钢笔，同样在名校上大学的女同桌来信约他一起出国读研。他考虑再三答应了。晚上，他在宿舍整理行李，然后坐等天亮。他正翻看着自己的支教日记本，封二中的一句话让他顿时脸红：是男子汉，就要有为实现梦想而不懈追求的勇气和魄力！这是他在支教前的那个晚上亲手写下的誓言。这话他同样留在了自己写给父母的那封信里。

他的眼前浮现出大学同学送他时说的那些鼓励的话，想起辅导员的那双期盼的眼睛，想起班上那26个即将因为没人教到处乱跑的孩子……他犹豫再三，解开了背包。

第二天，满眼血丝的他重新站在讲台，和往常一样很投入地讲课。他并不知道，此刻台下的某个角落里，同样有个眼皮红肿的孩子正怯怯地看着他。

教师节到了，像往常一样，他径直去了教室。轻轻推开门的一刹那，一股股花香扑鼻而来。他看到，讲台上堆满了一束束格桑花，红的，白的……那么热烈那么夺目。每一束格桑花都用一根细红绳认真地捆着。他一束束地拿起来，不多不少，整整 26 束！一种异样的感觉涌上心头。那天的课就这样，在花海里开始了。

中午，在宿舍，他将花束一一打开，插在大大小小的瓶子里。解开最后一束花时，他发现了那支丢失数日的钢笔和一张字条，字条上用歪斜的字迹写着：

老师，对不起，我不该偷偷拿走您的钢笔。我这样做，是为了我弟弟。他身体残疾没能上学，听说老师有一支漂亮的钢笔时，他吵闹着非要亲眼看一看，亲手摸一摸……原想当天还给您，可他太喜爱了，所以一直拖到今天才给您。老师，您说过，不能随便拿别人的东西。我不是一个好孩子，原谅我……祝老师节日快乐！

读着读着，他的眼睛润湿了。他为自己一时冲动差点冤枉了孩子而羞愧，更为自己的意气用事而惶恐。他轻轻捧起那束格桑花，静静地看着，嗅着。那一刻，他眼前浮现出一张，不，是 26 张，两腮满是高原红的可爱的笑脸。每一张笑脸就像一束格桑花。那是他见过的最美的格桑花。

两个月后，他班里的 26 名学生，每人手里都多了一支和他的一模一样的钢笔。那是他把 26 束格桑花的故事发在助学联盟网上后，热心的网友自发组织捐赠的。

原载《青岛文学》2024 年第 1 期

狐　缘

陈振昌

　　蒲松龄乡试屡屡不中后，出门就喜欢上了小径优游。小径曲曲弯弯，多有幽暗之处，树木葱茏，流泉淙淙，莺歌燕舞，暗香浮动，犹明还暗，让他思绪飞扬，遐想翩翩；小径可抄近路，缩短行程距离，一举两得。

　　这天，蒲松龄正走在田埂上，忽见前面有一金狐，似一团晚霞在流动，美丽极了。蒲松龄加快步履，想看个究竟。距离近了，原来那金狐受伤了，瘸着腿在行走。蒲松龄越发加快步履，那金狐听到脚步声，也瘸着腿加快速度。眼见距离近了，可蒲松龄怎么也追不上。他只好高喊，金狐金狐，我是救你，并无歹意！金狐回过头望望，但并不停顿下来，继续飞跑。

　　如此你追我赶走过麦穗的田埂，金狐狸蹿上了山坡，然后又回眸望了望。蒲松龄知道金狐误解了他，心想，随它去吧，不追了。可发现岗坡上有滴滴鲜血，只好又追了上去，并说，金狐金狐，你都在滴血了，我这是在救你。金狐好像听懂了，立着不走。待他走近，却又撒腿就跑。

　　这样一松一紧，一前一后，不知不觉，蒲松龄就走进了一片密林里。

　　蒲松龄累得不行，喘气稍息，只一瞬，那金狐却不知去向了。抬头一望，吓得胆战心惊——在他前面，一妇人上吊自缢。蒲松龄顾不了许多，跃上前去，抱住那妇人，使劲往上引伸，然后迅速解开绳索。好在这妇人自缢，是刚刚踢翻那垫脚石块的，尚未窒息。她被松龄救下了。

　　妇人泪流满面，却不谢过眼前这位救命恩人。抱怨着说，先生今日救得我，能明日救得我吗？能又他日救得我吗？蒲松龄无语，正想问她为何要这般想不开自寻短见，忽然感觉眼前有道光亮照射。朝着光亮的方向望去，哦，是金狐，金狐已在半山岗了。它居高临下朝这边张望。

蒲松龄是个聪明人，他突然就明白了适才所发生的一切。他对妇人说，不是我救你，是它救了你！他指着对面山腰，让妇人往那边看去。

看见了吗？

看见什么？妇人不解。

一只金狐狸。

先生，您……您就别哄我了，关狐狸什么事啊？

你若不信，我们齐向它作揖感恩。

不由分说，松龄拉过妇人，双手合掌，双双向金狐叩拜。金狐看见，一道金光射来，而后长鸣一声，放心离去。

妇人惊呆了。松龄便一五一十把经过向她叙说。说完了后又说，真不是我救你，是金狐，天意。

我信了，妇人说。既是天意，那我不死了，感谢先生救命之恩！

通过简短叙谈，松龄觉察明白，这妇人非一般女子，可是个闺阁才女。果然，女子出身于书香门第，因羡慕夫君文才，不顾父母反对，下嫁给这个穷秀才林间语。林间语 15 岁考取秀才，怀揣鸿鹄之志，岂料院试屡屡落榜，中举不成。遂作践自己，每日酗酒，还染上赌疾，家道本就贫穷，怎经得起他这般折腾？女子苦劝无果，无颜见慈父良母，哀莫大于心死，就抉择一死了之。

送女子回到家中，蒲松龄问女子，家中可藏有秀才诗文？女子说，家中可变卖的东西，都被他变卖精光了，唯独他的诗文，却是不肯变卖，其实他的书与诗，都是极好的。女人转身拿出秀才一帧书幅，松龄一看，两眼放光："林间终许鸟啼月，山顶岂容猿唤云。"松龄对女子说，你家夫君并非朽木也，才高八斗，心高气傲，只是一时被妖气所缠，不能自拔。请问足下，你大名可叫"许容"？女子一惊，先生怎么知道？松龄笑着回答，联中隐着呢。

看着许容愁云散去，眉宇舒展，蒲松龄一颗心放下了，就起身告辞。临走时让许氏找来砚台纸笔，写下一信，交与她后说，三天后让林间语君到王庄找王润民先生，他正让我举荐一位书塾先生，林君正是合适。这两三天里就看您了，能否镇住他。做书塾先生，一来工酬尚可，可以养家糊口；二来孩子最是天真无邪，可养性修身。说不准他还会一面教书，一面用功，再赴科考。蒲松龄还嘱咐，不必问我姓甚名谁，让他知道，未必是好。

暮色时分，蒲松龄回到了家中。贤妻倚门而望，见丈夫安然无恙，自是欢喜，他可是少有不准时回家的。蒲松龄虽劳累了一天，反倒神定气爽。安坐片刻后他突然一拍脑门：白天粗心了，我怎么就没想到，那狐仙引我去救妇人，准时不误！快了，妇人尚未上吊；晚了，她早已断气。林间语他日必为举人进士，朝廷必委以重任。他又想到这些日子里所写的神鬼仙狐故事，也是冥冥中的大事，并不荒诞，只是还没个定名……有了，他一跃而起，走进书房，见贤妻也在彼，便饱蘸笔墨，写下"聊斋志异"四个大字。

原载《民间故事选刊》2024 年 5 月上半月刊

女人滩

黑　水

"老鼋滩，老鼋滩，鱼不浮，雁绕弯。人过老鼋滩，十人留二三。船过老鼋滩，把头先问天……"运河上船工们升帆摇橹的号子，高一声，低一声，远远地就传到镇上。大运河过境沿河镇九曲十八滩，行船的把头都清楚，最紧要的就是这鬼见愁的老鼋滩。

老鼋滩，距离沿河镇码头不到一袋烟的路程。河道幕地拐了一个九十度的大弯，两岸河滩也陡然变得宽阔平坦而且少有杂草荆棘。河面上亦是波澜不兴平静如常，偶尔泛起一两个漩涡，没转几圈又不见了踪影。据说那水下有深潭直通东海，一千年老鼋便居于此潭中。还真有船工艄夫看见过一个硕大的黑影在河滩上悠然地晒太阳。或许是惊扰到了老鼋的美梦，每有船只经过，那河水竟会骤然无风起浪，顷刻间暗流狂涌，凶险万分。因此行至老鼋滩，过往的船主无不心惊胆战。为保周全，只得临时请来镇上经验丰富的老船把头掌舵过滩。

周二，便是沿河镇上最好的船把头。多年以来，凡是周二掌舵过滩的船都能化险为夷，从没出过纰漏。但周二有一个任谁来了也不能更改的规矩，那就是每次行船走舵必须带上他的女人。这无疑犯了女人不能上舵台的忌讳。俗话说，使车走船性命眼前。水上漂泊，风里来浪里去，最讲究的便是神灵护佑。每条船的舵台边上都供奉着神龛，掌舵的把头早晚一炷香祈求顺风顺水人货平安。女人身上阴气重，倘若冲撞了哪位神灵，那可是捅了天大的娄子。为此，女人乘船只可待在船舱里不出来。可周二不管，他掌舵，他的女人就坐在他旁边。

女人嫁给周二多年，也曾经给他生过一个孩子。周二上船走舵，女人在家早早地就烫好了老白干酒等着。一家人小日子过得还真是有滋有味。可天有不测风云，有一次周二走舵过滩，孩子跟着在船上玩耍时突然不慎落水。周二虽然水性极好，但此时船正在过滩的紧要关口。周二双手死死地把着舵，眼睛一刻也不敢离开航道。后来孩子虽然被打捞上来，但还是不幸溺亡了。自此以后，女人变得痴痴傻傻再也没有说过一句话。但周二每次再走舵的时候，他的身边就多了一个女人。女人不说话，只管跟周二并肩坐在一起，眼睛直愣愣地望着前方的河面。

今年运河水大，河面到处漂浮着从上游冲下来的柴草树木。老鼋滩两岸的平地也都被淹没了大半。周二嘴角衔了支旱烟，小心翼翼地把着舵。女人灰黄无神的眼睛依旧呆呆地盯着水面，没有任何表情。船里坐着上游码头上来的男女几十人，还有几个孩子，看样子是去德州赶火车的。或许是第一次坐船远行，孩子们一路嬉闹着很是兴奋。

"咱那娃如果还在，也有这么大了……"周二缓缓吐出一口烟雾，嘴里喃喃地自言自语说道。

女人的嘴角突然轻轻抽动了一下，随即又恢复了之前的样子。

"过老鼋滩了，娃们都坐稳当了！"周二猛吸了一口烟，将纸烟头用力咬在了牙缝里。

转弯，满舵刚刚打到一半，周二突然觉得手上的舵像被什么东西挂住了一样动弹不得。

"糟了，是流木卡舵了！"周二一声惊呼，心一下提到了嗓子眼儿。

水下的暗流里有冲来的木头卡在了舵机上。这情景，饶是周二这般经验丰富的老舵手也吓出了一身冷汗。他知道，这个节骨眼儿船舵一旦被卡住，船就会失去方向而任由水流冲撞，倾覆几乎是不可避免的事情。

周二双手奋力地扭着舵，但却丝毫不起作用。船已经被冲得渐渐横了过来，眼看就要被激流打翻。

突然，周二身边的女人猛地站起来，暗淡呆滞的眼神扫过船舱里惊慌失措的孩子们，然后便一头扎进了水里。

周二被女人猝不及防的举动惊愕得张大了嘴巴愣在那里。船上的人也都瞠目结舌，不知道发生了什么事。

　　女人瞬间就被浑浊的河水吞没了，只留下一串白色的泡沫在水面上打着漩涡。

　　舵动了！周二忽然觉得手上的舵动了一下。容不得多想，他赶忙使出浑身力气拼命打舵。

　　舵能动，这一船人就有救了。就在即将翻沉的最后一刻，舵又恢复了正常，周二终于成功将船调正了过来。

　　这时，河水里突然露出来半张女人的脸，只浮沉了几下便又消失在河面上。船上的人们清楚地看到了女人那双黑亮的眼睛和她手里紧紧抱着的半截木头……

　　"哎……啊……"周二撕心裂肺的叫喊声在空旷的河面上肆意地飘荡。

　　女人从此再也没有回来。老鼋滩也再没有翻过一条船。

　　运河上的船工们说，那女人降伏了老鼋，升天做了河神娘娘，护佑着过往船只平安。

　　自此，老鼋滩便被称作了女人滩。

　　周二说，那天他分明听到女人嘴里喊着："娃他爹……"

　　"女人滩，女人滩，风不起，浪不翻，扬帆顺水保平安……"运河上，船工的号子依旧高一声，低一声，远远地传到镇上……

原载《当代人》2024 年第 9 期

醉　话

侯发山

那次清明回老家上坟的时候，我顺便到村小学看了看。那是我的母校，童年的许多时光都是在那里度过的，如今回想起来，全是美好的记忆。学校已经发生了很大的变化，教学楼是几年前新盖的，桌椅板凳也都是新配置的。老校长也变了，变得不再年轻，满头白发，步伐蹒跚。那天是个星期天，只有老校长一个人在学校值守。我上学那会儿，他就在学校教书，一晃就是三十多年。

我留意到，学校尽管外观上很像那么回事，但还缺少图书室、电脑、健身器材等，跟城里那些学校相比，还是有着很大的差别。

"学生的教育不能只停留在课堂上。"我像是说给老校长，其实是说给身边的妻子梅子听的。

梅子没有吭声。老校长叹了口气，说："没法子啊。"

我明白老校长话里的意思，老少爷们尽管脱贫了，但村里没有企业，底子薄，集体收入上还是短板。我想在老校长面前表个态，支持他一把。大伙儿都知道，现在都是女人当家，俺家也不例外。虽说账上有些积蓄，花几个无所谓，但是，赚的钱也是两个人辛辛苦苦一分一厘打拼来的。平时梅子花钱，说好听点，俭省，节约，说难听点，抠门，吝啬。不怕您笑话，梅子戴的金项链都是地摊货，背的包也是仿品。所以说，支持一下也不是小数目，事先没给人家商量，我张了几次嘴，都没好意思说出口。

在镇上的一家酒店，我请老校长吃了一顿便饭。无论从乡亲的角度，还是师生的角度，都是应该的。三杯酒下肚，老校长的话就多了，说的最多的一句话就是，我是当年学校最调皮的一个，却是最有出息的一个。

嗨，出息谈不上，无非就是在城里包点工程，赚了几个钱而已，算不上大款，更谈不上大富大贵，其间的苦楚怕是只有梅子知道。在外风光，看上去像个爷，有时候，连孙子都不如，跳楼的心思都有了。总之，咱赚的都是辛苦钱。但是，在老家，在乡亲们眼里，咱就是成功人士，咱就是屈指可数的那些人物，好像我是唐僧的大徒弟，上天入地，无所不能。

在酒精和老校长面前，我有点飘飘然了，胆气和豪气随之而来。我拍着胸脯对老校长说："校长，我出资20万元，给学校弄个图书室。"

老校长怔了一下，说："你喝多了吧？"

我摇摇头，端起一杯酒又干了。

老校长看了梅子一眼，又看了看我，说："这事你得给梅子商量一下……"

"这事还用商量？梅子百分之百同意。在家里，大事都是她拍板，此等小事她从不过问。来，梅子，我敬你三杯。"说罢，我以迅雷不及掩耳之势连干三杯。

老校长看了看梅子，显得有点尴尬，忙拿过我的酒杯："山歌，别喝了。"

一直没说话的梅子说："校长，您放心，山歌没事的。他没有胡说，给学校捐款我同意。"

"谢谢！谢谢！"老校长激动不已。

"老校长，该谢您才是！山歌平时没少念叨您，说要不是您当年的谆谆教导，哪有他今天的人模狗样？"梅子说。

梅子的话看似调侃，更多的是骄傲。我对老校长说："校长，您闻到什么味了没有？"

"不是酒味吗？"老校长抽了抽鼻子，显得一脸茫然。

我摇摇头，说："不对，老校长您发现没，梅子一开口，空气都是甜的。我昨天喜欢她，今天喜欢她，有预感明天也会喜欢她。这么跟您说吧，我对梅子的爱，就像拖拉机上山，轰轰烈烈……"

梅子脸红了，对老校长说："山歌喝多了。"

我没理会梅子，故作惊讶地说："校长，您没有闻到，除了甜的味道，还有烧焦的味道？"

老校长忙起身四顾，脸都变了色，他以为哪里着火了。

"那是我的心为梅子燃烧……"说罢，我作势去搂抱身边的梅子。

梅子的脸更红了，推开我，说："你真是喝多了。"

第二天回到城里，我对梅子说："记得昨天我在酒桌上说要支持老校长，有这回事吧？"

梅子说："你说要拿出20万，让学校弄个图书室。"

"我好像是那样说的，记得你也答应了。"

"是，当时老校长还不住地感谢呢。"

"你看，这……这都是醉话，咋整？"

"咋整？说出去的话，泼出去的水，兑现承诺。"

当20万捐给母校后，老校长又是送锦旗，又是请媒体报道，我躲在幕后，让梅子大大风光了一回。

后来，老校长进城了，送来了满满一篮子家乡的大枣，说是乡亲们的一点心意。大枣的颜色是红的，味道是甜的，这心意太暖人了。梅子孩子似的，欢天喜地，跳跃着去厨房了，嚷着要给老校长做几个拿手好菜。

开饭的时候，梅子破例喝了酒，她的脸红得就像老校长送来的大枣，她说："老……老校长，我和山歌商量过了，再给学校捐10台电脑。"

梅子真是醉了，哪有这事啊？！但是，她的醉话也是我想做却没敢请示她的啊，忙趁坡下驴："就是，就是。"

老校长不住地念叨，好像我是孙悟空再世，梅子是观音菩萨投胎。

后来有一天，我和妻子在一起吃饭时，我趁着酒胆，给梅子检讨了上次捐款的事，说当时我没喝醉。

"孙猴子那点心思观音菩萨还能不知道？"梅子微微一笑，接着说道，"老校长进城那次，我说的也不是醉话。"

我心里一热，逗她说："梅子，你是最好的，如果真的有比你好的人，我就装作看不见。"

梅子扬起一只手，我闭上眼睛准备挨揍，谁知道，我接受的不是拳头而是温暖又熟悉的怀抱。

原载《文艺报》2024 年 4 月 15 日

关内侯印

凯　歌

麟城的财神庙位于南城墙巷，一副对联笔力遒劲，上联是"修和无人见"，下联是"存心有天知"，何人所书，不得而知。

每年正月初五，庙里庙外好生热闹，与财神庙一样热闹的是往东走上五百多米的南关老店富谦益。老店主营布匹生意兼杂货买卖，每隔两月就会有优质的布匹从河北方向运送过来，新老客户源源不断。杨掌柜识字不多，但性情耿直，诚信守正；康掌柜走南闯北，见识颇广，机敏果断。两位掌柜私交甚笃，除了生意上"亲兄弟明算账"，平日里下棋喝茶，情同手足。

这日，一个伙计跑过来说，从乡下来了一个卖羊皮的汉子，说要与咱们做买卖，非要见掌柜的，撵也撵不走。

今个儿是杨掌柜当值，他笑笑说，咱们这庙门不大，但来人势头都不小，我去看看。中堂前，一个庄稼人打扮的汉子圪蹴在角落吃茶，茶桌上的黍米、酥油从瓷罐里凹下去不少。只瞥上一眼，杨掌柜就有数了。

富谦益的茶水是有些门道的。

茶是本地的红砖茶，熬熟撒过盐，放上一勺酥油，再根据个人口味焖上几勺炒熟的黍米。对生意人来说，这酥油米茶只是歇脚或闲聊时的茶水而已，但对穷苦人家来说这却是难得的美味。

杨掌柜瞧见汉子狼吞虎咽的劲儿，再看看茶桌上已经摞起的几只空碗，啥也没说。

杨掌柜客气地为汉子续上茶，笑吟吟地等着。

汉子一抹油汪汪的嘴巴说，不吃了，不吃了，还打起了嗝。他从怀里掏出一个黑色疙瘩，说，祖传的，日子艰难，掌柜的给换匹布吧！他说的自然是可以量身裁衣的老蓝布，相当于现在的三丈六尺左右。

接过黑色疙瘩，杨掌柜放在手心掂了掂，又用桌面上的抹布擦了擦：上方趴着一只乌龟，下方的纹理模糊不清。他摇摇头说，用这个铜疙瘩换一匹上乘老蓝布，咱可是拆一座祠堂得一片瓦——不上算！

汉子心下嘀咕：既然人家掌柜说这东西不值钱，那自然就不值钱喽！

杨掌柜前脚跨出门槛，回头叮嘱伙计：给这大兄弟带上半两好茶叶吧。他回到后院，继续下棋。

听着耳边杨掌柜的絮叨，康掌柜一愣神，这棋就落成了臭子。

康掌柜喝了口茶，静静放下，说，不下了，得出去透透气呀，转身走向院门口，留下准备大杀四方的杨掌柜干瞪眼儿。

汉子被康掌柜叫了回来。康掌柜瞅着铜疙瘩问，大兄弟，你要换布？

汉子似乎有了底气，伸出三个指头，意思是三匹。康掌柜貌似心疼得摇摇头，又点点头，说早上在财神庙焚香抽签时，庙里的和尚说过，正月行善会迎来一整年的鸿运，今日就算积了福德，顺了财神爷的签。

康掌柜一咬牙：成交，顺手将接过来的铜疙瘩丢到柜台后的污水盆里。

汉子怀抱着老蓝布，头也不回地往外走，只担心晚走一步人家后悔了，可就竹篮打水——一场空喽。

估摸着汉子不会再回来了，康掌柜忽然睁眼，迅速捞出污水盆里的铜疙瘩，仔细清洗，用干净手巾拭去残留在铜疙瘩纹理上的污垢。铜印整体呈方形，印钮貌似一只神龟，龟首双目圆睁，栩栩如生；印文为单刀阴刻，纹理清晰。康掌柜取来印泥、麻纸，落下印签，顿时，几个圆润遒劲、严谨工整的篆文出现在眼前：关内侯印。

康掌柜身形晃了晃，差点栽倒在地上。

这哪里是普通铜疙瘩，分明就是一枚紫铜锻造的古时将军印啊！康掌柜按捺住心头的狂喜，用纱布裹实这宝贝，匆匆回家，却百密一疏，忘了拾掇柳筐里的那团落签麻纸。

风和日丽。两位掌柜又在后院对弈。

杨掌柜不断地给康掌柜续茶，康掌柜照旧不客气，但喝着喝着，康掌柜就觉得这茶越来越不对味儿了。

杨掌柜说，老哥去了趟财神庙，富贵立刻上门了呢！

康掌柜自然是明白人，马上晓得昨天那码子事儿瞒不住了，脸色一红又一白。

杨掌柜念叨起财神庙前的那副对联："修和无人见，存心有天知。"

其实，那副对联的意思就是在告诫人们切莫见利忘义，不要做出违背良心的事儿。

康掌柜喝尽杯中最后一口茶，站直身子，捋一捋衣袖说，人生如棋子，落子无悔……怪，就只能怪缘分未到吧。

言下之意说你杨掌柜与那宝贝无缘，怨不得别人。

杨掌柜脸色铁青。

两个掌柜各执一理，谁也不肯相让。

看来呀，两位能人的缘分算是走到头喽。

杨掌柜唉了一声，离开。

康掌柜也唉了一声，离开。

风起，两枚棋子被扫落于地，朝不同的方向散去。

棋子着地，声响不大，却让人心中多了一丝莫名的悸动。

富谦益到底是分了家。康掌柜北上天津，将那枚关内侯印折出了天价，然后举家迁徙，再未回到麟城；杨掌柜另起炉灶，继续做着布匹的买卖。

杨掌柜的生意做得顺畅，却也常常独自一人静坐茶亭，面对一盘冷棋思忖：究竟当年与康兄之间谁对谁错呢？

但有一点却是杨掌柜常常严格训诫儿孙们的：做生意是要讲诚信的，当然还要讲学问，大学问！

原载《小小说月刊》2024 年 5 月上半月刊

翰林包子

袁炳发

太古街、天一街、南极街是旧时哈尔滨道外的主要街道，生药铺、皮货行、典当行、山货庄都在这几条街上。

这几条街，每天行人来往频繁，热闹喧嚣。

高翰林是从热河葛峪堡（宣化县）闯关东落脚在哈尔滨的，一根扁担一头挑着破烂家当一头挑着孩子，他媳妇跟在他身后。

高翰林在荒格子胡同把家安排好以后，经老乡介绍，去了上号（香坊区）裕生堂打短工。一年多后，他靠全家口挪肚攒的钱，购置面粉、蒸笼、十三香、油、盐等，在家蒸山东大包子，然后走街串巷地去卖。

荒格子胡同在哈尔滨正北。高翰林每天挑着俩花筐，从北走到秦家岗（南岗区），等到了车站街，两筐包子基本已经卖完。吃过他包子的人，都说他的包子好吃，包子大，皮薄馅多，松软好吃，有滋味。有人为了吃上他的包子，还从秦家岗跑到荒格子胡同来买。

后来，高翰林在南极街租了间门面，开了一家包子铺，店名叫"翰林包子"。

高翰林的包子，从和面到拌馅都是他亲自动手，媳妇只能打一打下手。面是头天和好在那"醒着"，馅儿现包现拌，如果提前拌馅，青菜水分多被盐拿出来，会影响口感，包子的品相也不好看。

翰林包子品种多，墙上挂的牌牌上写的就有十几种：韭菜鸡蛋、茴香西葫芦、白菜大葱、青菜大肉包、芝麻包子、香辣豆腐包子、香菇菜包、红糖芝麻馅糖包、芸豆包子、肉末青菜包等。

高翰林有自己的生意经：你让别人掏钱给你，但得让人掏得心服口服，拿到手里的东西要物有所值。

有一段时间，高翰林苦心钻研包子，眼前总是晃动着包子，白天想包子，连夜里做梦都是包子。研究的结果是，高翰林把包子做成花样：动物、花朵。动物包子憨态可掬，花朵包子栩栩如生。

这样，来吃包子的人越来越多。

人多地方小，高翰林又租了两间带饭厅的门市房，还招了两伙计做杂工，扩大经营规模。

秦家岗的仁德堂药铺米掌柜，经常到高翰林这里吃包子，他喜欢吃韭菜鸡蛋的包子，几年来从没换过样。最近不知什么原因，米掌柜已经连着几天没来店里吃包子了。高翰林觉得心里失落，心下想，莫非是米掌柜哪次来，自己招待不周了？或是另有原因？高翰林心里十分惦念这件事，他决定登门拜访米掌柜，一探究竟。

高翰林吩咐伙计装上一屉韭菜鸡蛋馅儿包子，出门打上黄包车，直奔米府。

高翰林叩门，米掌柜的家人把门打开后，把高翰林引至客厅，看着高翰林手里提着的那屉包子，米掌柜有些热泪盈眶。

看茶落座后，米掌柜看着高翰林笑了笑说：我这两天偶染风寒，不便动身，还麻烦贤弟亲自上门。生意做到这个程度，让愚兄敬佩！

高翰林摆手说：哪里，您老年龄大，离我包子铺又远，这样吧，我每天早晨差伙计把包子给您送来，免得来去折腾。

米掌柜开始不同意，说：为吃几个包子，太劳烦了！

但拗不过高翰林也只好随他了。

风雨无阻，不论多忙，高翰林总是按时差伙计给米掌柜送早餐包子。

一天早晨，伙计给米掌柜送包子前脚刚走，高翰林就发现，伙计把包子拿错了，拿走的是白菜大葱包子。高翰林赶紧拎上那屉韭菜鸡蛋馅儿包子，出门给米掌柜送去。

米掌柜对高翰林说：你真是个较真儿的人！然后又说：你的包子这么受人欢迎，莫不如在别的街上多开几家，资金不够，我可以帮。

高翰林拱手说：谢谢大兄，我考虑一下。

米掌柜问：贤弟的名字是谁起的？

高翰林答：家父。

米掌柜问：他读过书？

高翰林说：没读过几年，我的高祖曾在朝里做过文官。

米掌柜点头说：家学渊源！

在南极街，还有一家包子铺，叫"俞三包铺"，与翰林包子隔着几家门面，但俞三的生意不好，每天门可罗雀。

翰林包子门庭若市，让俞三生出许多妒意来。他借过来和高翰林取经为名，偷偷把一些沙子撒到案台上大盆的馅儿里。

高翰林虽没看见，但他知道是俞三干的。

那天的几大锅包子都扔了，高翰林一个劲儿向顾客道歉并且承诺：凡是今天买包子的可以免费连吃三天包子。

这件事以后，高翰林想帮帮俞三。

一连几天，高翰林都去俞三包铺里帮俞三包包子，从包子面、包子皮、包子馅儿、包子重量，高翰林都给改换一新。

陆续有人上门买俞三的包子，俞三包铺的包子销量比以前翻一番。

南极街上的人都说：高翰林往俞三的包子铺门前一站，就是招牌！

俞三直溜溜地给高翰林跪下了，所有的歉意和感激都在这一跪之中了。

高翰林又在太古街、天一街开了两家翰林包子，生意也都大火。高翰林赚了一些钱之后，南极街上没钱的百姓也都能吃到他的包子。南极街上的各户人家，谁有个难事，高翰林全都出手相帮。

有一年的春天，哈尔滨没下一滴雨，瘟疫蔓延，高翰林拿钱买了粮食，救济南极街上的穷苦乡亲，让他们度过了困难期。

高翰林的两个儿子长大后，父业子承。

高翰林高寿九十作古。去世之前两个儿子都问父亲翰林包子的秘方。

高翰林回答说：咱高家包子的秘方是宽厚待人，善心善行。

原载《天池小小说》2024 年第 9 期

号声嘹亮

夏文兵

安大爷岁数不大，辈分极高。安大爷不姓安，姓刘。他是刘老太爷在生下七个闺女后得的小子，你说稀罕不稀罕？反正刘老太爷全家把他当成了宝，取名叫刘宪安。

不论大小，贾庄人管跟父亲同辈的叫爷。兄弟多的按排行叫大爷、二爷、三爷……刘宪安家就他一个男丁，自然是大爷，按风俗，村内辈分低的得叫他爷爷、太爷，可管一个孩子叫爷爷、太爷也不合适，于是，大人小孩都叫他"安大爷"。只有小孟叫他"小安子"。

安大爷十岁时还留着辫子，吃着奶。上学堂每天由几个姐姐轮流背着去，再背回来，他自个脚不沾地。安大爷调皮、贪玩，不是读书的料，教书先生是他晚辈，不敢管，更不敢训他。

书读不进，刘老太爷让他学门手艺。安大爷看小孟经常来村举着唢呐。小孟走在礼担前面，耀武扬威，中午跟着吃酒席，临走拿了红包，赚钱轻松又好玩。于是，他也想学吹唢呐。

刘老太爷犟不过他，送他到城里拜师学艺，说好学艺三年，安大爷学了几个月就跑回来，说学成了。刘老太爷很是惊讶，叫他吹上一曲，听完，刘老太爷直摇头，调门吹得一阵高一阵低，换气时的过门更是结结巴巴，一点不顺畅，再一问，就会吹《步步登高》和《地生草》。刘老太爷叫他回去再好好学，安大爷死活不肯，还嚷道："学什么学，每天就练这两个调调，喜事吹《步步登高》，丧事吹《地生草》，其他时候就吹个响，人家图热闹，有几个人懂曲？我跟师傅后面跑过几次，就这点活，真没啥可学的。以后，村里谁家有事，你去说说，我多练练，自然就熟了。"刘老太爷无奈地摇摇头。

从那以后，村内谁家要办事，刘老太爷头天就拄着拐杖上门问："他家的，明天家里办事，吹鼓手请了吗？"主家一听连声说："老太爷来了，这两天事多只顾着忙，把这茬给忘了，这还用问，当然是请安大爷，我这就去请。"

刘老太爷乐呵呵地说："不用，我路过顺便问一下，你们忙，不用特地去请，我跟他说，明儿个准到。"第二天，安大爷便夹着唢呐到主家，有亲戚来时，迎上去吹一段。中午开席时，安大爷辈分高，被请到上席，酒足饭饱，拿了红包，才提着唢呐一步三摇地回家。

荷花娘八十大寿，请了安大爷。可她娘家人讲究，在镇上买好寿礼便请了小孟，一路吹吹打打奔贾庄来。安大爷坐在门口听到唢呐声，连忙上前迎接。小孟乜眼看了一下安大爷，故意将调门抬高。曲调是《步步登高》，安大爷会，可小孟调高，连贯流畅，安大爷一时接不上，吹破了几个音。两只唢呐同时演奏，好坏立见分晓，小孟丝毫没有帮衬的意思，安大爷急得脸红脖子粗。这时，一连串的鞭炮声响起，总算帮安大爷解了围。

开席时，安大爷坐上席，小孟坐下首。酒喝到一半，小孟提议吹一曲给大家助助酒兴，众人连声叫好。小孟问安大爷："刘师傅，咱俩来段《百鸟朝凤》热热场，咋样？"安大爷连忙摇头说不会。

"那来段《全家福》？"安大爷还是摇头。

"这不会，那不会，你会个啥？总不能一辈子靠老太爷面子，就在贾庄这巴掌大的地方混吧？"小孟笑着问，众人也借着酒劲跟着起哄。

安大爷脸涨得通红，腾地站起来，拿起唢呐，撒开脚丫子就跑。他一口气奔到湖边，以往他前脚跑，后面会跟一大群人追来哄他，今天居然一个人都没有，这时回去太没面子了，他便在湖边芦苇丛中晃悠。

突然，他看到草丛中一个东西在闪闪发光，拨开草丛一看，是一只军号。他用手轻轻一拉，没拉动，再死命一拽，顺着军号，拉出一只血肉模糊的手。安大爷吓得一跳，连忙往回跑，见没动静，他又按捺不住好奇，悄悄回头看，看见那只手将军号举起来晃一下又重重落下。

安大爷拨开草丛，发现一名年龄比自己还小的新四军战士，手拿军号倒在血泊中。他连忙上前扶起小战士，小战士吃力地睁开眼睛看了看安大爷，当他看到安大爷插在后脖领的唢呐时嘴角动了动。安大爷要背他离开，小战士摇摇头，将军号和被鲜血染红的信递给安大爷，手指向湖荡深处，闭上了眼睛。

安大爷失踪了。

几年后，在解放小镇的战斗中，有人看到新四军队伍内有一名司号手，模样像安大爷，就是比他黑，比他壮实，手中拿的不是唢呐，是一把闪亮的军号。

战斗结束后，刘老太爷颤巍巍地找到部队，见那司号手正是安大爷。这时，部队接到紧急开拔的命令，只见安大爷拿起军号，冲到院外，双手高举，身体前倾，挺着胸膛，鼓起两腮，奋力吹响集结号。这一连串的动作是那么娴熟，那么流畅，嘹亮的军号声音，立刻响彻小镇的四面八方。

看着安大爷随部队渐渐远去的身影，刘老太爷欣慰地点点头，两行热泪止不住，流了下来。

在一场战役中，安大爷牺牲了。下葬的那天，小孟在安大爷的坟头将唢呐吹得震天响，一曲接着一曲地吹，听得人人落泪。当唢呐的最后一个高音穿破云霄时，小孟突然将唢呐高高举起，用力砸在地上，唢呐断成几节。小孟泪流满面地从背囊中拿出一把军号，昂着头，一边走，一边吹，嘹亮的号声在荒野中久久回荡。

原载《天池小小说》2024 年第 7 期

各凭良心

笛　子

78 岁的卢老太偏瘫后变得暴躁易怒，儿女先后从家政公司找来两个阿姨，没几天就都被骂跑了。

第三个保姆阿桂是通过同事从粤北乡下找来的，43 岁，丈夫前年病逝，儿子在读技校。

不知是阿桂特能忍还是太需要这份工赚钱，总之她就是留下了。

阿桂想起"老人变小孩"的老话，试着把卢老太当小孩哄，这招还真灵。

"卢姨，到点锻炼啦。"卢阿婆偏瘫后，每天不是在床上就是在轮椅上。阿桂觉得这样不行，答应她站一分钟就给做好吃的。等到老人能站一分钟，又要她迈一步试试。在阿桂的连哄带骗下，卢老太居然可以颤巍巍迈出两步。

下午，阿桂从超市出来，被住隔壁楼的英姐拉住：

"我有个老表，在市区有个档口在卖水果，老婆去年病死了，想找个好女人一起过，你愿意和他认识吗？"见阿桂犹疑，又说："我老表是好男人，照顾重病老婆三年多没一句怨言。"

"人家哪会看得上我。"阿桂说。

英姐说："我知你为人不错，你要有意，就约个时间大家见个面饮杯茶先？"

第二天，阿桂利用卢老太看电视的时间跟水果佬见了面。双方感觉不错，互加了微信。

这天，阿桂听完微信语音，脸上挂笑。卢老太说："这几日总见你笑眯眯，有开心事呀？"

阿桂一阵心慌，想起刚到这家半年那会，一天，表姐在微信说要给她介绍个离婚男人，让她回来相亲。

不料通话被卢老太听到，竟当场号啕，她边哭边用手捶打自己的胸喊："人人都讨厌我啦，我怎就不死哇——"吓得阿桂急忙表明自己并无再婚打算，卢老太这才止住哭号。

阿桂好怕卢老太会像上次那样哭闹起来，好在没有。阿桂诚恳地对卢老太道出丈夫生病和去世的这些年，自己是如何的不易，希望后半生可以有个依靠。卢老太默默听完，吃力地把左手腕的玉镯褪下，递给阿桂："这两年多谢你照顾我，这镯子送你添件嫁妆。"阿桂连连摆手。老人淡淡道："旧东西，不嫌弃就收下吧。"阿桂只好收下，她以为是村里人花几百块买的那种。

那日起，卢阿婆变得很沉默，吃饭也没什么胃口，两天工夫就憔悴许多。

见老人这状况，阿桂这两天都不敢跟水果佬约会了。她想到卢老太平时很喜欢吃桂花鱼片粥，就想着去买条活鱼做给她吃。

阿桂出门前想把卢阿婆抱到床上去休息，老人却说她不想躺，让阿桂要干吗尽管去，她看看电视。

阿桂一出电梯门，就被水果佬逮到，硬是缠着说了近半小时话。阿桂着急买鱼："不好意思我得走，等她好些我约你。"

阿桂买了鱼匆忙回家。开门一看，客厅电视开着却不见人。她跑去房间一看，没有！转到卫生间，也没人！去到阳台，当即吓傻：卢老太倒在地上，满脸是血已不省人事。

好在抢救及时，老人总算捡回条命。

阿桂呜咽着向卢老太的儿女说："我跟卢姨说过多次，叫她不要去阳台等我——"阿桂以为老人摔倒是自己的过错，不该跟水果佬聊太久。

阿桂的话让卢家兄妹面面相觑，他们迅速交换眼神，心照不宣地保持沉默。其实，送医院抢救时，儿子从老母口袋发现了一纸遗书："是我自己不想活，与他人无关。"也就是说，老人到阳台原是想跳楼自杀的，因偏瘫手脚不利索，爬一半摔下摔昏过去。

第二天，卢老太的儿子阿新迎向接孙子回家的英姐："英姐！"

英姐有些犹疑："叫我？"

"对。我是6栋的业主，阿桂是我家阿姨。听说英姐很关心我家阿桂？"

"噢，谈不上关心吧。"英姐感觉来者不善。

阿新的嘴角浮起一抹阴森诡异的笑："有时候呢，关心太过也是一种错。我是想提醒英姐，别无事找事给自家招祸哈。"说完狠狠盯了英姐的孙子一眼，转身扬长而去。英姐很是莫名其妙。

两分钟后，英姐接到老表打来的电话，说他莫名其妙被几个飞仔围住打：

"那帮人打了我后说，这次只是警告，再不识做，小心条命呀。他们还讲，想知为何挨打，问你就知。"

于是英姐就明白是怎么回事了。

阿桂有些奇怪，那水果佬以前每天都给她微信语音的，这几天竟一句也没有。阿桂试着打水果佬的手机，两次都传出对方已关机的提示音。她有些奇怪，却又忙得顾不上多想了。

卢阿婆出院后，阿桂去超市买菜，好巧遇到英姐："这几天不见你，有件事正要同你说，我老表认识个本地女，要订婚了。唉，你们无缘……"

"喔？！"阿桂错愕，半天才缓过来。

半年后，身体虚弱的卢老太在冬季感染了病毒性流感，一直高烧不退并很快陷入昏迷，在医院拖了一周就走了。

阿新送阿桂去到火车站。在候车室，阿桂从包里翻出玉镯，苦笑道："卢姨送的——我不会再嫁了，这个还你们吧。"

阿新非常愕然，急忙把玉镯塞回阿桂的包里："这是我老妈送你的，记住，不能随便送人——"阿新压低声音："这玉镯，值好几万呢。"阿桂惊得目瞪口呆，又要退还。阿新说："这是我妈送你的祝福，你收下我妈在天上才会开心。"阿桂眼里一下涌出泪水。

整理遗物那天，阿新对着母亲的遗像说：老母，我把阿桂招进我公司做后勤了，对了，她跟那个水果佬又联系上啦。

阿新说完这句，发现遗像中的母亲眼里好像有了笑意。

原载《小说月刊》2024 年第 4 期

弹壳口哨

叶志平

面对寒气扑来的湖面，几乎赤裸着身子的老刘头，不免打起寒战。他举起手中紧握的酒壶，猛灌几口，随手将酒壶放到小木船上，小木船中间，正放着一架炭火熊熊的火盆。

老刘头先用粗糙的大手从湖里舀水往身上浇，那水一碰到身体，就化作无数细针，开始往毛孔里钻。老刘头又搓了搓干瘪的胸膛，猛吸一口气，义无反顾地往湖中心走去。

女儿小桨是极力阻止他下湖的，可老刘头太倔，一意孤行，女儿只好待在岸上，看着头发花白的父亲一步步向冰水中走去。

这是湖汊的一角，水不深，但水底多有坑凹石隙，那是鱼儿最爱群集的地方。藏在这种地方的鱼，特别刁钻，渔网一撒下去，它们就藏在石隙间，或钻到淤泥里一动不动。

可是，一想到病得面黄肌瘦的小战士，老刘头心就抽了一下——他还是孩子啊，就扛着枪打仗了，小战士所在的大部队，可是一支人民的军队啊！

老刘头正想着，忽然脚边一动，有一条鱼隐隐向他靠近，老刘头正是靠着体温吸引鱼儿。他弓下身子，双手张开，逐渐向目标靠拢，再猛地一合掌，一条足有两斤重的鳜鱼被他紧紧攥住，啪嗒一声扔在小渔船上。突然，老刘头感觉脚下好像踩到了什么，他的脚趾像铁爪一样，死死钩住。一吸气，老刘头潜入水中，熟练地扣住鱼鳃，一条肥胖的鲤鱼，哗啦一声被提出水面。

"爹，时间不短了，快上船烤会火！"女儿小桨在岸上喊道。老刘头浑身僵硬地爬上船，就着火盆哆嗦着。这里是鱼窝，得多摸几条鱼再回去，多做些鱼汤给小战士喝。老刘头想起小战士稚气又瘦弱的脸庞，又滑入水中。半个小时，老刘头反复了好几次。

"唉，真是老了，不服不行啊！"看着小船上十来条大大小小的鱼，老刘头不由得感叹着。

回到岸上，裹上厚棉袄，老刘头又猛灌两口酒，看着东边刚刚露脸的太阳，乐呵呵地说："小桨，赶紧把这些鱼都给小战士他们送去，好好补补身子！"

这段时间，小战士所在的工作组，为了做好渡江的准备工作，马不停蹄，日夜奔波，个个瘦得不成人形。村民们知道后，纷纷送来米、油、鸡蛋。前两天，老刘头去送米，得知小战士病倒了。这个小战士年龄最小，个儿高，长得俊，爱说爱笑的，乡亲们可喜欢他了，都逗他说，要给他在桐城定一房俏媳妇，羞得小战士满脸通红。工作组的队长告诉乡亲们，小战士是部队在前进途中收留的孤儿。乡亲们不免唏嘘一番。

当小桨提着一罐炖得奶白的鱼汤和一篓鲜鱼，走到工作组门口的时候，正碰上小战士在院子里晒太阳。

"鱼汤，给你喝的。"小桨红着脸，站在阳光里。

小战士有些惊讶，一时没缓过神来。

"我爹看你病了，特地去湖里摸的鱼，让我给你炖了鱼汤。"

小战士如梦初醒般，一边道谢，一边赶紧去接鱼汤。

"趁热喝下去！"小桨揭开盖，一股浓浓的鱼香味弥漫开来。

"什么这么香啊？"工作组的队长抽着鼻子走过来，"哟，是小桨姑娘啊，快坐！"

"队长，我爹让我送鱼来，给你们补补身子。"

"这么冷的天，怎么捕到这么多鱼啊？"队长看着鱼篓里的鱼，颇为惊讶。

"我爹年轻时是渔摸子，昨晚又下了湖。"

队长听说过渔摸子摸鱼的方式，内心很是感动，从口袋里掏出几张纸币就往小桨手上塞。"这么冷的天，刘叔还下湖摸鱼送给我们，这点钱是我们的心意，一定得收下！"

小桨赶紧推让："不行不行，我爹说了，你们是人民的军队，我们渔民送点鱼，也是应该的！何况，小战士还病着呢！"

队长一愣，笑着问："小桨姑娘怎么知道小战士生病了？"

"听我爹说的。"小桨的脸在暖暖的阳光下好像有些发热。

"这鱼汤也是你爹炖的？"黑脸汉子又笑道。

"不，是我炖的。"小桨说着，又害羞地看向小战士。

"鱼汤好喝不？"队长一脸笑意地看向小战士。

"嗯嗯，好喝好喝！"小战士不明白平时严肃的队长怎么会有这种表情，便捧起罐子，又喝了两口，却呛得咳了起来。

"怎么了，不是卡鱼刺了吧？"小桨吓得一下子跳到小战士身后，用手拍打他的后背。

"没有没有，喝呛了……"小战士的脸不知怎么，也红了起来。

队长偷笑着，弯腰拎起鱼篓往厨房走去。洒满阳光的小院里，格外温暖。喝完鱼汤的小战士，脸色好看了许多。

"鱼汤好喝吗？"

"好喝，香！"

"真的啊，我用小火慢炖了一个多小时呢，你要喜欢喝，我明天还炖啊。"小桨很是高兴。小战士捧着罐子，忙说不用不用。

"你们，真的要渡江？"小桨看向天空，转动着辫梢。

"是的！"小战士的眼睛也看向天空，眼光里闪烁着坚定，小桨觉得，这时的小战士格外好看。

小战士从口袋里摸出一枚锃亮的弹壳，递给小桨，低声说："这是我做的弹壳口哨，送给你。我们就要离开桐城了。"说完，小战士沉默不语。

小桨也没有说话，接过口哨，两人呆坐了一会。小桨低头摩挲着弹壳，这是一枚做得精致的弹壳口哨，她慢慢将口哨放在唇边，轻轻一吹，哨声便响起来，悠扬而动听。

很多年过去了，满头银发的小桨经常忘这忘那，她常坐在门前，看着一望无际的嬉子湖，手心里攥着的，是一枚磨得发光的弹壳口哨。

原载《天池小小说》2024 年第 1 期

洗车的乐叔

符浩勇

大年除夕，进城务工的乐叔，像往年一样租车到镇上，刚下车，就连着打了三个喷嚏，他知道同宗兄弟念叨他了，匆匆踏着乡村围炉的爆竹声，回到了四英岭下的文曲村。

乐叔在海口的洗车场帮人洗车。他曾为进城后迅速选定这个营生，与村里人津津乐道。他说，省了进城居住的一笔租房钱。按乡下人的说法"该花的钱不花就是省着"，有人说，每期写彩票不中是损失，而不写就是赚着。他住的是洗车场的简易棚，棚里装有空调机，但他不开，其实是调整不到合适的温度。大夏天，他打开门窗，享受自然风更爽。冬天，他用毛毡纸把后窗挡着，严实无缝，屋里就不觉得怎么冷。到了腊月，实在是冷得砭骨，他便与洗车工一起凑着喝酒御寒。

十多年下来，乐叔换七八家洗车场了，几乎每个老板都说他实在。这乡下面子上的嘴前话，他在城里听了觉得很受用。老板信得过他，洗车每天收取的钱让他掌管，由他半月就发放其他洗车工的工资。他每月只需从收入总数中支付老板分成部分即可，仿佛整个洗车场是他向老板租的，或者说他成了洗车场的二手老板。

有人向他逗趣：都说洗车场老板对你好，究竟好在哪里？你那么卖力，你得到什么恩惠了？他支吾半天，说不明白，最后却说了一件事：开始车主开车过来，停车就走，谁洗车谁管钥匙，结果出了事，他经手洗的一辆奥迪车的钥匙不翼而飞。据车主说，车钥匙属电脑系统锁定，钥匙不能随意配制，只能整套重新安装。他傻眼了，重新配制钥匙电子系统，这要五千八百元，他一个月工资都不够赔呢。而前面已出现有一个工仔错装了踏车垫赔了钱，但毕竟钱不多。最后还是车场老板帮他解围，说是车场钥匙管理不规范，老板承担一半费用，他个人负担一半，然后慢慢从工资扣。老板的慷慨与垂怜，他认了，心里暗含感激，对自己说，一定要好好干。此后，车辆钥匙由他统一管理，而其他工仔洗车也更卖力了。这期间，老板娘来过洗车场一次，说是要找老板。可是老板不在，老板娘走时却从乐叔手里借走两千元。

乡下大年春节行事讲究到时点，今年除夕围炉时间较往年早，午天两点半后就是空亡，空亡时间在节日属大忌，不宜举事，乐叔却迟迟未归。有年长的说，钱是过路的，靠的是长年累月去讨，不能盯着年尾这来讨，那讨也讨不完的。待到同宗兄弟聚在祖宗香火屋，虔诚地烧上香，笃信地点蜡烛，已轮番斟酒两巡，只差烧金银纸钱了，他才蹒跚而至。不等有人怼他，他就歉意地说，敬祖先敬父兄是大事，他也想早归，无奈节前洗车的人多，谁都想洗车过新年，老板事先已批准远路的工仔先行返乡，让他兜兜转转处理些碎杂之事，却不说临年终的城里洗车的价格涨了一倍。他当场甩手每人一包芙蓉王，好像让人无话可说。

常年乐叔过了大年初三，就吆喝别人一起凑钱包车进城去了，可今年近了元宵，仍见他在村里四处晃悠。有人逗他，今年车场老板分的红包有多大？乐叔欲言又止，仿佛犹豫了一个世纪，最后才说："那是我最后一场洗车了，可能过了元宵我就另找门路了。"

乐叔的话让在场的人愕然，都盯着他，伸长着脖子等待他的后语。他勉强一咧嘴，却没有笑意，不再像往年一样停下来，掏出香烟还帮人点上，一起吐一圈烟雾。他说："老板把车场转让了，新老板可能也会接收我，但我就是不想干了。"

"为什么呀？现在在城里去找份工作也不容易呀？"大家不约而同问他。

乐叔继续说："你们记得我说过奥迪车丢钥匙一事吗？表面上老板帮我分摊一半，其实是老板与奥迪车主合计骗了我！那个车钥匙根本没有丢，当然也就没有重新配制一说！"

"不会吧？城里人还出了这样的阴招？太损了！"有人觉得不可思议，就愤愤不平起来。

"那你又是怎样得知内情的？"有人疑惑。

"年终车场转让决算，老板娘告知我的。"他仿佛倒出了葫芦里的药。

"老板娘怎么出卖老板？"还有人不相信地摇头。

"唉，你们不知道吧，他，他们离婚了！"

在场的人顿时静寂下来，久久没有人说话。

其实，乐叔还有话没说，那就是老板娘从他手里借走的两千元讨不回来了。

原载《宝安日报》2024 年 9 月 1 日

最后要求

司玉笙

那位老农很瘦，背微驼，肩着一个旧布兜。他已在招待所大门外徘徊了许久，几次想进来又收回了腿脚。

我发现他可能就是我要等待的那个人，便慢慢走近他，还不住地故意干咳。门卫见了我立正，还行了个不太规范的军礼。

这次矿难不幸发生后，这个招待所就成了临时接待死难者亲属的场所。于是，作为工会主席的我，被指定接洽来自偏远山区的一个徐姓难属。不料，几天过去了，一拨拨难属拿到赔偿后陆续离去，唯有这徐姓的迟迟不见露面。在这景况下，我也焦急，心想，但愿这位就是。

与老农一搭腔，果然就是。我自报了姓名、职务，他便慌着掏出身份证和当地政府开具的证明信给我看。这证明信保存得极好，大红印章叠印出另一个红圈圈儿，印泥似乎还没有干透。虽然他说方言我听着有点吃力，可意思明白。核对无异后，我问他：徐大叔，就您自个来的？"

"就我一个，人多了只会给恁添麻烦。"

此时，工作人员小王过来了，光看我。我有点恼怒："看我干啥，好好招呼客人！"

将他领进招待所后，小王打开备好的房间，退一步请他先进。徐大叔往里瞅瞅，又看看我，也后退了一步。"这是啥地方？"

"给您准备好的房间。"

"不可不可，住这地方我睡不着。没有旁的睡屋了？"

"您就住下吧。洗洗涮涮咱吃饭去。"

到餐厅后，这徐大叔的眼睛又不够用了，东看看西瞧瞧，眼皮子乱跳。四个盘子上来，有鱼有肉，香气腾升。他却不落座，惶惶四顾。

"还有人吗？"

"没有其他人，就咱仨。"

"吃不了剩下又丢，可惜。哎，有大蒜和咸菜吗？"

"有啊。难道这菜不合您口味？"

"没有大蒜我下不去饭……"

他这一说，我突然想起乡下的父母：他们来到我家也说住不惯，吃饭时少不了大蒜，还要咸菜。这一想，爹妈的身影就与眼前这位大叔重合了。

餐后，天色已晚，我将小王拉到一边，叮嘱他弄一身新衣给徐大叔换上，而后陪着徐大叔在近处转转。

矿区的夜景璀璨亮眼。灯光串珠与星河相连，群声渺起似幻境梵音。徐大叔兴奋不已，眼睛里映射着灯光的明辉，好像全然忘记了此行的目的，知道我当过兵，他抓起我的手说："我二小子也在边疆当兵，打电话说不可提非分要求！"

次日天一亮，我早早地到那房间，只见徐大叔眼圈泛黑，就问："徐大叔，您夜里睡得可好？"

"好，好。这床垫不知用啥做的，软塌塌的，吸身子哩。"

我不知说什么好，只觉得心里沉甸甸的。奇怪的是，早餐后商议赔偿事宜时，身着新衣的他眼睛光往外边看，问他有什么要求，他只说："按国家规定办。"

赔偿协议不到一个小时就商妥了。签字时，他的泪珠滴落下来，洇湿了自己的名字。

此刻，我心里紧得难受，向他反复申明："大叔，您老还有啥要求尽管提出来，我向上反映，保您老满意。"

"满意满意，太可心满意了。没别的事我得紧赶回家，地里的庄稼可不能误。"

"您老轻易不出来，趁这机会我陪您走走转转，观观风景。"

"庄稼就是最好的风景，我离不开。"他擦干净眼睛，笑。

次日他离开时，又换上了来时的衣服，只是洗得很干净。矿里派辆小车，由小王陪同送他去火车站。临上车时，我一直将他送到大门口。在即将越过大门那一刻，我猛地抓住他的手，最后一次问他还有啥要求没有。

"没了，没了。"说着，他往餐厅方向瞟瞟，眼里游出一丝亮，"要不多，路上够吃的就可……"

我向小王使了个眼色，小王一抬脚飞奔而去。不多时，一包馒头，还有大蒜咸菜，呼噜噜塞入那布兜。

束紧了布兜，他突然向我们深深地鞠了个躬。"这两天给你们添麻烦了，谢谢！"

一转身，躬腰进了车。

我急忙还礼，扭过脸去咳嗽不止，鼻涕眼泪就跟着下来了。

泪光中，车影渐渐远去。望着那车影，我行礼的那只手久久不能放下。一看，门卫也和我一样做着同样的动作。

自那以后，十多年过去了，我再也没有见到过那位徐大叔。不过，他走后，我将父母接过来同住。不长时间，妻子和我也养成了喜好吃大蒜的习惯。

原载《剑南文学》2024 年第 1 期

姻　缘

戴　希

秋高气爽。好日子你迎来了好朋友——一个美女和一位帅哥。

游览湖光山色，畅叙精彩故事，你们在一起，感觉特别美好，十分开心。

不知不觉到了吃饭的时间。听说红火火餐馆既有地方特色，菜肴又价廉物美，你便带朋友欣然前往。包房早已订完，你们就在大厅里坐一桌。

饭菜陆续上桌，你们开始大快朵颐。味道果然不错，你对餐馆很满意。

高兴之余，你瞥见一个老头儿，身板硬朗，穿着整洁，手拿一双筷子，默不作声，笑嘻嘻地走向一张餐桌，举起筷子准备去夹餐桌上的一道菜。

"去，去，去！"正在扒饭的女孩大惊失色，立马伸手护住那道菜，不耐烦地呵斥老头儿。

老头儿拿筷子的手轻轻抖动了一下，仍旧笑嘻嘻的，默不作声，转身走向相邻的一桌。

桌上用餐的小伙已注意到老头儿。当老头儿手举筷子，就要挨着他的桌边坐下时，他的脸上阴沉沉的。

"你以为你是谁呀？想吃哪桌吃哪桌？"小伙鄙夷地盯着老头儿，"你不嫌脏我嫌！"

老头儿好像听懂了小伙的话，却又压根儿不在意，还是默不作声，一脸笑嘻嘻的，起身离开小伙的餐桌，径直走向你们。

"这老人家怎么啦？"你一边吃饭一边想，虽然一头雾水，但是不动声色。

老头儿就一声不吭地在你身旁的座位上坐下，举起筷子去夹一根炸鸡腿。

帅哥朋友愣了，向你使了个眼神，轻声问："认识他？"你微笑着摇头。

"那我们还让他……"美女朋友朝老头儿一努嘴，又对你眨眨眼。

"不就是加副碗筷的事儿！"你笑笑，轻轻拿过一只碗，把碗移至老头儿面前的餐桌上。

你用公筷夹起一根炸鸡腿，轻放于老头儿碗里，友善地说："吃吧，老人家，我们一块儿吃！"

老头儿笑嘻嘻的，并不应答，只是随心所欲、有滋有味地吃起来。那模样，比在自己家里还自在。

你的两个朋友看蒙了，你却不以为意，热情地鼓励老头儿尽管多吃，待他就像待自己亲生父亲一般。

这时候，服务生忽然手托一盆菜，来到你们桌前。"红烧带鱼一份！"他字正腔圆地提醒你们，把菜轻放于桌上。

"你送错地方了吧？我们没点这道菜啊。"你叫住服务生，一脸诧异的表情。

服务生笑笑："这是我们老板送的，让你们免费享用！"

"那……"你眨眨眼，"请代我谢过你们老板！"

"好嘞！"服务生轻快地走了。

你笑着招呼朋友和老头儿："吃吧！"

红烧带鱼还没吃完，服务生又飘然而至，把另一盆菜端放在你们餐桌上。"大枣炖牛肉！我们老板送的，请慢用！"服务生欠着身子说。

"这，这，这……"等服务生一走，帅哥朋友有些不知所措。

你淡然一笑："没事儿的，老板的情要领，咱们吃吧！"

你们都觉得不可思议，正饶有兴味地品尝老板的馈赠，服务生又大步流星地走过来。"东坡肉！我们老板送的，你们可别客气。"服务生彬彬有礼地把菜放上你们餐桌，一转身，匆匆离去。

"该不会有问题吧？"美女朋友扫视着桌上老板送的三道菜，眉头紧锁。

你一愣，旋即摇头："不会的，放心吃！大不了，我结账就是！"

"也是也是！"帅哥朋友略一思虑，点头迎合。

你们觉得有趣，正吃着聊着，服务生又脚下生风地直奔而来。"糖醋里脊！

我们老板送的。请看看，你们是否还有需要？"服务生热情洋溢。

"菜是早已足够，也无其他需求，请代我谢谢你们老板！"你小心翼翼地回道。

"一定一定！"服务生含笑而退。

吃过饭，老头儿笑嘻嘻地走了。你们一同去吧台，找服务员结账。

服务生赶紧迎上来："我们老板说了，你们这桌全免单，我们老板请客！"

"这怎么行？"你面露难色，"要免，也只能免你们老板送的四道菜。我们自己点的饭菜，还是要自己买单。"

"不必不必！"一个楚楚动人的美女挽着老头儿，满脸红霞地来到你们面前，"今天我心情很好，就让我请客吧！"

"你是老板？"你笑问。美女点头。

"那——"你看看美女，"说说你要请客的理由。"

"这位是我父亲，"美女抬起一只手，指指老头儿，激动地说，"可他痴呆了。以前爱热闹广交际的他，痴呆后就喜欢到别人餐桌上蹭饭吃，他是不知道害羞了，却总把别人惹恼或弄得难堪。我也愧对人家不知如何是好……"

"哦，是这样。"你感慨道，"那就更应该也必须善待你父亲，因为谁都有父母啊！"

"你们真好！"美女激动不已，"我父亲今天这顿饭吃得很开心！看得出他很随性，就像在家里一样。太感谢你们了！所以我今天一定要……"

"不不不……"你还想婉拒。

美女就有点儿生气似的："大哥是不是看不起我？"

"这个……"你摸摸后脑勺，"那依你。不过，我也有个请求。"

美女笑："你说吧！"

"让我在你们餐馆办张消费卡，先预存六千元！"

"为什么？"

"你人美又孝顺，心地这么好，今后我一定常来吃饭，到时也欢迎你的父亲一起吃！"

美女羞红了脸。

从此，你一有机会就带亲朋好友去美女餐馆聚餐，老头儿也总在你们餐桌上吃饭。

再后来，美女成为你老婆，你们相敬如宾、亲密无间。有人好奇，问你如何娶到如此美丽温柔的老婆。你神秘一笑："我和我老婆本是一路人，有缘呗！"

原载《小说月刊》2024 年第 6 期

庖丁解牛

胡　炎

有人请庖丁解牛。

其时庖丁刚刚睡醒，正在细细梳发。近午的日光斜照窗棂，在墙壁上投下朦胧的光影。庖丁也站在光影里，形销骨立。他听到了来人的声音，不急，衣冠整齐后，这才打了个哈欠，缓步出门。

上午睡觉，是庖丁的习惯。

来人奉上酬银。庖丁瞟一眼，银面肃然。酬银自是不菲，这是庖丁的身价。

"有劳了！"来人赔笑，拱手。

"申时到。"庖丁说。

来人点头，告辞。

"好草好料，别委屈了牛。"庖丁唤住他，叮嘱。

来人诺诺。

庖丁坐在院中石桌旁。石桌一尘不染，光华如砥。石桌的上方，是一棵老杏树，疏枝繁叶，有鸟雀啄着青杏，自在鸣啭。庖丁沏了菊花茶，轻啜慢品。清苦中的淡香，入喉便浸淫了灵魂。再吃几块茶点，便当作午餐了。

庖丁只吃素食，从不食肉。

然后，磨刀。磨得很细、很轻。磨刀声如风行水上，有绵长的乐感。用抹布擦拭干净，刀映着日光，有如明镜。庖丁在刀背上看自己的脸，眉似弯弓，目如悬月。庖丁微微笑了笑，又以食指试刀刃，似触未触间，一粒血珠饱满如豆。

庖丁把食指含在嘴里，吮了。

牛很壮硕，毛色黄亮。庖丁端详一阵，甚是满意。院中早拥了一众看客，引颈翘足，观赏庖丁的绝技。

庖丁仍不急，柔柔地抚摸牛脊。良久，再抚牛的面颊。庖丁的手柔若无骨，分明不是拿刀的手。牛一动不动，眼神迷离。庖丁退后一步，对牛说："我们开始吧。"

牛眨了下眼睛，有泪花闪动。

"不怕。"庖丁笑笑，取出刀来。

众看客屏息敛声，四下静得落发可闻。

刀抖碎了日光，走进牛的肌肤。绵延时，宛似游龙；迅疾时，寒光四溅，波月飞花。酉时，刀入鞘内，庖丁背着手，看眼前的牛。

牛依旧站立着，尚有鼻息。

"刽子手！"牛哞叫了一声，说。

庖丁一愣，这是他平生第一次听到牛说人话。日已偏西，夕阳里有血光。牛被血光涂染，徒增了几分悲壮。

"你说什么？"

"刽子手！"

庖丁说："不，我是艺术家。"

牛拼尽了最后一丝气力："刽子手从不说自己是刽子手。"

话落，身体分作两半，轰然倒地。

暮色黏稠，庖丁在暝晦的路上独行。外物皆似隐去，唯余那头会说话的牛。庖丁看到自己的刀在牛身上开花。美，美极了！打他将解牛技艺练到炉火纯青时，这花已开了二十余年。

可是，牛说他是刽子手。

庖丁忽而泪湿双目，世间，终是知音难觅。月色清寒，浴着落泪的庖丁。庖丁感到很委屈，也很孤独。

牛说："上山吧。"

"为何？"

"你曾是我们的朋友。"

山道崎岖，草莽在月色中匍匐。有虫鸣和溪涧之声传来，辽远空明。满天繁星童谣般闪烁。草香雾气一样缭绕，让庖丁有些恍惚。

庖丁看到一个少年，剃着瓦块头，骑在牛背上，口含柳叶，吹着清亮的柳笛。山雀在柳笛中舞蹈，甚而有胆大者，落在他的肩上，与他戏耍。

庖丁恍然想起，自己曾是个牧童。

影影绰绰，果然有一群牛。这些牛中，有他牧养过的，也有它们的亲人和朋友。庖丁心头一热，加快了脚步。近了，群牛化作一团乱影，消逝无踪。

庖丁怅然四望，心底忽而生出一股苍凉。

月光漫泄、收拢，在他眼前站成了一面银镜。镜中人气质卓然，向他微笑。

"以解牛之技而冠天下者，非庖丁莫属。"镜中人说。

庖丁拱手一揖："谬赞了。"

镜中人庄重了神色，道："既可解牛，则人亦可解，不错吧？"

庖丁震了一下，无话。

"这般沉默，是不能，还是不敢？"镜中人冷笑，兀自脱了衣服，亮出清朗的肌体。

庖丁也冷笑了。抽出刀，以神遇而不以目视，对着镜中人，若笔走龙蛇，舞得潇洒自如，舞得狂放无羁。不消半个时辰，庖丁收手，掷刀于地上，发出叮当脆音。

"你是个真正的艺术家。"镜中人说。

须臾，头颅坠落，全身作千百碎块落入草丛，噗噗有声。

是夜，牛哞雄浑，响彻夜空。公牛、母牛，大牛、小牛，用哞唱庆贺一个仇人的死亡。

然而不久，它们便后悔了。它们迎来了笨拙的屠夫，那些屠刀不仅拙劣，而且足够凶狠。

活着的牛们，开始深深地怀念庖丁，怀念那些死在庖丁手里的牛——那样幸福而优雅的死亡，已成这世间的绝唱。

不过，也有人说，庖丁没死，午夜时分，他在月色里磨刀。

原载《微型小说月报》2024 年第 1 期

在阳台上梳着长发的女人

汪云飞

注意到这个女人已经有一段时间了。

这个女人就住在我家后面。透过五楼平行的窗户，便可以看到她住着的楼台。好几个傍晚，她都站在阳台上梳理着她那黝黑的长发。这个女人三十几岁，修长的身材，秀气的脸蛋。她的眼前放着一面镜子，一把梳子在头顶上来回地梳着，杂乱稀疏的黑发即刻变得顺畅和溜滑。这时，夕阳映照在她的身上，留下一个美丽的倩影。在金灰色的剪影里，女人熟练地用一块纱巾将黑发束缚了起来，而后从一旁拿起一个白色的瓶子，从中捣出一些什么，在手臂上、鼻梁上、脸颊上均匀地涂抹起来，一会儿便随风飘来一阵雅霜的馨香。

我站在窗口这么一次次地看她的时候，她似乎没有注意我，或是根本没有发现我，更没有在意我在看她这么梳头。她应该是刚搬来不久的一位住户，之前好像没有见过她。彼此隔着一条小巷住着，也很少碰面。只是在傍晚的那个时刻，她似乎都很准时地出现在那儿。梳好头，涂抹好雅霜之后，女人便进屋里去了。不一会儿，她便背着一个普通的小拎包下楼出门了。

出门的时候，女人头也没回。左邻右舍有女人见了，眼神、表情似乎都有些异样。

有人说，这新来的女人，常常天黑之前出门，天刚亮就回家了，不知道她去了哪里，干的是什么活。有的说，这女人每次骑一辆自行车出门时都将头发梳得溜光，身后弥漫着一阵浓浓的香味。

更为奇怪的是，除了她和两个读书的孩子，几乎从来没有看见过她的男人。原来，她压根儿就没有男人。男人从前是开长途车的，一次车祸就走了。

一个女人，还有两个孩子，肩上的担子是够沉的。这年头长得漂亮、性格开朗的女人都惹人喜爱，若是能放开一些，找个活也不是很难。我也这么说。

这之后，我开始刻意地关注起她来。每到这时候，我便不经意地，也是早早地来到窗台，期待那一幕的到来。可是，不管怎样，她似乎都没有反应，没有发现在意阳台的对面有人，有人在看着她，有男人在看着她。相距也就十来米，随便一个动作，任意一个晃动，也能发现，可她似乎是在刻意回避，完全忽视了我的存在。她慢条斯理的，有节奏梳理着头发，可谓身无旁骛。

那一刻还真希望她能看上我一眼。对于没有男人的女人，所有男人似乎都是威胁。就像单身男子似乎觉得每个女人都可以结为伴侣一样。

那天一大早，我应约来到一家社会福利院。进门看到一个人，没想到竟然是她。她朝我笑了笑："王作家好！莫非来采访的就是你？"

我也笑了笑："你在这里工作？"

"是的，我每天晚上都在这里兼职，照顾这里的老人。"

"难道我要采访的就是你？"

"我其实并没有做什么，是领导关心我！"

"你认识我？知道我姓王，又是来采访你的？"

"我搬来不久，就发现你常常一个人在窗台凝视，又常常在用电脑打字，加上在楼台经常听到邮递员在楼下叫你王作家，然后看见你从他手里拿了杂志和报纸。"

此刻，她正在帮一个老人梳理头发。老人九十多岁，脸上长满黑斑，手臂上青筋暴突。老人说，雅霜可是个好人，自己心里苦，却对我们这些老人张着笑脸。福利院十几号人谁都喜欢她，感激她！这里住着的有老志愿军、老干部、老工人，有的人大小便失禁，她几乎一夜也不能合眼，端屎接尿，不厌其烦。有便秘的甚至用手掏，真是难为了她。

"没什么，大娘，这是我的工作，再说，我也得了报酬，不值得宣传。"

"你不是叫娅香吗？怎么他们都叫你雅霜？"

"那是因为我喜欢涂抹雅霜，加上名字有些谐音，老人听岔了就叫我雅霜。

你知道这些老人都是七八十年代过来的，这批人都喜欢雅霜的味道，他们闻了有精神。再说待久了，屋里老人味比较浓，我就买了一些给他们涂抹。我的工作很普通，今天被你看到了，多不好意思。不过，也是为了生活！"

"干什么都不重要，只要对社会有贡献就行。"我说。

"没有办法，白天要洗衣做饭，送孩子上学，还在家中做些小饰品、小纸盒等来料加工，只有晚上才能来这里工作。我爱人开的货车也是按揭的，车毁人亡后，还欠下一些债务，我得一一偿还，好在我的努力得到了大家的认可。"

"快乐到处都可以寻找，只要你心里充满阳光！"

她听了抿着嘴笑了笑，那是年轻女子所特有的。

之后，我常常在窗台上见到一脸灿烂的她，那时的她显然是那么可爱。

原载《福州晚报》2024 年 3 月 22 日

我们听过獾唱歌

代克仁

暑假第一天，我和弟弟接到一项特殊任务：夜里去看护花生地。

晚饭后，我和弟弟出发了。我们在衣兜里装满了奶奶准备的零嘴儿，还带了武器——一面铜锣、一把猎叉，弟弟没忘揣上他的弹弓。

我和弟弟来到爷爷之前搭建的简易树屋里，约定轮流值守。睡得迷迷瞪瞪时，值守上半夜的弟弟叫醒我："哥，土岗上来了一只獾。"然后他拿着弹弓下了树屋。

我一个鲤鱼打挺站起身来，朝弟弟喊："别追！"

"哥，它是个瘸腿，跑不快，我去逮住它。"弟弟已经撵上了土岗。

我不放心弟弟，抓起猎叉，"刺溜"一下从树屋上下来。我看见弟弟弯腰在石头和草丛中低头搜寻。

"你逮不到它的，快回来！"我一边向土岗上跑一边朝弟弟喊。

"哥，我发现獾子洞了。"弟弟猫着腰，兴奋地叫道。

快奔到弟弟身边了，我突然顿住了身形。我看见獾在弟弟身后的草丛中倏地昂起头来，这是一只成年老獾，头部有三条白色纵纹，它龇牙咧嘴，紧紧盯着弟弟的背后。就在我要提醒弟弟注意身后时，獾突然向前一蹿，朝弟弟的屁股扑去。说时迟那时快，我手中的猎叉向獾飞刺而去，刺中了獾的一条后腿。獾痛苦地扭过头，幽怨地看了我一眼。弟弟听到身后的动静，转过身来一看，脸唰的一下白了，吓得一屁墩儿坐在地上，哭了起来。

我和弟弟都清楚地看到——獾嘴里咬着一条土公蛇，獾的尖齿嵌入蛇七寸处。半米多长的蛇身，紧紧缠住獾颈。土公蛇的毒性仅次于奇毒响尾蛇，与眼镜蛇不相上下。老獾即便腿受了伤，也没敢松口，直到土公蛇不再动弹，它才拖着身子转过一块大岩石，遁进了草木深处。

半夜，树屋下传来叽咕叽咕的叫声。我和弟弟探头一看，有两只毛茸茸的小动物在下面兜圈子。

弟弟惊奇道："哪来的两只小狗崽？"

我告诉他："不是狗崽，是獾崽。你看，它们头部有三道白纹。"

弟弟伤心道："它们一定是瘸腿獾的孩子。瘸腿獾受伤了，不能给它们喂食，它们定是饿坏了，才自己跑出来找吃的。"

我突然想起树屋里还有弟弟吃剩的半个猪油饼，就把半个猪油饼扔下去。两只小獾跑过来围着猪油饼打转，用鼻子嗅了又嗅，最终獾弟叼起猪油饼和獾兄一前一后朝土岗上跑去。后面的獾兄边跑还边回头看。

此后每天夜里，两只小獾都会来树屋底下觅食。那些天，弟弟每天晚饭后，临出门总要揣两张鲜香的猪油饼或是两个松软的大饭团。小獾们不再怕我们了，有时弟弟下树屋喂它们时，最小的那只獾还会用鼻子嗅弟弟的手。但奇怪的是，每次它们吃后总要留一些，衔回土岗上的洞穴。

我和弟弟决定悄悄地跟在小獾们后面，去看个究竟。两只小獾好像知道我们要跟去参观它们的家，跑得飞快，但它们跑一阵后就会停下来，回头望一望，接着再跑。接近一块大岩石后，两只小獾突然不见了。岩石下传来两声稚嫩的獾鸣，紧接着洞内响起一声低沉的獾吼。这里就是獾的家了。我小声告诉弟弟，小獾并没有成为"孤儿"呢。

当晚子夜时分，两只小獾一起出现在土岗边岩石上。当发现田鼠靠近花生地时，它们发出叽咕叽咕紧急的鸣叫声，一起跑去驱赶田鼠。弟弟高兴地说："哥，小獾和我们一样，也盼望花生丰收呢。"有了獾警后，我和弟弟看护花生地不用轮流守通宵了，只需听到獾叫就起来查看。

十天后的一个晚上，我和弟弟正在树屋上休息，忽然听见獾崽紧急的叫声，爬起来一看，一头大野猪正在吭哧吭哧地拱食。

我立马取过铜锣，猛地敲了一下，"噇——"锣声劈开夜色，炸响整个山岗。谁知野猪只是抬头循声张望一下，接着更加卖力地拱食花生，一副毫不在乎的样子。

"喤喤喤……"锣声似雨点，一声盖过一声。"叽咕叽咕……"獾叫如警笛，尖锐又急切。可能是锣声和獾叫影响野猪偷吃的心情，终于，野猪停下了。它抬起丑陋的猪头张望过来，许是看出了端倪，嫌獾崽坏了它的"好事"，突然间恼羞成怒，气呼呼地朝两只小獾奔袭而去。

两只小獾吓蒙了，躲在樟树后，缩成一团。我握着猎叉柄的手心直沁冷汗，潮乎乎的。空气一刹那凝固，连虫鸣声也停止了。电光石火间，匪夷所思的事情发生了。只见草丛突然齐刷刷分开，有一个东西箭一般冲出草丛，嗖的一下扑向野猪。

"哥，你看。瘸腿母獾——"是的！野猪的身后，奇迹般地出现了瘸腿母獾，它紧紧咬住野猪的尾巴。"嗷——嗷——"野猪吃痛，哀嚎着狂奔，像一枚贴地飞行的炮弹，穿过野葛丛，冲出了斜坡悬崖的边缘，和那只母獾一起摔下了深涧。

花生果成熟了，我们开始收获花生。弟弟跑到爷爷身边，忸怩着对爷爷说："爷爷，能不能给獾留点……"

爷爷轻拍弟弟的后脑勺，笑道："留了呢，留得好好的。往年我收花生要先拔蔸，摘取花生果，再拿锄头把地翻一遍，捡拾遗落在土里的花生。你看，今年还有半垄地没翻呢。獾是刨土行家，喜欢自己从土里刨食，这样它们才吃得高兴啊。"弟弟低下头，呵呵地笑了。

我们满载收获的喜悦，踏上回家的路途。走出老远，身后传来獾的叫声："叽咕叽咕——"弟弟说："爷爷，你听，是獾在唱歌呢。"

原载《江西工人报》2024 年 7 月 23 日

寻　赏

庞　滟

唐大强收到银行卡扣房贷的短信时，微信蹦出初恋小娟的留言，要借一万块钱，说她爸摔断了腿在医院急救。他怔了一会儿，把敲出的"我是月光族啊"逐字删除，找几个哥们凑够钱给她转了过去。

一个月后，哥们管唐大强要钱了。他翻看小娟的朋友圈，知道她还在找工作就犯了愁。他不敢把这事告诉老婆小尤，定能作翻天。

晚饭后，小尤给他看一条宠物群里"万元重赏寻猫"的帖子。他看到失踪猫的图片又看看自家猫，惊呼道："瞅这家伙，和咱家猫一样，也是半黑半白的阴阳脸啊，这么难看的二串子猫，有这么值钱吗？"

小尤白了他一眼说："人家是把猫当家人待啊，所以才尊贵。这猫和咱家强子（猫的昵称）的确有些像呢，这尾巴好短啊，可能受过伤。"

唐大强偷偷记下寻猫人的电话，隔天打了过去。对方问是断尾巴的布偶猫吗？想到自家猫蓬松的大尾巴，他的希望一落千丈，还是问了猫断尾的长度，搜肠刮肚寻思怎么解释剪断后的伤口。

唐大强趁午休时间跑回家，准备好止血的东西，紧握剪刀对着猫尾巴下决心。猫好像发现了危机，惊恐地满屋乱窜。他四处追击，终于按住了猫……

这天晚上，加班的唐大强接到小尤的电话，她哭着说："老公，强子不见了，窗户有道缝，它可能跳楼跑了。会不会摔伤了啊？"

唐大强急忙赶回家，和小尤一起在小区里寻找，到处喊强子的名字。弄得好几栋楼的窗户陆续被打开，不同年龄的声音在空中回荡："谁找强子啊？"

看到老婆伤心的样子，唐大强心里挺难受，不敢说出中午拿猫换了赏钱去还债的事。当时，他把猫带去"万元重赏寻猫"的人家，开门的白发老爷子看了看猫尾巴，摇头道："这猫尾巴也不对版啊，你还敢抱来，想冒名顶替啊？"

他脸红了，想好的词儿都忘了，结巴道："大爷，您说让抱来看看，我就……是这样的，我女朋友跟……跟别人跑了，留下了她养的猫。我看见猫就难过，知道您家拿猫当家人一样对待，就抱来试试。我也想过给猫尾巴剪断，可我不忍心下手啊！"

"你这孩子挺心善，不像有些人故意把猫尾巴剪断了来骗钱。你这猫脸不是染色的吧？"老爷子说着，拿出白毛巾蘸了水来擦。唐大强忐忑不安，如果按照片上布偶猫的重点色分布细看，还是有很大区别的。

老爷子说："还行，擦了没掉色。我让老伴看看这猫，她想留下就留下。"他说完进到房间里，片刻后推出一位坐着轮椅的老太太。

老太太看到他怀里抱着的猫，眼中发出夜猫一样的亮光，伸出枯瘦的双手来抱。猫瑟瑟发抖，用力挣扎，从老太太怀里逃到角落。

老太太得知猫的名字哭了起来，哽咽道："这猫咋和我儿子的小名一样啊！"她抹去眼泪，深情地唤着"强子，强子，我的儿子哎！快过来，妈妈给你好吃的"。

他呆住了，老太太唤猫的话竟然和老婆如出一辙，当初管这猫叫儿子时他还挺反对，一直不喜欢这古怪脸的猫。

他惊讶地看到，这只猫"喵喵"地回应着老太太，一步步走过来，大口吃着鸡肉冻干，亲昵地蹭着老人的腿。老太太抱起猫亲着，好像是相识已久的一家人。

老爷子高兴地说："妥喽，这只猫对头，这回我老伴能留下猫了。小伙子，你也可以放心啦。"

他点头致谢，走出门后才想起猫是留下了，没拿到赏钱呢，哥们催债咋办？他想转身去敲门，又觉得自己明明说是送养了，懊恼地使劲捶了一下墙。

这时门开了，老爷子递给唐大强一个黑色塑料袋，笑着说："小伙子，你走得太快喽。这是寻猫的谢礼，一分不少。"

老爷子送他到小区楼下，握手道别，沉重地说："谢谢你啊！终于帮我解决了把大烦恼。我老伴再不用天天哭闹着和我要猫了。我家原来那只猫是我儿子当消防员时，从空调机上救下来的流浪猫。那时，猫刚被人剪断了尾巴，可怜啊。七年前，我儿子去山上救大火，没回来！我老伴就精神不正常了，到处乱跑找儿子，出了车祸后再也站不起来了。多亏有只猫陪着她啊。"

"哦，大爷，真为您难过！"唐大强很想安慰老人家，又担心地问，"要是……真有人把你家丢的猫送回来咋办？我这猫不会退回吧？"

老爷子摇头说："唉，送不回来了，我家的猫没丢，死啦。我到处寻摸，也没买到同样的猫，只好在网上撞大运，发些寻猫的消息。有的骗子拿来看着差不多的猫，都听不懂我老伴叫猫，离得远远的。就你这猫自来熟，认亲啊。"

几天后，唐大强收到老婆发来带着哭腔的语音留言："老公，我也要重赏寻猫！我把强子当咱俩儿子养的，失子之痛，我受不了啊！"

原载《小说林》2024 年第 5 期

斜　城

凤　凰

斜城的街道是斜的，房子是斜的，车子是斜的，树木是斜的，桌子是斜的，椅子是斜的，筷子是斜的，所有的东西都是斜的，就连人也是斜的。每个人都是斜的，他们都是驼背。但每个人都不认为驼背是丑，都认为这是一种美。

斜城有个斜度委员会，斜度委员会的工作就是测量斜度，评定美丑。斜度委员会认为倾斜六十度为最美斜度，倾斜一百七十九度为最大斜度，倾斜一度为最小斜度。斜度委员会的人每天都在测量斜度，评定美丑，他们乐此不疲。

为了保证每一棵树看起来都美观，它们一长出来，斜度委员会的人就开始测量其斜度。一旦发现它们的斜度不够，就会对它们采取行动。为了让所有的树木看起来都美观，它们的斜度都保持在六十度左右，其差距绝不超过一度。

对于斜城的人也是一样。每个人一生出来，斜度委员会的人就测量其斜度。当然，每个婴儿的斜度都不够，为此医生就会对婴儿采取行动，让他的斜度达到美观。经过许多代人的进化，现在每个人一生出来，斜度就达到美观了。

由于人一生出来斜度就达到美观了，于是不再测量其斜度，导致出了意外。有个女孩好几岁了，人们才发现她没有斜度。她的父母赶紧带她去医院。然而，由于女孩都好几岁了，她又受不了做斜度手术的痛苦，于是只好放弃了。

斜度委员会的人为女孩测量了斜度，结果真的是没有一点斜度，她的身子是笔直的。由于女孩没有一点斜度，因此斜度委员会认定她为丑女，且是斜城自创城以来的第一个最丑最丑的丑女。斜度委员会的人为此自责，为此难过。

斜度委员会为女孩事件做了公开报道，并做了公开道歉。他们说由于他们没有做好斜度工作，才导致这个女孩成为斜城最丑最丑的丑女，他们请所有斜城人原谅他们的此次过失，并监督他们以后的工作，指出他们的不足之处。

由于女孩事件影响恶劣，现在出生的婴儿都必须测量斜度，并且以后每年都得测量斜度，一直到十八岁为止。一旦发现其斜度不够美观，就会立即采取行动，以保证其长大之后不会成为丑人。斜城绝不会允许有一个丑人的存在。

所有斜城人都认为，斜城是一个美的城美的国。斜城的一切都是美的，现在因为这个丑女的存在，斜城都变得不那么美了。所有人都瞧不起这个丑女，一看到这个丑女就瞪眼。当然，这不是丑女的失误，他们只好忍受她的存在。

这个女孩知道人们是怎么看待她的，因此她很少出门。她几乎都待在家里。她也不想出门，她怕人们对她指指点点。她恨不得离开斜城，甚至恨不得死去。她觉得她活得太痛苦了，别人都那么斜，斜得几乎一模一样，就她笔直。

而更为可笑的是，这个女孩偏偏叫曾美丽。人们一提到曾美丽就会忍不住生气，大家都认为她侮辱了美丽两个字。父母最终不得不为她改名，叫作曾丑丑。可是只要这个女孩出了门，人们还是指着她，说她不配拥有美丽两个字。

曾丑丑知道人们已经把曾美丽这个名字记住了，永远地记住了，她毫无办法。她不想在人们的指责中度过一生，就努力地学习。她希望通过学习改变人们对她的看法，改变自己的命运。她怕，她对自己的未来充满了恐惧和痛苦。

尽管曾丑丑的成绩非常好，但人们还是指责她，更加愤怒地指责她。大家都说这么丑的人，却给了她聪明的头脑，简直就是不公平。曾丑丑知道，人们开始嫉妒她了。为此，她就更加努力地学习，她要做一个有知识有才华的人。

努力的曾丑丑真的成了一个有知识有才华的人，可是后来她却一直找不到工作，没有哪一个政府部门，也没有哪一家公司愿意请她，因为她太丑太丑。每个斜城人都不能容忍丑的存在，当然也就不会容忍曾丑丑在身边工作了。

曾丑丑找不到工作不说，甚至连恋爱都没法谈，没有哪一个男人喜欢她。男人遇见她，就像遇见苍蝇一样，赶紧走开。像曾丑丑这么大的女人，孩子都在满地跑了。曾丑丑为此非常痛苦，她的一生都因为身体没有斜度而毁掉了。

曾丑丑到底是有知识的人，她不甘心人生就此度过，于是她决定离开斜城，去别的地方生活。她需要工作，需要恋爱。对于曾丑丑的离开，斜城所有人都万分高兴，大家早就希望她离开斜城，现在她主动离开，真是再好不过了。

曾丑丑来到了直城。直城的街道是直的，房子是直的，车子是直的，树木是直的，桌子是直的，椅子是直的，筷子是直的，所有的东西都是直的，就连人也是直的。每个人都是直的，笔直笔直，像曾丑丑一样。曾丑丑十分兴奋。

曾丑丑觉得来直城来对了，觉得自己找到了同类，觉得命运改变了。可是曾丑丑从车上下来一走路，她就摔倒了，走一步摔一跤，走一步摔一跤。斜城的路是斜的，直城的路是直的，她走惯了斜路，不习惯走直路。这个习惯得改。

而且，曾丑丑还不习惯直城的房子和树木都是笔直的，她得弯着腰去看它们。她还不习惯坐直城的椅子，也不习惯使用直城的筷子，她埋怨椅子不斜一点，筷子也不斜一点。原来在不知不觉间，曾丑丑就已经习惯了斜城的一切。

曾丑丑在直城同样举步维艰，她发现在这里人们依然用异样的眼光看待她。后来她只好离开了直城，回到了斜城。一回到斜城，她走路就不摔跤了，看房子和树木也不用弯腰了，她不由感叹道："还是斜城好啊！斜城我爱你！"

原载《思维与智慧》2024 年 2 月上半月刊

摇篮曲

王　溱

都说眼睛是心灵的窗口，她没有眼睛，只能依赖房间临街的那个窗口。

每天傍晚她都会站到窗前，等待。晚风是一天里边最有耐心的风，像个称职的信差，把各种信息搂着，卷着，或者拖拽着准点塞进那扇小小的窗户。她对这条街的一切运筹帷幄：一个师奶锅里的面糊煮焦了，一个稚气的声音在旁边哭；有个女的手滑打烂了盘子，没有人怪她，她自己嘤嘤哭；有人因为撒了太多盐而摔了盐罐子；还有人被烫了一下甩飞锅盖……做饭真是件危险的事啊！她十分庆幸自己没有这烦恼。饭都是在店里吃的，外卖员把饭送到店里还贴心地一份一份摆好，免去了在外面用餐的不便。

摆好不代表就能吃上。她工作的店是一家按摩店，什么时候能吃上饭那得取决于客人什么时候走，而客人什么时候走取决于他是否满意。

也有怎么做都不满意的，比如今天这位。整个过程中他一直在抱怨，说她力度太小，没吃饭似的，又说她穴位找不准，不痛不痒，还质疑她是不是真的看不见，别的盲人都按得特别得劲，怎么到了她这儿像挠痒痒。她只能照单全收，还不能出言怪客人皮糙肉厚。店长说了，甭管客人说什么都得先认了，这是规矩。

她嘴上认了，心里不认。要说力度小这是有可能的，毕竟胳膊还没有那客人一半粗。但穴位是不可能找不准的，她练习过无数遍了，拿穴位娃娃练的。刚开始确实有点难以找准，自从驯服了风，事情就变得再简单不过了，风吹过的时候，每个穴位都会自觉报数，一按一个准。

"我来我来！就她那身板，使不上劲儿的！"说话的是阿胜，也是按摩店的技师。但阿胜的眼睛没有问题，据说正儿八经学过的，推拿针灸拔火罐都会一手，人也壮实。

客人就让阿胜接着按，嘴里还是继续抱怨，说自己被"盲人按摩"四个字给误导了，以为盲人就一定按得更好。

阿胜这回笑得大声。"确实有些盲人会按摩，但谁说眼瞎了就一定能按好了？"

"那眼瞎了还能干啥？除了按摩。"

"好像还真干不了啥。"

他们没有提到"废人"这样的词，风却把这样的词送到她耳朵里。被驯服了的风是无孔不入的，包括钻进人心。

她跌跌撞撞离开，在风的提示下安全穿过这条在别人看来无比寻常而对她来说十分危险的步行街。自从眼睛看不见以后，她害怕一切速度快的东西，如路上偶尔穿梭的自行车，滑板，放学路上奔跑打闹的孩子，或者把狗绳绷得忒紧快速晃动尾巴的大狗。她驯服了风，但没有驯服这些会因为速度而产生风的人或者东西。

她又站到了窗户前，期待着，期待今天的晚风能给她带来一些什么鸡零狗碎鸡飞蛋打的消息，好让她确信这个世界就是这样的，眼睛看得到也好，看不到也罢，日子都不见得好过。

那个难缠的客人把她下班的时间推迟了太久，晚饭时间已过，家家户户似乎把一天的戾气都消耗在晚餐的准备与收拾上了，此刻传来的电视声，或是音乐声、说话声，都比较安详。

此刻她才想起来，自己走得急，晚餐都还摆在桌上没有吃呀！

她从包里摸出一包饼干，记不清是什么时候买的，捏捏还脆着，就撕开吃。大概是掉落的饼干屑引来了老鼠，老鼠在脚底下窜来窜去的声音叫她迷惑，那么快，分明更像是箭离弦而去的声音，但房间里不可能有箭，更不可能有弓。

无法下脚了。她只好到床上去。

躺着。就躺着。躺在床上不代表就能睡着。她的脑袋里正打仗，分不清正派反派的那种，乱箭横飞，混战。半旧的枕巾，散发着按摩店里那种精油味。她强迫自己用力嗅，确实上头，就是没法像某些顾客那样片刻就发出鼾声。

翻身，不停地翻身。风竟送来另一个人翻身的声音，成二重奏。那人应该是个胖子，每翻一次身，床就嘎吱一声叫唤。风还吹过来几天没洗的汗脚味，这种味道在她工作的地方并不少闻，隔几天总要遇上这么一个。比如前两天她就刚接待过一个白领，据说是接连在办公室加班三天三夜，腰都挺不直了，更别说洗漱。

"哇——哇——哇——"

分明是幼儿的啼哭声。她愈加迷惑了，难不成那辗转反侧的不是个胖子，是个孕妇？大着肚子还要照顾孩子，还要加班，也太辛苦了！她仔仔细细竖起耳朵听，风似乎验证了她的猜测，隐约传来一个女子细细碎碎哄孩子的声音。

没有用，孩子还是哭。

那哭声在夜里有些凄厉，像没人要的孩子。怎么能没人要呢？即便是天生缺胳膊少腿的孩子，也该有人疼的。她不自觉哼唱起摇篮曲，就像小时候奶奶和妈妈给自己唱的那样。小时候的事情记不清了，可她坚信奶奶和妈妈就是这么唱的。

孩子的啼哭声果然小了，断断续续，再过了一阵彻底消失不见，像是已经入睡了。她也入睡了，睡得很香甜，比任何时候都香甜。她永远不会知道，第二天住在他楼上的一个刚失业的男孩到处打听这里有没有年轻的妈妈带着孩子租住，说是多亏了她的摇篮曲自己才能入睡。

"没有！"房东太太斩钉截铁地说，"我这里租住的都是单身白领，我才不租给有孩子的。"

原载《小小说月刊》2024年1月上半月刊

过　界

滕敦太

村里有威望的，是主持白事的"大料理"钟世明，他有个标志招牌——一年四季不离身的中山装。果树喷农药，别人都穿耐脏的衣服，他不，穿得紧挺的，到地头，脱下中山装，叠好，放在塑料布上。做完农活，洗净双手，再穿上。不管眼前有人没人，一脸虔诚。

钟世明宝贝这身衣服，有说道。他家祖辈当"大料理"，传下规矩，"大料理"必须穿中山装。村里人图省事，直接叫"四个兜"。

多年了，钟世明穿着"四个兜"牢牢把住村里白事主持的地位，谁家老人去世，三天的丧事全由他一手操办，开支大回扣也大。这年头人都精了，心知肚明，谁也不说。

正应了那句话，好日子不能让一个人过了。钟世明所在的庄与大苏庄合并了，大苏庄的"大料理"苏开山是下台干部，有文化，比他这个大字不识的庄稼秆子多好几把"刷子"。钟世明就摸着他的中山装喃喃自语：以后这庄里的"大料理"还不知姓什么呢。

怕什么来什么。苏开山在这个庄的老姐姐去世了，苏开山作为老娘舅来为姐姐办丧事，也穿一身中山装，左上边口袋放一块白布。只是那衣服料子好，颜色也亮，场面！在农村，老娘舅红白事就能当家啊，苏开山师出有名，直接"过界"，钟世明一点鼻涕也擤不出。

忙完了当晚的议程，钟世明几人请苏开山一边喝酒，一边说道说道明天要做的事。酒桌上同时出现了两个穿中山装的"大料理"，这可是从没有过的事，众人的眼里开始放光。

酒过三巡，苏开山开腔了：老姐姐苦了一辈子，临走时我要让她睡个好寿材。明天我亲自去买寿材。

满桌的眼睛齐刷刷地看向了钟世明，买棺材是"大料理"的绝对权力，在这事上说不了话，那这个白事主持当不当也无所谓了。

钟世明觉得老脸发烧，有文化的人想出的办法也绵里带针，就这么把我的主事权拿走了？宋太祖"杯酒释兵权"还请了一场酒呢，他苏开山倒好，直接用别人的酒就把事办了。

钟世明不得不接招了。他学着电影解开中山装的第一个扣子：表哥，你我都是"大料理"，熟门熟路，这个买棺材就不麻烦你了。

苏开山点头：不错，是有这么个讲究，我也不能坏了规矩。我个人出钱为老姐姐买口好寿材，不走公账。这行吧？

还能说不行？钟世明只觉得心口冒火，又解开一个扣子，端起酒一饮而尽，把酒杯往桌上一顿：表哥要买寿材，这个场我就不掺和了。

唉，你我老兄弟为这点事伤了和气不值当的。让大家评议评议怎样？

文火细功，这是赶鸭子上架啊！不就是当干部搞的举手表决吗？我就不信这帮小兔崽子能翻了天！钟世明觉得浑身发热，又解开一个扣子：按你说的来。大家把孝带解下来，听谁的，就放在谁的那边。

在白事场帮工的人胳膊上都系着一条细白孝带，一来是对死者的尊敬，二来外出办事也方便，骑摩托违规了也不查。

终于真刀真枪地干上了！各人慢慢解孝带，心里盘算着。

不一会，七条孝带都扔到桌上，谁多谁少，清清楚楚。

钟世明哈哈一笑，解开最后两个扣子，把带着自己体温的中山装脱下，摇摇头，放在苏开山的肩上，走了。

苏开山叹口气：大家吃点喝点，早点休息吧。

第二天早上，苏开山把钟世明从床上拖了起来：多心了吧老弟？咱几个村是合并了，我是不会过界的，这庄的白事还是你说了算。昨晚我那么做，一来为老姐姐尽点心，二来想与你商议一件大事。

懊悔了一夜的钟世明顺坡下驴：我昨晚喝急了，身体不舒服才走的。你姐姐这个丧事我一定给办圆满了。你说吧，什么事？

苏开山忽然换了话题：你说咱这"大料理"，为什么非要穿中山装？

钟世明还真不知道，他识字不多，又不好意思问别人，今天正好弄个明白。

苏开山慢慢解开扣子：这衣服讲究大呢！你看，这四个口袋表示礼义廉耻。为什么口袋要有盖？办事要公，得盖得住。衣领翻过来，办事得严谨，要压得住。那几个扣子，是眼珠子，盯着你呢！

钟世明头上起了汗，再看这中山装，还真有这么个意思。他讪笑道：表哥，我是老粗，但也明白事理。以后怎么做你说。

敞亮！镇上要成立红白事理事会，让我参加。我就想，咱过去为人料理白事大操大办，不就图那点回扣吗？事主为了死者入土为安，一切听咱们的，其实意见大着呢，藏着掖着的谁不知道。

钟世明听着，脸色极不自然。这些年他全靠白事养着。苏开山当面一说，还真受不了。

昨天我与帮忙的人闲谈，都希望改一改老规矩。以后咱主持白事能简就省，不搞迷信那一套。至于报酬嘛，我会让事主给些酬金，这样事主给得心甘情愿，咱们挣得正大光明，守着规矩不过界，多好？

钟世明连连点头：这法子好。咱忙这几天不就为了点收入吗？怪不得那些个兔崽子愿听你的，我也听你的。

敞亮！这样的胸怀才配得上这样的衣服！可当务之急，大家还等你发号施令呢。苏开山拉开皮包，取出折叠齐整的中山装：你这衣服是身份，也是面子，你可要穿好。

钟世明慢慢穿好中山装，扣齐衣扣，理好领子，把那块白布放入左上边的口袋，再把翻盖整理好。忽然觉得，这衣服比以前重了分量。

原载《苍梧晚报》2024 年 4 月 23 日

段大师

于德北

大师今年六十二岁了，他教了一辈子武术。

他退休之前，在长春一家研究所的工会工作，是个干事。他美术字写得好，所以工会诸多的宣传事宜他都参与，在单位也算有头脸的人物。他一米六五的个子，微胖，面黑，一双眼睛细长。他干什么都讲究个排场，好脸好面。

他年轻的时候练过八极拳，一路拳走下来，也算行云流水。

自从学了武术，他就在家里弄了个兵器架，刀枪剑戟，斧钺钩叉，能插能挂的，尽显眼前，见着威武，杀气腾腾。为了这些兵器，有能力的时候，他特意买了一个客厅特别大的房子，架子靠边上，红缨映白墙，雄性十足。

他还用美术字刻了一块匾——尚武堂——挂在门口，邻居们见了都倒吸一口凉气。

段大师三十几岁就开始收学生，到退休前，学生也有百十来号人了。他的学生中年纪大的也快五十了，在单位都上得了台面，也有练家子的名号，都知道抬师父就是抬自己，所以，有说话的机会，都把师父的武功说得高深莫测。

他们说师父，说什么呢？

一般说两件事。

一件是一场交通事故。段大师年轻的时候喜欢摩托车，是长春第一批买摩托的人，年轻本就好胜，又自恃有点儿功夫，骑行的速度就很快，还附带了优美的姿势。有一次，他骑着摩托车和一辆从小巷里冲出来的出租车撞上了，他整个人翻了出去，所幸落地时有草坪擎着，除了一根肋骨骨折，肩背有擦伤，性命无虞。

他的武术家协会的证书恰好落到了出租车司机的脚下。

那出租车司机是个聪明人，知道捧人的好处，上前扶他时，抢着问一句："您是个武术家吧？"

被人一眼看破，段大师陡生出一种自豪。

"这身手，了得！"司机说。

段大师虽自豪，却也一脸云雾地看着他。

司机扶他坐起来，对着看热闹的人描述："这要是一般人，完了，早完了！这真是武术大师！我眼瞧着，那手，在我的机盖上轻轻一按，一个空翻就翻了出去。"

"哪里哪里。"段大师摆摆手，谦虚起来。

那正是《少林寺》《霍元甲》风行的年代，人们对武术生出情不自禁的好感，当下就有人要拜他为师，向他学习独门绝技。这也是他收徒的开始。那司机夸大其词的宣讲，让不知真相的人对段大师生起无限敬意，都想见证段大师的避险实效，热议之声此起彼伏。先来的人向后来的人重复着出租车司机的话，后来的人也把这场亲历印入自己的脑海，仿佛他们见证了奇迹，自己也成了奇迹的一部分。

"没事儿吧？"司机问。

疼痛感还没有完全扩散开来，段大师只觉周身木木的。

"没事儿吧？"司机又问了一遍。

段大师摆摆手。

"用不用上医院看看？"

段大师又摆摆手。

司机一拱手，话语上再加钢："我真是服了！大师！绝对的大师。不但武功高，武德也好！"

段大师再摆摆手。

司机慢慢退出人群，一脚油门，走了。至于段大师后来疼了两个多月，多年后去医院检查别的毛病，才被医生道出他的肋骨骨折过，等等，这些事，他都无从知道了。

徒弟都是乐于赞美自己的师父的，他当场收的那个徒弟，把这段往事作为美谈，每次师兄弟聚会都会讲，讲得大家信以为真，对师父的功夫心服口服。

还有一件事，是他讲给徒弟们的。

他有一个姓崔的师兄，后来随长春八卦掌杜其石学习八卦掌去了，身手甚是了得。有一次，他们几个师兄弟在岳阳街一家小店聚餐，餐后准备打车回家，有一个师弟喝多了，一上车就吐了。司机很不高兴，对他们大声斥责。这位崔师兄付了他钱，还额外赔了洗车费。可是司机依然不依不饶，还"口吐莲花"，说了许多不干净的话。

崔师兄喝止他。

他还火冒三丈，转过车头要动手。

一拳袭来，崔师兄下意识发功，只一格挡，就把他崩到路边的那家小店里去了。

算一算距离，他足足飞出去八九米。

这功夫了得！

话怕传，故事怕讲，七嘴八舌，添油加醋，段大师真的神了！什么他可以"隔空打牛"，就是点一支蜡烛，前边竖一张纸，人在这边发功，一拳可以把蜡烛击灭。还有什么他可以"挂画"，就是用掌推人，可以把人挂到墙上，等等。这些就在武术圈子传遍了。

这话多数人不信，但谁又能真的站出来验证？

有一位练搏击的小伙子不信邪，向段大师发出了挑战。

段大师硬着头皮应战。

可他犯愁啊。他虽然练了一辈子武术，也授徒无数，可实话实说，他只会把架子拉得好看，八极拳的拆拳解拳他都不会呀！这可怎么办呢？一股急火，中风了，眼歪嘴斜，半个身子不好使了。

他老伴长出一口气，对儿子说："也好，这场病来的，把你爸要了一辈子的脸面保住了。"

原载《北方文学》2024 年第 3 期

金芝啊，金芝

张洪霞

当圆鼓鼓的金芝走进小区的时候，坐在楼下纳凉的老太太们又不淡定了。离老远就喊：金芝啊，金芝。其实不用问也知道，她这个点儿回来，不是被老板炒了鱿鱼，就是她炒了老板的鱿鱼。

以往，金芝会凑到她们身边，不等人发问，就会敞开大嗓门，说工作嘛，谁还能在一棵树上吊死。

可你这都多少棵树了，简直就是一片森林了。老太太们闲着也是闲着，掰着手指头给她数着呢。

这一次，看着金芝慢吞吞地往家里走去。老太太们把脸转向金芝的婆婆陆老太，说你家这个金芝啊，从不知烦恼是个啥的乐天派，今天这是咋的了？

陆老太看着儿媳妇的背影，轻轻地叹了口气，眼里流露出疼惜。

当初，金芝带着孩子从遥远的边陲小镇来城里投奔公婆，那时的她虽然满脸憔悴，但也难掩眉眼弯弯好看的模样。不知不觉间，人到中年的金芝就像气吹似的，浑身上下没有不圆的地方了。

金芝来城里后找的第一份工作，是在小区附近的小吃店当服务员。

有天一大早，店里刚开门，就来了两个学生模样的女孩，她们要了两碗馄饨。一个女孩刚拿起筷子，就发现汤碗里有只苍蝇。

老板娘说，那就换一碗吧。另一个女孩说，我也要换一碗。

老板娘说，你那碗又没有苍蝇，换什么换。女孩被怼得脸色通红，眼里转着泪花。

正在打扫卫生的金芝听了，悄悄地跟老板娘说，都给换了吧！

那天老板娘的火气非常大，也不知是闷热的天气让人烦躁，还是一大早她和老板吵了一架的缘故，当时脸就阴了下来：你说换就换啊，你还胳膊肘往外拐了？金芝一看老板娘翻脸了，小镇姑娘的倔劲儿也上来了，说，我拐的是理，看人家孩子小，说不出啥来你就欺负人，这两碗馄饨难道不是你一锅里煮出来的吗？

老板娘板着脸不说话，金芝手脚麻利地煮了两碗馄饨，说，这两碗馄饨从我的工钱里扣。看着两个女孩吃完出了门，金芝也解下了围裙。

后来，金芝又去了步行街的时装店卖衣服。一天，一个女顾客相中了一件衣服，正准备去收银台付款时，发现兜里的钱被偷了。金芝听到喊声，也顾不得手上正在整理的衣服，一个箭步就冲出门，追出好几百米，硬是把那个一米八几的小偷给摁住了。

可没过几天，服装店的老板说，金芝啊，你还是另寻高就吧。他实在受不了隔三岔五的店门上就被抹上一堆脏东西。

金芝后来的打工之路，时长时短。在工厂干过临时工，跑过保险，还在老人活动中心做过几天。现在，金芝很满意酒店客房服务员的工作，婆婆也很满足，不止一次地叮嘱她：金芝啊，这一回呀，你可长点心，凡事板着点，不能再跳来跳去的了。

金芝还不忘跟婆婆调侃一番，说，老妈啊，如果这个活儿再干不长，我就不找了，就让老妈养着我。婆婆被逗笑了，说我的钱还得供我孙子上大学呢。金芝说老妈你真偏心眼，没有我，哪有您孙子啊！

婆婆看着金芝，叹了口气，喃喃地说，金芝啊，金芝……

金芝知道婆婆要说啥，赶紧打岔说，妈，我去洗漱了。说着，快速地躲进卫生间。

看着镜子里圆鼓鼓的自己，金芝怅然地想，这才几年的工夫，咋就变成这样了呢？镜子里那个人是自己吗？她揉揉眼睛，不是自己又是谁呢？在酒店，看着如花朵一般的小服务生，每天吃一点"猫食"，一个个瘦得跟小麻秆似的还嚷嚷着减肥。空闲的时候，她也会看着她们，想一想当初的自己。那时的她也像她们一样的年纪，一样的杨柳细腰。那时，每一次从镇街上走过，身后都会有很多追随的目光，其中就有陆光明的……

这会儿，金芝回到家，径直走进卧室。她坐在床边，满脑子还是前一刻的情景：607客房鬼鬼祟祟的几个人被警车带走的那个瞬间，酒店经理看向她的眼神，凌厉得就像一把刀。金芝没有躲闪，坦然地接住了那把刀。她一点也不后悔偷偷打了那个电话。

午后的阳光洒落进屋子。金芝定定地望着桌子上的镜框。镜框里，穿着警服的年轻的陆光明正含笑望着她。她抹了一把脸上的泪，喃喃道：陆光明，我没有给你丢脸。接着，她拿起镜框，抚摸着，嗔怪道：你可省心了，扔下我，让我成了老太婆，而你，咋还那么年轻呢？

原载《三亚日报》2024年3月4日

麻大胜

江红斌

最近，麻大胜伐树越来越疯狂，拇指粗的小树也不放过。他知道，多伐树可以多卖钱，重要的是，在疯狂伐树过程中，脑海里会浮现出那个女人的身影，以及与女人在一起时的美好画面。这些高光时刻让他想入非非。

麻大胜没有躲过世界上最后一次天花，白净的脸上落下了密密麻麻的肉坑，为了区分村里的好几个大胜，人们叫他麻大胜。因了脸上的麻子，他连个老婆也没寻上。这在他平淡的人生里留下巨大的阴影。想不到麻大胜古稀之年居然交了桃花运，村人始料未及。

许多年来的晚上，鳏夫麻大胜都是聚在早年丧偶的老刘家里，先就国内、国际敏感新闻如台海危机、巴以冲突、俄乌战争等内容与老刘进行深入细致探讨，并就彼此关心的话题交换意见；然后他俩开始热烈讨论诸如泰国美女总理英拉的叛逃、韩国女总统朴槿惠的锒铛入狱、台湾蔡英文的汉奸叛国行径等问题，甚至下台没几年的默克尔大妈和早已退休的撒切尔夫人，有时也会被提到议事日程上来；再然后就国内近年知名的女明星进行意淫式的比美，并争得面红耳赤。夜色阑珊，他尽兴回家，倒头呼呼大睡。日子像仰躺着尿尿一样，流到哪里算哪里。

日子出现波澜的起因，要从老刘带来的这个城里女人说起。女人想找个托付终身的人，老刘想要，儿女不同意。老刘无奈，只好给了麻大胜。女人中意麻大胜，当天就挽着他的胳膊逛商场，给他买了身新衣服。麻大胜穿上新衣服精神多了，像六十多岁的"小伙子"。虽然买衣服花自己的钱，他心里却十分满意。

麻大胜从没进过城里的商场，像初进大观园的刘姥姥似的，前后左右长出八只眼睛，看也不够看那么多新奇的物品。女人却大方地挽着麻大胜一只胳膊，紧紧靠拢过来，浓烈的脂粉味儿呛得他直想打喷嚏。麻大胜的脑袋侧向另一边，不敢靠近女人。他一月没洗头，油腻味儿太大。女人几乎是推着他在挑衣服，他感到被商场里千百双眼睛盯着，扭捏着迈不开腿。无处不在的灯光撵着他俩，躲也躲不开，他有了澡堂里脱光衣服时的尴尬。商场里到处都是玻璃镜子，他瞥见了一位古稀的鳏夫与一位中年女人完美结合的影子，心里陡然升起一种从未有过的甜蜜。

当站在两个相对的镜子中间时，麻大胜惊讶地发现，镜子里有一只硕大无朋的蜈蚣。他在电视里见过这种蜈蚣样的风筝，飘忽不定地浮在空中。定睛看时，原来是他与女人的头在镜子里的连续反射。端详镜子，麻大胜被自己吓了一跳。镜子里的自己竟然是一张蜡黄的老脸，下巴上还稀疏长了几根老鼠胡子。再看女人，四十多岁，眼角皱纹细密匀称，脸盘饱满圆润，看着真是风情万种。他越看越欢喜，脸上的麻坑也跟着隐隐发红。

互加微信后，每到晚上，两人热热乎乎打开视频聊到深夜。手机里的女人句句都说在他心上，麻大胜浑身痒酥酥的，舒坦极了。从傍晚开始，他又是打嗝又是咳嗽，把手机掏出来又放进去，新衣服口袋的边沿都被摸成黑乎乎一片。麻大胜不再找老刘，盼着晚上快快来临。

麻大胜找女人的事情在村里疯传，平时照顾他生活的弟媳觉得脸上挂不住，到大哥的院子来找麻大胜，说那女人跟你相差三十多岁，分明是来骗你钱财的。

麻大胜不在意地说，彩礼不多，才十万。

你一辈子能挣十万？

麻大胜无语。

弟媳说，那女人家里还有男人呢。

截瘫十几年了，就是废人一个。

弟媳劝不动麻大胜，临走没收了他的低保工资卡，说公家的钱只能用来养老。

麻大胜暗自庆幸藏了养老金那张银行卡。可卡上只有一万多元，还是他这十几年来一点点积攒下来的。他需要许多钱，这让他重新燃起挣钱的欲望。他要挣好多的钱。

李庄镇家家户户用一款新式木柴取暖炉，木柴需求量大，收购价格连年上涨。村民纷纷买一把电锯，弄个破车子，见到野生的构桃树、臭椿树，就伐倒卖钱。春天原野里，到处可见这样的伐树人。

麻大胜也加入了伐树队伍。刚开始只伐野树，后来就什么树都伐。李庄镇的树伐没了，就到外村去伐，甚至跑到太行山上去伐。到最后，哪里都伐不到树了。麻大胜看着被自己伐得光秃秃的村庄，欲哭无泪，离十万块还差得远呢。

又累又急的麻大胜病倒了。他不吃不喝，躺在床上像死人。到了第七天，他感觉自己吸气没有出气多，脱了人形，害怕就此死在家里没有人知道，强打精神，走出屋门。

院子里一棵一搂粗的大榆树挡在眼前，让麻大胜精神为之一振。他暗骂自己眼睛装裤裆里了，家里有这么大的树愣是没看见。他打起十二分的劲头，跟跟跄跄拿来电锯，不顾一切伐树。他没有力气，费了好大劲儿才把树锯倒。随着大榆树轰然倒地，青翠欲滴的榆钱散落一地。他力气消耗殆尽，也随着大榆树一起倒下了，趴在地上起不来。

这么多天没照顾大哥，弟媳怕出意外，来麻大胜院里看他，见此情景，忙拉他起来，不承想，竟像一摊泥一样拉不起来。麻大胜惭愧地说，没跟你们两口子商量，把大榆树伐倒了。

弟妹眼里噙了泪，答非所问，说，那女人的儿子必须马上进行骨髓移植，病情激变，会要命的。

原载《辽河》2024 年第 2 期

一只叫土豆的驴

纪 墨

说起张老赶家的土豆，已经过去十几年了，他眼里还有溪水流动。

土豆是一头驴，全身上下一身青，只有脖子处有一块浅棕色的毛，形状特别像土豆，大家都叫它土豆。那时候在生产队，土豆个子很大，力气也大，春秋两季耕地，夏收和秋收运输粮食。冬天稍微好点，但也闲不着，修葺房舍，整饬院墙，都要由驴忙里忙外，拉进拉出。土豆顶得上大骡子大马，所以队长对它格外关照，农忙的时候就嘱咐喂牲口的给土豆多添些草料，给它加点小灶。土豆在槽里吃草本来就强势，霸占着大片槽，把别的牲口挤到一边，人怕横的，牲口也一样，别的牲口忍气吞声，不敢反抗。土豆素来多吃多占，又额外得了照顾，因此吃得膘肥体壮，浑身上下青毛顺溜水润，乍一看像是披着一身青缎子，在阳光下泛着青色的光。

俗话说人无完人，驴也一样。土豆有两个毛病，第一个毛病是嘴馋。下地干活的时候，趁人不注意，总是偷着吃谷穗。不干活的时候，把它拴在树上，它能慢慢磨开绳子，等你发现了，它早就吃完好几棵谷穗。为这事土豆没少挨揍，可它记吃不记打，即便打一顿，能多吃点好吃的，看来也值得。没办法，下地的时候只好给它戴上嚼子，才算完事。它的第二个毛病是动不动就犯驴脾气。有一回老杨头套着它去耩麦子，地还没耩完两个畦，土豆就撒泼耍赖偷奸耍滑，任凭老杨头连吆喝带赶，就是坠着屁股不往前走。老杨头使劲轰驴，猛拍驴屁股，驴不动窝，后来他一抬脚脱下鞋，照着土豆的长脸就是一下。开始土豆还左躲右闪，后来打急了，一蹶子把耧踢翻，把刚添满耧斗的麦子种儿撒得满地都是，向老杨头冲过来。老杨头见势不妙，一个后蹲躺倒在地，不然就得被驴踩得骨断筋折。不过他落地时脸朝下，鼻子正好磕在一块石头上，缝了五针，落了一个疤。

这件事让老杨头在队里成了笑柄，也让大家对土豆心有忌惮。再挑牲口时，胆小的人们，宁愿去挑那慢慢腾腾的老黄牛，也不去挑土豆。老黄牛虽说慢点，可听话啊，没有人身危害，土豆干活是快，可动不动就耍驴脾气，再让它踢着，可是不合算，弄不好后半辈子就交待了。

把式张老赶却不信这个邪，他说：大青驴怎么啦？没人使我使，牲口这东西分人使唤，在我手里还没见它犯过脾气。张老赶说这话时底气十足，他十四岁跟着爹学使牲口，十六岁成了村里有名的牲口把式，一个人赶车拉脚自不必说，地里训牲口的活儿更是不在话下，也碰上过调皮捣蛋的牲口，关键时刻一鞭子下去，再刺毛炸刺的牲口立刻蔫头耷脑老实了。

过了几天，张老赶就套上土豆去耕地。开始土豆还是蛮听话的，耕着耕着，猛然间听到旁边有个母驴发出几声高亢的嘶鸣，它开始心猿意马，干不下去了，尥蹶子试图挣开绳套和母驴套近乎。要说这事也不足为奇，面对美女，多少正人君子都无法自持，何况是一头毛驴呢！开始张老赶还耐着性子连吆喝带喊，后来一看不管用，便使出了他的拿手绝活儿，他甩开鞭子对着土豆的耳朵根子就是一下。随着一声脆响，土豆非但没有败下阵来，而是猛地一激灵，扬起前蹄一声长鸣，张老赶一把没拽住，土豆撅起尾巴拉着空耙一路狂奔。张老赶可不是省油的灯，他两腿使劲夹住驴肚子，手勒紧缰绳，在驴后脑勺啪啪点了几下，拽着驴耳朵，土豆好像来了一个急刹车，跟跄几步，"吁——吁"，停住了，张老赶乖乖降伏了土豆。从此以后，土豆成了张老赶的专属。

生产队解散以后，土豆就归了张老赶。那一年，张老赶带着土豆下地干活，忽然就晕倒了。土豆一声声长嘶，看着四处无人，它四蹄蹬开，在村口遇到了何四，愣是咬住何四的衣襟不让他走。还好何四认识土豆，土豆卧倒，何四明白了，让土豆驮着到了地里，把张老赶送进了医院。还好送得及时，不然张老赶就中风偏瘫了。张老赶得知是土豆救了他，感动地流眼泪，自然是多备好草料犒劳土豆。

渐渐地，家家都有了拖拉机，土豆没有了用武之地，光吃草料不干活，挺费钱。儿子说把土豆卖掉，张老赶死活不同意，后来老伴去世后，儿子在城里买了房，想接张老赶去市里，终于把张老赶说动。

张老赶牵着土豆到了牲口市，谈好了价钱，驴贩子牵着土豆，土豆坠着屁股往后退，张老赶有些不忍心，摸了摸驴的大长脸，老伙计，我也舍不得你，没办法，跟他去吧！驴贩子拽过缰绳，驴头左转右摆，愣是不听驴贩子的使唤，它狠命抬头，往上挣脱，土豆劲头大，驴贩子的手被勒得生疼，撒了缰绳。土豆嘚嘚嘚跑向张老赶，大驴脸在张老赶脸上蹭。张老赶觉得手湿了，原来土豆的几滴眼泪落到张老赶的手上，忽然土豆两只前腿一弓，低下去，扑通一声，竟然跪在了地上。张老赶感觉身体被人狠命扎了一下，一把刀穿过皮肤、骨骼、血液，直达心底，疼了起来。

不卖了，这驴不卖了。

这个人啊，不是谈好价钱了吗？

就是不卖了。

张老赶头也不回，骑着土豆，回了家。

城里也不去了。早晨拉着土豆去地里转悠，地都承包出去了，老伙计，咱们就当遛早了。撒欢多吃点草，吃够了就回家。

一直等到土豆老死，张老赶才把它卖了。现在和人们说起土豆，他眼里还有溪水流动。

原载《天池小小说》2024 年第 7 期

把爱情放在大房子里

原上秋

"小豆芽"是牧城的著名诗人，在全国也有名气，单身美女。

我对她说："你写诗很成功，为啥找人生的另一半那么费劲？"

她说："我不相信爱情。"

我说："《刑场上的婚礼》中周文雍、陈铁军，死了也要爱，是不是真爱情？"

她反驳说："那是文艺作品，就和我写的诗一样，是艺术的真实。生活里都是柴米油盐，哪有那么多爱情。"

为了证明她的观点，她给我讲了这样一件事——

一年春天的早上，老家堂哥打来电话借钱，她问借多少，堂哥说当然是越多越好。

她每个月就挣几千块钱，写诗得到的稿费也是有一顿没一顿的。堂哥既然张口，肯定觉得能借到。从小她受到大伯一家照顾，至今关系都很好，不能一毛不给。她脱口说一万，多了没有。堂哥很高兴。

既然出了一万，就想多问几句，借钱干什么。

堂哥说，在县城买一套房子。

她又问，你家有多少，还需要借多少？

堂哥说，手头有七八万，要借二三十万。

她一听吓一跳，接着问，多大房子？

堂哥说，一百八十平方米。

她困惑起来。一般人家借钱，都是家有大头，外面借小头。没见过这样的，大头都要从外面出。她开始后悔答应借给他一万块钱了。凭他和儿子种那几亩地，打个零工，猴年马月能还啊。

她问堂哥，既然没那么多钱，何必要那么大房子呢？

堂哥告诉她，你不知道情况，如果不买一百八十平方米的房子，儿子的婚姻就黄了。

堂哥给诗人"小豆芽"讲了儿子一家的情况。儿子和儿媳妇是经人介绍相识的，应该是有爱情，不然怎么会谈两年多恋爱。结婚后小日子过得还不错，儿子干装修，挣得也不少。儿媳妇在家种地、带孩子。如果一直这样过下去，根本就不会有借钱买房这回事啦。后来，儿媳妇给县城一家驾校当教练，心野了。儿子郁闷，染上了赌博的习惯，一下子输掉三十多万。大部分是赌债。儿媳妇一生气，带着孩子都去了县城，再不回来了。

堂哥劝儿子，不能再赌了。

儿子说，不赌了。

三十万哪，可以在家盖一栋楼了。

儿媳妇带着孩子去了县城，多少天不回家，儿子去找，人家不见面。说的次数多了，儿媳妇说要过下去可以，在县城买房子，必须要一百八十平方米的。

那些日子堂哥天天睡不着，活儿也没心思干。他愁啊，儿子的赌债需要他来还，一百八十平方米房子的房款需要他来筹。堂哥不停地抽烟，儿子在一边哭哭啼啼，他说他的爱情就要没有了。堂哥抽掉一包烟，起身拍了一下大腿。奶奶的，爱情需要大房子装吗？！

好长时间，堂哥一直走在借债的路上。农村人，有几个富亲戚呀，谁家里就是有点钱，都有花项，谁过日子没个预备。堂哥也真能拉下脸皮，差一点没创造奇迹……

"结果呢？"我问。

"小豆芽"说："就在堂哥借到二十多万，差一点够首付了，他突然死了。"

由于家门很近，两家关系又好，"小豆芽"回乡参加了堂哥的葬礼。村里人都觉得他死得太突然，让人心疼，送葬的街坊邻居也都哭得稀里哗啦的。人们都私下议论，一定是那一百八十平方米的房子把他压死的。

我问："你堂哥的儿媳妇回来没有？"

她说："大房子没买成，他们的婚姻自然解体了。"

我和"小豆芽"都觉得不可思议。

我们牧城文艺圈的人都关心"小豆芽"的婚姻大事，她转眼过四十了，还是一个人孤独地在家写诗。

我问她："如果有人给你一百八十平方米的房子，你会愉快地脱单吗？"

她摇摇头，毫不犹豫地说："不会。"

一天，作协主席召集大家吃饭，"小豆芽"当然也参加了。牧城有一个人早年爱写诗，后来去海南岛打拼，做地产很成功，回来和家乡的文友见面。因为同是诗人，"小豆芽"又有很高的知名度，老板很是崇拜，隔着几个人一个劲地给她敬酒。我们打听到，老板单身好些年。大家都在想，这是不是"小豆芽"最后的机会。

后来，"小豆芽"果然去海南发展了。

我们不知道她和那个爱写诗的老板能不能携手写一辈子诗，但我们都猜测，那里一定有足够大的房子存放她的爱情。

原载《小小说月刊》2024 年 6 月上半月刊

夏 仪

焦 辉

夏仪出车祸时，我在北京一个建筑工地早晚两头见星星地干活。我过年回家才听说他腿断了，忙跑去找他。

他家在村中部，没有门楼，拐过两边邻居山墙夹出的小巷，三间正房挎个东厨屋。夏仪头发老长，躺在床上，人却胖了。他看见我，说："我是幸运的人。"我忽然不知道说什么了，准备好的一肚子安慰话像万顷沙漠上的一滴水，刺啦，无影无踪。

夏仪嘿嘿笑，指指被子下的左腿，说："废了。"我叹口气。夏仪说："那天李哥开了一夜车，我说替替他，他说我刚拿驾照半年多，摸车太少，还没摸透大货车的脾气。再说也快到地儿了，我就迷糊了一会儿，'砰'一声，就出事了。车撞大树上了，李哥当场没了，坐在副驾驶的我，仅废了条腿，幸运吧？"我想点头，又点不动。

夏仪是我发小，我俩从光屁股滚土滚泥到上小学上初中扔书包回家务农，一直形影不离。那年开春，我正用铁锹翻麦套，夏仪跑来找我，说："夏曦，我们去学开车吧，县城驾校招学员呢。学会了，走南闯北吃香喝辣。"我对他的前句话，心如死水，对他的后句话，波涛汹涌。我不喜欢开车，对机械类东西天生反感，但走南闯北吃香喝辣对十六七岁的我，有强烈的诱惑力。我说："我想想。"所谓想想，是回家与父母商量，因为学车需要一笔钱。父亲问："你喜欢开车？"我摇摇头。母亲问："知不知道开车危险？"我点点头。学车这事就此作罢。夏仪去学开车了，拿到驾照后去货车上打工。我农闲时跟着邻村的人去建筑工地打工。

从夏仪家回来，母亲问："夏仪咋样了，你知道他对象退婚了吗？"我说：

"他乐呵呵的，还说幸运，没提退婚的事。"母亲说："这孩子，心大。"晚上，我翻来覆去睡不着，想夏仪腿残了后半辈子怎么活？想自己也没好到哪儿去，一辈子工地上搬砖头拉水泥两头见星星地干活。

我天天找夏仪玩儿，谈天说地，东拉西扯。我问："夏仪你以后怎么办？"他说："没事，一条腿而已，过两个月就能拄拐跑了，小半年，最多小半年，我就能跑起来撵兔子。"我俩哈哈大笑。他又说："不过，以后我跑起来永远是'路不平'。"我眼泪笑出来了。过了二月二，我要去安阳一个建筑工地打工，找夏仪告别。夏仪说："夏曦，你还看书吗？还写小说吗？"我说："不看了，也不写了。"夏仪看着我的眼睛慢慢地说："夏曦，你心思重，敏感，适合编小说。还是应该多看看书，多写写小说，万一这块云彩下雨了呢？"我望着歪在床头的夏仪，鼻子发酸，用力点头。夏仪笑着说："不送你了，我一条腿单蹦，怕你追不上我，自卑。"我笑了，眼泪落下来。

我辗转各地的建筑工地，坚持看书写小说，慢慢在很多报刊发表了些作品，机缘巧合去了一家图书公司工作。夏仪的腿伤恢复得不错，两年后，扔掉拐杖了，走路还是有点跛。他在县城开了个经销门窗、瓷砖的店。

时间很快，一转眼，十六七年过去了。去年春节我俩一起吃饭，我揪下根他的白发，劝他赶紧找个伴。夏仪猛灌了一杯酒，眼圈红了，说："小云过得不好。"这是他出车祸后，第一次向我提小云。

我说："还提这种女人干啥，患难见真情，一点风吹草动就吓跑了——"

夏仪打断我的话："退婚不怪小云，当时我腿坏了，不知道能不能站起来，再拖累人家一辈子。那年代女孩被退婚，很丢人，我就偷偷捎信退婚。女家要脸面，对外说他们主动退的婚。"

我给夏仪倒酒，一番感慨，没想到还有这段反转。夏仪又灌了杯酒，说："小云嫁给了北村的木匠，我当时挺高兴，那时嫁娶都打家具，盖房也上木料，木匠这行来钱。谁知后来都买现成的家具了，盖房也是钢筋混凝土，木匠活儿少了。那男人不争气，有这手艺出外去工地上支支壳子，不见得少挣钱，他可好，酗酒，醉得昏天黑地。没钱买好酒，就买劣酒，喝坏肝子了，肝癌死了，撇下小云娘仨，唉。"我说："世事无常，阴差阳错的，哎呀，夏仪，你不会还想着小云吧。要真想，找人去说说，这些年小云一个人拉扯俩孩子肯定不容易。"

正说着，夏仪电话响了。

"夏仪，帝景那几家门账你算错了，多给了我一千九百六。"

"没事，你先拿着吧，反正还有几家门要你去装。"

"那不中，一码归一码，退给你了啊，微信转账。"

"小云，你——"

嘟嘟嘟，对方挂电话了。

"刚才是小云？"我问。

"是，来店里买门要给人家装好，人家才结清尾款。装门的活儿我包给小云了。她聪明勤快，能吃苦，干的活儿漂亮。就是委屈了，一个女人干糙男人的活儿……"

原载《天池小小说》2024 年第 15 期

舞龙头的清祥

钟志良

一

身高不超过一米六，体重不上一百斤的清祥，能成为十里八村出了名的人物，完全是因为他那令人惊奇的轻功。

这还得从他驱赶一对打架的公牛说起。

那日，生产队两头公牛在田间小路偶遇，不知是否前世有仇，一碰上便像看见仇人似的，拼了命地往对方头上撞去。都说牛打架，拉不开，唯一的办法只能用火烧，牛感到痛，死死顶在一起的牛角才会松开。

清祥见状，连忙拿来一扎干稻秆，用长竹竿绑着，点上火，往顶在一起的牛头上烧。两头牛瞬间分开，其中一头牛转过身，竟往清祥撞来。清祥见势不妙，扭头就跑。

人牛赛跑的画面顿时吸引了很多看热闹的人。

跑着跑着，只见前面有两人抬着吹稻谷的鼓风车，慢悠悠地走在仅容一人通过的石板桥上。清祥大喊，前面的，疯牛来了，放下鼓风车，逃命要紧。抬着鼓风车的前头那人放下鼓风车跑了，后头那人却被鼓风车挡了道，只好从桥上跳下河去。

这时，清祥已经上了桥，只见他轻轻一跃，竟像跳高运动员，整个人往鼓风车顶腾空而起，跃了过去。那头追赶清祥的公牛一头撞到鼓风车上，像崩塌的石堆，呼啦啦也栽进了河里。

清祥就这样出名了。

冬至后，进入农闲时节，围屋里的舞龙队活跃了起来。舞龙头的大壮上山干活时不小心摔断了腿。一直惦记着龙头位置的铁头便跑去跟队长打听，问谁来接替大壮的位置。队长也不表态，说过几天看看大伙的意见吧。

一连五天，队长都不提舞龙头人选的事，铁头便天天往队长跟前凑，队长被他晃得不耐烦，说："铁头，我原来真的考虑过你，但经过认真衡量，我觉得清祥比你更合适，你就去舞龙尾吧。"铁头不高兴了，说："队长，要么我舞龙头，要么我退出。"

听闻此事，清祥专门找到队长，说要成全铁头舞龙头，他愿意舞龙尾。他说："等到正月十二时，舞龙队要到各个围屋去表演，把其他舞龙队比下去，才是最重要的。"

队长拍拍清祥的肩膀，竖起大拇指，说："清祥，个头不大，气量很大，真爷们。"

二

正月十二是邻村进士第赏灯的日子。一大早，进士第屋门口的大禾坪晒谷场上就响起了"噼噼啪啪"的鞭炮声。

日头升上两丈高时，进入大禾坪的三岔路口，铁头、清祥他们的舞龙队与另一队舞狮队几乎同时抵达，两支队伍都想先去进士第表演。双方互不相让。舞狮队说："是我们先到达三岔路口的。"铁头说："不对，是我们先到达的。"

僵持之际，清祥站了出来，说："我提个建议，大家不妨比试一番，谁赢了谁先进村。文比还是武比由你们选。"舞狮队说："好，就比跳八仙桌吧。"又说："不是跳一张八仙桌，是两张八仙桌垒起来跳，看谁能跳过去。跳过去的，先进村，没跳过去的就得待前面的表演完毕离场后，才能进场。"铁头一听，已经双腿发软了。他知道，自己根本不可能跳过两张八仙桌的高度。

清祥看了铁头一眼，把龙尾的竿子往铁头怀里一塞，夺过铁头手里的龙头竿子。清祥朝舞狮队一方为首那人说："我们接受你的建议。"

两张八仙桌搬到了路口，垒在一起，有四五尺高。村里还请来一位银须老人做见证人。清祥让舞狮队先跳，舞狮队也不谦让。

只见为首的那位大声一喊锣鼓便敲起来。"咚咚锵，咚咚锵"——狮子从三四丈之外起跑，边跑边舞，舞狮尾的双腿半蹲，舞狮头的双脚往后面那人腿上一蹬，高高跃起，后面那人趁势而上，双双跃上八仙桌，接着又舞了几个动作，再轻轻跳下。动作一气呵成，行云流水，一帮看热闹的大声喝彩鼓掌。

舞狮队的人脸上都带着得意的笑，看向舞龙队。围着看热闹的人也准备看舞龙队的笑话了，心想，你们的龙那么长，怎么可能跃得过去呢？

却见清祥平静地跟众人低声商量着什么。不一会，他便把龙头高高举起，顺手把龙头后三位的竿子一齐收拢，往八仙桌上头看了一眼。他轻跑两步，起跳，竟像一只雄鹰，在八仙桌上空呼啸而过，两脚碰都没碰桌面。

就在清祥跃过八仙桌的瞬间，铁头举着龙尾顺势一卷，把前面几个顺位的龙身竿子卷起，一齐抛给了清祥，整条龙便顺利腾空而过，被双脚刚落地的清祥稳稳接住。

人群顿时爆发出巨大的欢呼声，接着是掌声雷鸣，一片叫好。

银须老人说，舞狮队是跳到桌面，舞龙队是脚不沾桌面，舞龙队技高一筹。

舞龙队于是昂首挺胸，在锣鼓铿锵的助威声中，率先进场表演。铁头没再去拿龙头，他举着龙尾也一样舞得欢快。

原载《羊城晚报》2024 年 7 月 31 日

理　发

李尚财

一

这天一大早起来，父亲说他想先去理个头发。

我一看时间八点多了，妻子早已去单位上班，五岁的儿子壮壮还在床上熟睡。父亲想让我先照看一下孩子。

我有点弄不明白，为什么周末我和妻子在家时，父亲不去理发，偏偏待我上班时去呢？我觉得父亲着实不够体谅年轻人。

"前两天，周末为何不去？"

"天气太热。"

"能否这个周末再去？"

父亲有些不悦，说："那还得等三四天呢，头发长太热！"

我不知父亲何时变得如此矫情，这个不符合常规。他有什么事这么着急要修一下头发？我想起他最近早晚都去跳舞，莫不是这个原因？我这么想就这么问。父亲瞬间涨红了脸，神情中掠过一丝尴尬与慌乱，几次欲言又止，最终没有说出话来。

这也是我的一块心病，我一直很担心父亲太过于沉溺跳舞，忽略了壮壮的安危。有时他带着孩子一起去跳，音乐一响，舞步一摇，整个世界就抛到脑后去了。

我的父母亲分别在广州、福州两地，为我和弟弟家照看孩子。为了更好地跟两家孩子相处，他们采取定时对调的方式进行轮换。今年暑假，父亲刚好对调到我家。父亲退休后喜欢上了广场舞，准确说是男女交谊舞。前些年父母一度都在我家，母亲没少为这个跟他闹别扭，父亲脸上隔三岔五落下母亲的指甲抓痕。父亲还是顽强地坚守了这一爱好。

父亲晚年能够有个爱好，追求自己向往的生活，这是我乐于看见的。人生一世草木一秋嘛，此时若还不能按照自己想要的样子去活更待何时？作为儿子我亦不过度干预。至于帮我家带孩子，说到底不过是对晚辈的情分。这个我很清楚。

"您看一下能否尽早回来。我还要上班呢！"我虽有几分抱怨，却不得不放软语气跟父亲沟通，并希望他最好暂且打消理发的念头。

不料父亲竟高兴得像孩子一样，转身就溜出了门，关门声震得我一脸蒙。我在一家企业工作，虽然上班相对自由，却也没有到可以随时放羊的程度。尤其近几个月来，现实生活的各种压力奔涌而来，加上找律师打一桩家中堂弟工亡赔偿的官司，着实令我精神上有些不堪重负，整个家族亦还笼罩在悲伤的氛围之中。

父亲怎么还有这个兴致呢？我感到不可思议，内心不由得更加苍凉！

二

这天我正在单位上班，接到妻子的电话。她急匆匆地告诉我，父亲病逝！

我犹如遭到五雷轰顶。什么情况这么突然？我想起了自己对父亲的各种不好，以及父亲对我的各种好，不禁呜呜地哭了起来。

我早该意识到父亲的身体有些问题了，他理发的前一天晚上，还让我用白花油帮他揉搓肩膀。肩胛炎是他多年的老病，总也根治不了。事实上，他这次来福州之前，我就通过朋友对接了省里一位权威专家打算给他诊治一下。只是生活中诸多事头又将这事儿给先耽搁了。那晚父亲就对我说，现在不单后背疼，前胸很大一块也疼了。我听后不以为意，揉完便退出了他的房间。

如今父亲却走了，匆忙而草率，我为自己明明能够为他做到更多而没有这样做感到懊悔莫及。

此时，母亲又打来了电话。令我意外的是，她的语气倒是很平静，她说她对父亲的身体早就有数了。

"前几天，他是不是去理了头发？"

"是的。"我说。

母亲说："他就是看到你们年轻人太忙，工作压力大，所以提前把自己先收拾个利索，省得走时给你们增添更多麻烦！"

啊，父亲理发竟为了这个！我禁不住再次号啕大哭起来……

三

"爸爸，爸爸，你怎么哭了……"

我隐约听到儿子壮壮的喊声，循着声音，我伸手摸到了睡在身边的他。哦，原来这是一场梦！我立马起身坐到床沿边，庆幸好在是一个梦！

此时，妻子也醒了。她问我是不是梦到了阿杰。阿杰是我二叔的儿子，几个月前工亡的堂弟。

我不置可否，只是轻声说，继续睡吧！

我却再也无法入眠，想起了与父亲有关的许多往事，我想起了小时候父亲用自行车载我上学，成年后为我参谋出路的情景……我还想到，这些年我和妻子多有抱怨老人不够体谅年轻人，而事实上我们对他们的存在又给予了多少关注呢？

第二天到办公室后，我拨通了医生的电话，我想先预约带父亲去看一看他的肩胛炎。

原载《北京文学》2024 年第 1 期

被遮去的镜头

王琼华

那时候，裕后街码头晚上常常会放电影。

放映员姓陈，长得不高不矮，不胖不瘦，眼睛则是一大一小，街坊称他陈放映。他能放上电影，搭帮大队书记秋茄老叔说的一句话："谁来伺候这宝贝，这人一定要靠得住，才不会倒放电影。"他怕社员听不懂自己说的话，又解释一番说，如果电影放倒了，那不是八路军被日本鬼子打跑了？恍然之后，街坊们也觉得这事开不得玩笑。于是，陈放映就被挑了出来。

陈放映是一个孤儿，吃百家饭长大的。

他知道感恩，便在水库工地上做了劳动模范。挑泥巴时，扁担也被他挑断过四五根。绑在电杆顶上的大喇叭，这时响起一个姑娘非常激动的声音："看，这位劳动模范，又挑断了一根扁担。他说，他从今天开始，就用两根扁担挑泥土……"在广播声中，陈放映戴上了一朵大红花。

远远地，陈放映冲大喇叭眺望了一眼。

或许在陈放映眼里，大喇叭这一刻就是那位做广播员的姑娘。

听说自己被选作放映员，陈放映当即问道："是一个铁家伙吧。"

秋茄老叔说："你以为是纸糊的呀？"

陈放映一笑，当即来了一套捋臂挥拳的动作。不过，他看到放映机时，傻了。他一扭头，跟秋茄老叔嚷道："这哪算铁家伙？比不上两只冬瓜重。我还是上水库挑泥巴过瘾些。"

很快，陈放映又改变了想法，因为一个姑娘突然奔到了他跟前。姑娘劈头盖脸地问："你要放电影了？"

他支支吾吾，一时不晓得如何作答。

姑娘接着就说："太好啦。放电影前，我可以来念几篇广播稿。"

这姑娘就是大队里的广播员，叫红霞。

"你……你真来广播？"陈放映愣愣地说。

"我广播不得吗？"

陈放映一噎，赶紧说："你爱怎么广播，就怎么广播！"

红霞笑了。

陈放映则抬手搔了搔后脑勺儿。

从此，码头上一放电影，红霞就会早早地坐在陈放映旁边。放电影前，她都要念上两三份广播稿。

红霞发现陈放映笑眯眯地看着自己，便问："水库工地上表扬你的稿子，我再念上几遍？"

陈放映连忙摇头。他说："我跟秋茄老叔说好了，打死我也要做放映员。"

"哈哈，你也不想挑泥巴了。躲懒！"

"不，不是。真不是的。"陈放映听到红霞"哦"了一声，又说，"我最喜欢听你广播。"

"哄我呗。"

"骗你不是小狗，是臭虫！"

"你这人挺好玩的。"

陈放映一听，满脸憨笑，并跟红霞说："你觉得电影中有好看的镜头，我给你多放几遍。"

果真，码头上放完电影后，陈放映把放映机搬到大队部小仓库，给红霞又放一阵电影。红霞想学歌，陈放映便挑到电影插曲一段，给她放上一遍又一遍。

"太过瘾了！"红霞兴奋地说。

陈放映笑了，说："想看什么电影，我帮你去取片子。"

"我不喜欢看打仗的。"

后来，裕后街上的后生问陈放映："怎么老不放战争片了？"

"不打仗，不好吗？"

后生一时蒙了。不过，街上后生妹子越来越爱看电影了。他们夸陈放映会挑片子，说："这电影放来放去，你陈放映也越来越有品位了。"他们还听说，陈放映为了拿到最新又好看的片子，还自己掏钱买烟，再悄悄塞到人家的口袋里。

于是，很多人喜欢拍一拍陈放映的肩膀。

这时候，裕后街上开始流行喇叭裤。

陈放映打算跟红霞说："你穿喇叭裤会好看。"但这话还没说出口，他就沮丧了。因为陈放映放电影时，红霞不再坐在他身边。放映前，也听不到她广播了。

红霞嫁进了城里。

很快，陈放映也没再放电影。

他被后生妹子们轰下了台。

那天晚上，放映一部新片，叫《庐山恋》。

听到这消息，太阳还没落山，码头上就坐满了人。后生妹子们早就知道《庐山恋》这部电影好看。《大众电影》杂志上的剧照，被他们翻了一遍又一遍，也有了无限的向往。

《庐山恋》终于放映了。

秀山、险峰、瀑布、飞泉，这些美景一一出现在银幕上。片中男女恋爱的过程，更是让人们看得如痴如醉。

电影进入尾声，也意味着一个传说很多的镜头要出现了。每一个人都瞪大了眼睛。

就在这时，银幕上突然没了画面。

陈放映抬手遮住了镜头。

"重放！重放！重放……"

呼喊声一浪高过一浪，但陈放映坚持不倒片。后生愤怒了，纷纷围上了陈放映。当即，陈放映挨了几拳……

秋茄老叔通知陈放映，他不再做放映员了。

当天下午，陈放映在街门口遇到回娘家的红霞。看到陈放映鼻青脸肿的模样，红霞当即问："你怎么拿手遮镜头？"

"那女明星像你。"

红霞发怔："我哪有她漂亮？"

"跟你长得一模一样，连酒窝也一样，还有眼睛，还有鼻子。"

听到这话，红霞倒是高兴。这时，她也多了几分温柔、几分关切地说："就算像我，你也不用去遮镜头吧。"

陈放映磨磨牙，大为不满地说："我不想看到那男的吻……吻你。"

"你……你乱说什么呀！"

"我是说电影里头那镜头。我说那个女明星像你，我觉得电影里头那女明星就是你。"陈放映有点语无伦次，"那男的油头粉脸，一看就不是个好东西。我当然要把镜头遮掉，要不那男的真欺负你了。"

这话让红霞听呆了。

似乎在这一刻，她才明白了什么。她跺跺脚，说："陈放映，你这个笨蛋，那是电影！"

陈放映把脖子一挺，大声道："我说的不是放电影！"

原载《金山》2024 年第 2 期

陈　鱼

李伶伶

出租车在市京剧团门口停了下来，罗雁忽然有点不想下车。市京剧团门脸跟二十年前一样，没有任何改变，挤在繁华的商业大楼中间显得有点寒酸。当年市京剧团是她最向往的地方，她拼尽全力来到这里，以为能在这里大放异彩，没想到事与愿违。她离开后发誓再也不会回来，谁想到今天她又来到这里。这一切都是因为陈鱼。

罗雁下了车，走进市京剧团，直接来到排练室，看到陈鱼果然在这里练功。陈鱼没成名时就整天泡在排练室。她的生活很简单，每天除了吃饭睡觉，就是练功练嗓子，没有别的消遣。现在竟然还是这样。

陈鱼正在练习下腰。她的身体还是那么柔软，身材也没有太大变化，眉眼还是那么好看，就是比以前更成熟了。罗雁跟她打了声招呼。

陈鱼停止练功直起腰，盯着罗雁看了好一会儿，说，你是罗雁？罗雁说，对，是我。陈鱼走过来说，你怎么来了？咱们多少年没见了？罗雁抱抱陈鱼说，想你了，来看看你。走，我请你吃饭去。

陈鱼看看排练室的钟说，你等我一会儿，我今天练功的时间还没满。罗雁说，你咋那么死性呢？练功多一会儿少一会儿能咋的？陈鱼说，倒也不能咋的，不过你练功偷不偷懒，观众一眼就能看出来。陈鱼说完继续练功去了，罗雁只能在旁边等她。

陈鱼先练压腿，又练踢腿，腿一抬，轻松就越过了头顶，还是那么笔直。她抬完左腿抬右腿，循环往复，从排练室这头走到那头，只一个来回汗就从额头上淌了下来。但是陈鱼并没有停下来休息，她继续练着。

罗雁一直不理解陈鱼为什么文戏比她好，武戏也比她好，现在理解了。当年陈鱼是剧团的女一号，罗雁她部部戏都给陈鱼当配角，心里很不舒服。

有一回陈鱼生病了，半个月上不了舞台。正好团里要上一部新戏，罗雁找领导申请演一回女一号，领导好不容易同意了。可是排练没几天导演就不干了，说她不行，还是等陈鱼来演。罗雁不甘心，起早贪黑地练功，练了一个星期，又来找导演，求导演再给她一次机会。导演勉强同意，又开始重新排练。没排几场，导演又叫停，说她还是不行。她说，我怎么不行了？我每天练功的时间比睡觉的时间都长，你凭啥说我不行？导演说，练功不是一朝一夕的事，要靠长年累月，像陈鱼那样。罗雁觉得导演就是偏心，有陈鱼在，她在这个剧团永远出不了头。她一气之下离开了剧团，跟朋友去南方做生意去了。

现在看到陈鱼练功的劲头，她有点汗颜。当年自己练功时若出了汗，早停下来缓口气儿了，哪肯把自己练得大汗淋漓？

陈鱼练完功衣服都湿透了，她去浴室冲了个澡，换了身衣服，然后跟罗雁一起出了门。

罗雁想请陈鱼去五星级酒店吃饭，陈鱼说什么也不肯。罗雁没办法，只好在附近找个小饭馆坐了下来。

服务员送来菜单，罗雁把菜单递给陈鱼说，随便点，别给我省。陈鱼把菜单又推回去说，知道你做生意赚钱了，但今天你是客，我请。罗燕说，别跟我客气，你挣多少钱我还不知道？

俩人虽然二十年没见，但关于彼此的消息，爱听不爱听的也都知道一些。罗雁离开京剧团下海后赚得盆满钵满，结婚后又生了对龙凤胎，人生可谓春风得意。陈鱼呢，守着京剧团，不肯走穴，不肯挣外快，每个月就那点死工资，日子过得清水一样。大家都说她死脑筋。

聊完彼此的过往和近况，罗雁说，咱们都是奔四的人了，唱得再好也比不过年轻人，总有一天会退出舞台，你就不想趁现在还站在舞台中间，为自己做点啥？

陈鱼说，做啥呀？

罗雁说，我有个朋友，下个月给他母亲办八十大寿，他母亲特别喜欢你唱戏，他说你要是肯去，他给你出这个数。罗雁说着伸出右手食指。陈鱼说，十万？罗雁点点头。陈鱼摇摇头。罗雁说，这样，你要是去，我帮你说句话，给你再加十万。陈鱼说，就是再加一百万我也不去。罗雁说，为什么？这么轻易就能挣到的钱，你为什么不挣？陈鱼说，你今天来找我就是为这事？罗雁说，对，朋友知道我跟你一起唱过戏，特意托我来请你。陈鱼说，抱歉，我帮不了你，你要是没别的事我先走了。说完真走了。不管罗雁怎么喊，她都没有回头。罗雁心里这个气，陈鱼不但自己有钱不挣，还害她损失了一大单生意。

事情没办成，罗雁也无意久留，当天买了回广州的机票。她在打车软件上叫了个网约车，坐进车里后，看到司机居然是陈鱼。

罗雁惊得下巴要掉下来了，说，你怎么会开网约车？陈鱼说，没有演出的日子，我会开网约车挣点零花钱。罗雁说，我还以为你不食人间烟火呢。陈鱼说，我也是个普通人。罗雁说，你宁肯开网约车也不去挣外快，脑子是不是进水了？陈鱼说，我脑子没进水，我去挣外快卖的是名气，我的名气是老百姓给的，我利用名气挣钱，早晚有一天会把名气败光，也辜负了老百姓对我的喜爱。罗雁说，你就不怕被乘客认出来？陈鱼说，认出来又怎样？我又不能因为他认出我多收他两块钱。我开车挣的是辛苦钱，又不犯法，怕啥？

罗雁忽然说不出话。

陈鱼的车开得很稳，把罗雁送到机场后就走了。

罗雁站在下车的地方，一直望着陈鱼的车走远。她脑子里回想起陈鱼在舞台上铿锵的京剧唱段，心里第一次对她生出一股敬意。

原载《天池小小说》2024 年第 15 期

酒壮尿人胆

顾文显

雅芬装作不知道内情，热情地让客："怎么就你自己？坐。"

她看见肖雄身子微微哆嗦了一下，但还是坐在了沙发上。

"雅芬，我来跟你告个别，明天你就见不到我了。我要杀人！"

雅芬壮着胆子用手背轻试了对方额头："不像发烧的样子。有屁赶紧放，放完走人。"

"我像是开玩笑吗？"肖雄冷冷道，"真的。你明天看本市新闻。"

其实雅芬早知道了。她只能故作不知："这还不容易，现成的一个我。我找把菜刀给你，不怎么锋利。"

"少跟我嬉皮笑脸。"肖雄有些不耐烦，"我真的要杀……小九！"

小九电话里没撒谎。她嘱咐雅芬万不可放肖雄进门，但她鬼使神差把门打开了，之后，就一直后悔着。

雅芬硬是装成百思不解的样子："凭什么？"

"那个贱女人，敢给我戴绿帽子。"见雅芬没接话，他补充道，"跟她老板去了汕头，一待四五天。你说能不出事？"

"有证据吗？"雅芬心口突突跳，从这个疯子血红的眼仁看，他真有玩命的架势！

肖雄冷笑："还用什么证据，满城风雨。老婆出轨，全世界都知道，就她老公一人蒙在鼓里。"

雅芬嘴角一撇："有想象力。你开个大货车委屈了，真应当搞科幻小说。没证据就往自己老婆头上扣屎盆子，你还肖雄，连枭雄都配不上！"她麻利地去厨房端来几样小菜，取筷子时又捎带一瓶白酒，往桌上一放："我是不会放你出这个门的，出去就是地狱。"

肖雄腾地站起来："谁拦我，就是我的冤家。莫怪我手狠！"

雅芬双目灼灼地直视着对方的眼睛。她知道，这或许是她生命最后一刻，但她别无选择："姓肖的，你可以把我弄死。我跟小九情同姐妹，替她死，我眉头不皱。不过，犯人临刑前还得给口吃的，我得吃饱喝足才有力气过奈何桥。你要是不敢陪，我可自己喝了啊。"

这一激，肖雄挺直了腰："我酒量是差点儿，但宁可让你灌死，不能让你吓死。"

俩人你一口她一口，话也随着多了。

肖雄倾诉，他对小九如何如何忠心，如何如何呵护，没想到，那个没良心的女人居然跟老板去了汕头，那地方多开放。要紧的是，她只说出差，并没承认同行的是老板，不是有鬼是什么？

"你品品，这酒虽然只是地方小品牌，却是正宗的高粱烧，我保存了七八年，一箱就剩下这最后一瓶了。"

肖雄点点头："真的很柔绵。"

"要不我说你是个有慧眼的男人。不但把小九追到手，而且对酒也内行。这酒七八个人尝过，没人说出个子丑卯酉。"

肖雄有些得意，但他坚决地说："不准提那个贱女人，我不会让她活到明天早晨，我知道她，不在你家，一定躲她姐家了。"

"酒没怎么喝你就糊涂了。要是我，我谁家也不去，去派出所寻求保护……"

肖雄愣了愣，抓起酒杯，一口见了底。

"没人跟你抢。"雅芬揾了揾对方的酒杯，"小九真冤枉啊。她也感觉到这次出门不方便，可是，她怕失去这份工作，还得帮你把日子过得更好些不是。老总还讲究，开两个房间，对她秋毫无犯……"看着对方半信半疑的样子，她继续说："换我，我可不这么干。跟谁不是跟，再正经却挡不了有人扣屎盆子，那老总多的是钱……"

肖雄抬眼望了女主人一眼："开两个房间给别人看，他不会半夜跑过来吗？"

"经验之谈！"雅芬倒上酒，"我敬你一杯。说说，你有过几回？"

肖雄越发红了眼珠："我他妈半回也没有，所以我冤枉，所以我要杀人！"

"我不是人？"雅芬小幅度地呷了口酒，"你杀我呀。听妹子一句劝，肖师傅，你若确信小九出轨，好办，明天跟她离婚不就得了。咱俩小赌一把，10万。一个星期我给她介绍成，个头儿、年龄、社会地位和收入，比你差一样，我输10万。你输了怎么办？"

雅芬看到对方喉咙动了一下。

"你既然杀心已定，那我就不再废话。门我反锁上了，你走不了。杀不杀我？不杀我睡了，酒有点多。残局不用收拾，你将就睡沙发吧。"

说罢，雅芬进了卧室，灯随即熄灭。

躺在沙发上，肖雄思绪万千：这个雅芬如此出众，她为什么不嫁人呢？平时当小九面也跟他拍拍打打，刚才道晚安时，他如借喝醉了一把拉住她，会不会水到渠成……

清早，听到雅芬蹑手蹑脚洗漱，后她高声说："老肖，我有急事，早饭不供了，忙你的大事吧。"

肖雄不知说什么好。

"昨夜咱俩同居一室，你得赔我点名誉损失。"

"天地良心！"肖雄争辩，"我睡沙发上一动不动。"

"少跟我装。你哪里是一动不动，其实是彻夜难眠。想的啥，你自己清楚。"

肖雄哑口无言。

"原来男女同室，未必一定出轨啊。"雅芬笑得花枝乱颤，"偏你家小九跟老总出趟门，就……"

一星期后，小九带肖雄登门，感谢雅芬那顿酒救了两条命，并使他夫妻消除误会。

"酒壮尿人胆嘛。"雅芬幽幽地说。其实这几天她一直后怕，没确定留那人喝酒是不是做得对。

原载《小说月刊》2024 年第 3 期

烈狗之死

何君华

那时我们家养着一条狗。狗是一条极普通的土狗，我至今不知道它的学名，但在我们那一带，遍地都是这样的狗，几乎家家户户都养着这样的狗，看家护院，有时也当作牧羊犬来使用。我们那个地方是个蒙汉杂居、半农半牧的嘎查村，家家都种着地，也都养着牛和羊，一旦出去放牛和羊，走得远一点，比如到白音花牧场去，我们就带上狗，一是可以帮助看管牛羊，二是可以防狼。

说我们家的狗是一条极普通的狗也不十分准确，因为在我们那一带，它实际上并不普通，非但不普通，而且可以说名声在外，用今天的话说，它是一条远近闻名的"名狗"。这条狗性格暴烈，好勇斗狠，而且能征善战，方圆几十里、五六个嘎查村的狗没有一条是它的对手。它简直就是我们那里狗类搏斗术的冠军，而且是无可争辩的冠军，因为自从来到我们家以后，它从未在任何一场搏斗中败下阵来。

这条狗——我们就叫它烈狗吧。

隔三岔五，总有人找上门来，控诉烈狗将它们家的狗咬伤了。我们总是忙不迭地给人赔不是，嘴上赔着不是，但心里却是乐开了花的，谁不愿意自家养着一条这样的冠军狗呢？何况烈狗的确是一把看家护院的好手，我们家的鸡窝、羊圈和牛棚从来没有遭受过豺狼等猛兽的侵扰，也从来没有遭遇过贼人的偷盗，烈狗可以说厥功至伟，方圆几十里内的人畜，哪个见了它都有几分害怕，远远地看见都要躲着走，哪里还敢上门来招惹它？但是，今天把毕力格家的狗打败了，明天将呼斯乐家的狗咬伤了，也不是个事，没有办法，我们只好将烈狗的嘴巴戴上套子，看看戴上狗套的烈狗还能逞能吗。

令我们没想到的是，我们还是低估了烈狗的能力。这天晚上，我们刚一进屋，嘎查东头的乌吉斯古楞便找上门来，声称我们家的烈狗又将他家狗的脖梗子打伤了，现在还在渗血。我们照例一边赔礼道歉，一边在心里感叹，烈狗啊烈狗，你当真是条烈狗！

限制措施只得继续加码。我们又在烈狗的脖子上套了一条项圈，再在项圈上系一条棒子，一旦撕咬起来，棒子便会滴里当啷地来回扯动，妨碍它"技术动作"的发挥。这也是从我们的老嘎查达哈斯乌拉那里学来的办法，从前我们嘎查出过一条为害四方的老烈狗，就是用这个办法驯服的。

嘴套、项圈再加上吊棒子，这下总该万无一失了吧？但事实远远超出我们的想象。烈狗还是"不负众望"地四处招惹祸端，我们只好放出"终极大招"——将烈狗拴在院子里不让它出门，心想这下你总该没办法了吧？

果然，拴起来的烈狗明显蔫了，像个无仗可打的过太平日子的将军，终日没精打采地趴在院子里，浑身没有一丝活气。这也不是个办法。俗话说，人得溜达狗得遛，我们便决定每天还是要把烈狗放出去，放放风，不能就这样让它的余生在无期徒刑里度过。只不过，时间要选在人畜无害的深夜。

于是每天晚上九点，我们准时站在家门口的院墙上郑重其事地向四邻们喊话："外头还有人没？老少爷们儿都赶紧进屋啦，我们家要放狗啦，我们家要放狗啦！"

农村人睡觉都早，夜极静，我们的声音在夜空里传得很远很远。没有人回应我们，我们便解开狗链，说时迟那时快，烈狗就像哈萨尔射出的神箭一样不由分说地蹿了出去！它憋得实在太久了，它在村庄里横冲直撞地跑着，肆无忌惮地叫着，仿佛一个太平将军又回到了硝烟弥漫的战场。这一刻让我们知道，烈狗还是烈狗，还是那个睥睨天下的冠军狗。

从此以后，烈狗的日子便在"日出而息，日落而作"的庸常中平淡地过着，命运的改变发生在半年之后。

那一天，嘎查里忽然出现了一头草原狼。狼是群居动物，很少以单只的方式出现，而且我们嘎查已经很久没有狼闯入了。这头孤狼忽然出现，说明它已经饿极了，已经顾不上形单影只也要闯入人类的领地。

一头饿极的狼战斗力可想而知。事实上，它已经祸害了好几条村民家的狗。不得已，嘎查达带人敲响了我们家的门，央求我们派烈狗去跟那头狼做最后的决战。

我们为土狗摘下嘴套、项圈和吊棒子，仿佛为一位出征的将军检点行装。

暮色四合，月光如水。过了许久，一阵低沉的狼嗥传来，烈狗拖着疲惫而沉重的身体回来了，一进院门便轰然栽倒在地上。我们连忙赶去查看，但见它浑身布满血淋淋的伤痕，一如一座千疮百孔被岁月剥蚀殆尽的旧屋。

烈狗败了。我之前说过，我们家的烈狗素无败绩，但这一回它败了，只不过不是败在其他狗身上，而是败在一头饿极的草原狼身上。我很自然地想到了虽败犹荣四个字。

但我还是说错了。原来，烈狗并没有败。

第二天清晨，在嘎查口的林间空地上，我们看见了大摊大摊的血迹，还有遍地散落的狼毛，一切都提示我们昨晚这里发生了怎样一场惊心动魄的战争。

烈狗打败了独狼，将它赶出了村庄。从那以后，再也没有狼敢来侵犯我们的村庄。

经此一役，我们以为烈狗会就此消沉，从此失却它往日的光辉，甚至失去生命也完全有可能。但只过了七天，软趴趴地卧倒在地上的烈狗又站了起来，并逐渐恢复了它昔日的雄风。是啊，我们终于知道，烈狗终究是烈狗，它终究还是那个睥睨天下的冠军狗！

可是好景不长，在半月后的一次例行放风中，烈狗再也没有回来。我们一如从前地打起响亮的呼哨，但它没有像以前一样听话地迅速跑回来。我们知道，它一定是被人毒害了。

烈狗死了，死在了这个它曾经誓死捍卫的村庄。

也许，世上本不应该有冠军狗这样的存在。

我们永远地失去了烈狗。自那以后，我们家再也没有养过狗，或许养过，但我一点记不起来了。

原载《金山》2024 年第 3 期

井　事

曾立力

那天，我和老 Q 大喘着气爬到山顶，一屁股瘫坐在地上，望着脚下四面群山环抱的山谷，觉得像是好大一口井。我俩就像是沿着井壁爬上来的。谷底树木葱郁、植被漫布，宛若墨绿色的井水，阳光照耀下波光粼粼……

我对老 Q 说："也许上古时代这儿就是一口井。"

老 Q 老家本地的，却吝啬得只吐出两个字——"天眼"，认知不同。

我和老 Q 是家破产厂里的工友，过去交道并不多，没想到退休后却成了经常结伴同行的驴友。我俩没去过名山大川，却爬遍了市郊的野山沟。野山野趣野味，别有一番风景。

那天闷热，带的水告罄，我俩下到山脚下找水没找着。老 Q 伏下身子贴着地面听了好一阵儿，在山腰凹处找到一浅水窝。两人搬开几块石头，用登山铲掘了眼草帽大小的井。掬一捧水，清冽冽、甜滋滋的。我俩牛饮一阵，笑道："腺也，澄水之儿。"

恋着那甘甜的井水、奇异的风景，后来我俩领着众驴友又去过几次。因人太多，水量不足，容易浑浊，有驴友提议："大伙凑点钱，正儿八经掘口井，既方便自己也方便他人。"大伙一致赞同。

唯独老 Q 咕哝："出钱没有，出力可以。"

老 Q 手头有点紧，两个钱捏得出水，抠抠搜搜，从不乱花。

按说我俩的退休金不相上下，比不上机关事业单位，但过日子绰绰有余。也不知他怎么弄的，老是五行缺金，财务不自由。我忙跟大伙说："这件事交给老 Q 去办最好不过了，不会乱花钱的。"

出钱的人不愿出力，半信半疑说："就交由他去办吧。"

老婆听说后责怪我多事："人心难测，蚊子腿也是肉，你能担保他对到手的钱不贪不占？到时你负责？"唾沫星只差没喷到我脸上。

驴友中不乏赚着大钱的，也有月月拿上万元退休金的，站着说话不腰疼，打趣老Q："钱不是抠搜来的，是攒来的。"还说："年轻时发狠攒钱，年老了花钱享受，早干吗去了？"

说归说，老Q并不在意，装作没听见。私下却跟我说："你再有钱，我又不找你借贷，绝对值等于零。"转而又说："钱多多用，钱少少用，过好每一天才有意义。"老Q并不觉得低人一头，矮人一肩。

老Q叫了个帮手，亲力亲为，用了不到一半的钱，将草帽大小掘成口一米多见方的井，并用麻石砌好了井壁井台，见证了这老小子的精明能干。多余的钱，一分不少地退给大伙，我这才放心。

泉眼掘通了，水量很大，酿泉如涌，在井底不停地翻着水花。竣工那天，我用女儿送的那台尼康相机给拍了张弱光照。自我感觉不错，发给了老Q，老Q秒回了我一串大拇指和一个若有所思的表情。

没料到过了两天晚报却给登了出来，还配了个《好大一口井》的醒目标题。右下角虽署有我的名字，但我却仍然满腹的不快。商都不跟我商量就拿去发表，太不尊重人了。老Q要干吗？

井在山中人不识，但在晚报的广而告之下，没多久陆续有人来打井水回去饮用。井水比桶装纯净水好哇，纯天然，更安全。老Q算是做了件好事，不违掘井初衷，我先前的不快也就释然。

这期间女儿买了新房要装修，我去守了段时间。

可等我回到家，老婆却绘声绘色地说："那口井火了神了！都说能治百病。有位大爷拄着双拐来的，喝了一杯水，扔掉一只拐杖；喝了第二杯水，扔掉双拐自己走回去的。有位盲人双目失明几十年，用这水清洗眼睛，七天后重见天日。就是癌症病人，喝了这水症状也马上缓解……"老婆这人见着生人特别亲，对这种八卦深信不疑。最后老婆说："不过，现在打水要收钱了，一块钱一桶。"

第二天清晨，老婆让我也去打两桶水来，有病治病，无病强身。我也正想去看看。

一路上只见都是去打神水的人，有年纪大的，也有年轻人。肩挑手提的，拖着行李车的，像我这样骑电摩的更多，络绎不绝。

老远见山脚下新开辟块土坪，村道可通到坪里，坪中央搭着间简易工棚，接出根 PVC 管直通半山腰的水井。

走进棚内，靠山边一线装有五六只水龙头，旁边摆个大红塑料脸盆，像个血盆大口，里面有些块票和一个二维码。另一边放生活用品，老 Q 在弄早餐。

我见着就有火，凭什么你老 Q 收钱？到老来还真掉进钱眼里去了？

老 Q 看见我后过来打招呼，我理都没理他，灌满两桶水，往那血盆大口里扔下两块钱，转身便走，将冷冰冰的背影留给了老 Q。

回到家，我立即拉黑了老 Q 的手机号、微信号，再没去打过水，就此断交。

后来，当我听人说起那口井时，我总是一脸的不屑，不以为然。该发生的和不该发生的，都发生了。

直到有一天，晚报记者突然上门要采访我，说是这些年全靠了那口井，附近村里的孤寡失能老人，才体面地走完最后一程……我羞愧难当，想找老 Q 说说，却只有在梦里了。老 Q 不在了。

山水契阔，天眼看着，那是好大一口井啊！

原载《小说月刊》2024 年第 3 期

龙凤口琴

季　明

　　十四岁的勤务兵陈山，在给团长打扫卫生时，眼睛突然一亮，他发现团长的那个口琴，此刻，正静静躺在桌子上，斑驳的阳光，透过窗户，照在上面，一闪一闪地跳耀。

　　口琴是团长留学时，从国外带回来的，平时，要么珍藏在一个精美的小盒子里，要么是用手帕包着，小心翼翼揣在衣袋中。闲暇时，团长会满脸沉醉地坐在那里，吹口琴。那曲调，时而轻快跳跃，时而悠长，还透着一丝淡淡的忧伤。当然，陈山不懂这些，只是觉得这琴声，非常好听。

　　陈山见过很多乐器，家乡的大鼓、响锣、唢呐，戏台上的笛子、二胡、琵琶……但口琴，却是第一次见到。看着口琴在团长的嘴唇边，一左一右轻快地滑动，吹出悦耳的曲调，陈山不禁想：啥时候，俺也能吹一吹这口琴，那该多美！

　　但，这是不可能的，长官的心爱之物，他一个小小的勤务兵，岂敢乱摸乱动，轻者受责罚，重者，有可能拖出去，挨枪子。

　　此刻，团长不在，陈山站在那里，犹豫半晌，才敢伸出手，轻轻摸了摸口琴，然后，又倏地缩回来，像被火烫了一般。再四下看了看，确定真的没人，这才小心地把口琴拿起来，捧在手中。

　　口琴的外壳，是不锈钢的，当然，陈山不知道啥是不锈钢，只觉得它像镜面一样，光滑、明亮，上面刻着一条龙，一条精美而飞舞着的中国龙，显然，是请人专门刻上去的。

　　陈山把口琴放在嘴唇边，学着团长的样子，往右边一滑，轻轻一吹："哆来咪发嗦啦西……"往左边一滑："西啦嗦发咪来哆……"

一连串悦耳的音符飘出来，陈山兴奋起来，禁不住咧开嘴，笑出了声。就在陈山忘乎所以的时候，忽地感觉背后有人，扭头一看，是团长！团长黑着脸，瞪着陈山，怒不可遏。

　　团长留学回国后，投笔从戎，参军抗战，跟小鬼子打仗，一路升到56团团长的位置，平时，总是一副儒雅的面孔，透着文气，只有在战场上和发火时，才是这个样子。陈山吓得一哆嗦，口琴咣当一声掉在地上。

　　团长抡起胳膊，一巴掌呼在陈山脸上。陈山一跟头摔倒在地，吓得涕泪横流，却连大气也不敢出。

　　团长穿着锃亮的马靴，"嘎吱嘎吱"走过去，捡起口琴，放在嘴边哈了几口气，用手帕仔细擦拭起来。

　　擦拭干净，小心装进衣袋，然后，瞟了几眼地上的陈山，"嘎吱嘎吱"走来，扶起他，叹了口气，说："下次，别乱动了。"

　　陈山抹了一把眼泪，大声道："是，再不敢了！"

　　团长用手在陈山的头上轻轻拨拉了几下，说："这口琴，是我的专属之物，需要洁净，你若吹了，沾上口水，就脏了！"

　　陈山听不明白，只是不停地点头。

　　有了这次教训，陈山就死了吹口琴的念头，但是，那美妙的声音，深深刻在脑海里，许多次，他都梦见自己捧着口琴，在吹奏着一首动人的曲子……

　　陈山想：得给这口琴，取个名字。叫啥呢？忽然想起口琴上刻着的那条龙。对，就叫龙琴！陈山心说。

　　国军同日军的数次会战，几乎全是溃败，这一次也不例外。军长严令56团断后，不惜代价阻击鬼子，掩护全军撤退。说白了，56团就是一颗弃子，生死存亡，由天定！大战前夜，团长默默坐在阵地一个角落里，吹口琴。依然是那首熟悉的曲子，悠扬的琴声，在黑夜里，随风飘荡着。

　　团长吹了许久，停下来，叫过陈山，命令道："你走吧，你还是个孩子，56团，得留点种子！"

陈山不知所措，怔怔望着团长。

团长把口琴和一张纸片交给陈山，说："记着，安全后，一定要把这口琴，按照纸片上的国外地址，寄出去。"

陈山哭了，问："团长，您……还有什么话要留吗？"

团长转过身，沉吟了一下，说："无须多言，那人……收到口琴后，自会明白一切！"

陈山走下阵地时，天已黎明，他回头看了看，鬼子开始进攻了，阵地上炮火闪耀，印红了拂晓的天空……

许多年后，在一次施工中，56团阻击阵地被世人发现，从两千多具残缺不全的遗骸上，人们能够想象得到，这次阻击战，有多么惨烈。当地人收殓了遗骸，修建了一个抗战烈士陵园，建成之后，举办了一场盛大的祭奠活动。

作为抗战老兵、56团的幸存者，陈山参加了这次活动。他颤颤巍巍来到团长墓前，深深鞠了几个躬，不禁老泪纵横。突然，他看见团长墓前祭台上，安静地躺着两把口琴和一封信。

信，是给陵园负责人的：我祖母和家人，一直在寻找楚怀龙先生……按祖母的遗愿，拜请一定将这两把口琴，与楚怀龙先生安葬在一起……

楚怀龙，是团长的名字。

陈山看见，这两把口琴，一把刻着龙；另外一把，刻着一只精美而飞舞着的凤凰。

涕泪纵横的陈山，先把龙琴捧在嘴边，往右边一滑，轻轻一吹："哆来咪发嗦啦西……"

又捧起凤琴，往左一滑："西啦嗦发咪来哆……"

龙凤口琴，虽历经数十年岁月沧桑，但声音，依旧是那么悦耳。

原载《小说月刊》2024年第7期

江南老黄

苏 龙

早些年老黄就与我为同事了，都在邕城的江南区某镇政府上班。我是分管文教卫体的副镇长，他是文化广播站站长。

老黄瘦，身板瘦，脸庞瘦，手脚瘦，胡子杂草一样疯长。"马瘦毛长嘛。"他自我调侃。他瘦脸上方却嵌着一双大眼睛，明亮放光。"我是 1.5 的视力，"他仰着瘦脸，得意道，"眼睛是心灵的窗口，眼睛不好，怎能发现心灵之美？没有心灵之美，如何画出大美之画？"

老黄擅长画画，涉猎领域甚广，跟人倾（聊）起画来口水横飞，嘴角泛白：

"水彩画嘛，因是使水性颜料，色彩明亮、清新、透明，自然风光和人物形象张力十足。""中国画嘛，因是使毛笔、墨、颜料，意境幽远，气韵生动。"……

老黄尤喜素描，用他的话说，素描可表达想法和情感，激发绘画者的想象力和创造力。他借助铅笔、炭笔等工具，通过线条和阴影展现人物或事物形态。在他笔下，壮族妙龄少女身穿壮族衣裳，头戴花冠，在微风中轻歌曼舞；在他笔下，乡间景物旖旎，儿童嬉戏，老人闲谈；在他笔下，百里秀美邕江江畔景观清秀迷人，高楼矗立……

"素描讲究简单、直接，符合我这耿直臭脾气。"老黄说得没错，他就是纯粹之人，眼里容不得沙，说话做事干脆利落，嘴边常挂一句话：就这么简单。

镇里每年组织"三下乡"志愿服务活动，老黄必是参加的。他挥毫泼墨，或画人的肖像，或画动物生肖，或画丰收年景，形象生动，栩栩如生，村民们接过画，脸上灿烂成花。有村民要给他润笔费，他脸一沉："志愿服务嘛，免费的，就这么简单。"

有邕城一书画大家赞道：老黄是用他的灵魂与笔触交织，打磨出张扬个性、充满魅力和生命力的画面。有个暴发户附庸风雅，托人带去一个胀鼓鼓的信封，想讨老黄一幅画，他哼嗤冷笑，直接回绝："这人包养小三，休想玷污我的笔和墨！就这么简单！"老黄想办个人画展，估算了下，画作装裱，场地租用，展场布置，得花一大笔钱，而他要养家糊口，赡养老人，送小孩读书，要用的钱多了去，故打消了办画展念头。暴发户闻讯又托人来话：只要老黄帮他画一幅画，老黄办画展的费用他全包。老黄哼嗤冷笑："我不稀罕他那几个臭钱，就这么简单！"

某天深夜，镇政府大院宿舍楼突然传出河东狮吼，响彻大院："你与那人到底什么关系?!""没有关系的嘛，就这么简单。""没有关系？值得这么晚才回来！"……声音从老黄家传出来。

老黄在外面有女人的流言才刚在大院流传，就有村民给镇政府送来了感谢锦旗。原来，该村民家的老人预感要走了，说走后摆设的照片要用碳素画，指名道姓要镇政府的黄站长亲自画。老黄才从乡下回来，听说后背上画具赶到老人的家，与老人闲谈，察言观色，一笔一画认真描绘，画出的画老人很是满意。老人的家人要给老黄"利是"（红包），他婉拒。"为群众服务是干部的责任，就这么简单。"

后来搞机构改革，镇里各站所或合并或取消。老黄要分到城区征地拆迁办，不当领导了，大头兵一个。人员去留敏感，我们镇班子成员分头做好人员情绪稳定工作。我到老黄办公室找他，他在埋头画画。地面上横七竖八摆放着几幅画作，粗犷凌乱，毫无章法。这时候谈心可谈不出什么来。我叹口气，才要退出时，老黄抬头叫住了我，把刚刚画好的画递给我，是一块砖头，厚重、有质感。"革命战士是块砖，哪里需要哪里搬，我是党员，服从分配，就这么简单。"老黄手抓乱蓬蓬的头发，咧开嘴巴笑了，下巴的长胡子颤跳，眼里泛着光。

老黄是挥毫泼墨的，能搞定征地拆迁这"天下第一难"吗？我一直有这疑虑。几年后我调到城区党委宣传部工作。近来我要组织市属媒体记者采访城区征拆一线的先进典型，报上来的名单中就有老黄。我们到了老黄负责的片区，找不到他。他同事小莫说他躲起来了。我们打他电话他也不接。

跑得了山跑不了和尚，我们就从侧面了解吧。"小莫，你就说说老黄，讲细节的东西。"

"老黄这人嘛，一开始我们想一个画家能搞出什么名堂？可他真的有一手。举个例子吧：五一路片区列入了旧改范围，很多住户都签订了拆迁安置协议，就有一户不签，漫天要价。我们磨破了嘴皮，户主油盐不进。后来老黄登门……哎呀，半天工夫，住户签字了。"

"老黄是住户亲戚，人家碍于面子？"

"才不，他们素不相识。"

"老黄承诺满足住户要求？"

"才不，政策面前，人人平等。"

原来，老黄掏出报纸给户主看。上面登了这么一条新闻：某人居住在建了几十年的大板楼小区，某日在阳台砍骨头，阳台轰然坍塌……老黄说了，大板楼是用一块一块水泥预制板搭建的嘛，你现在住的这房子年代更久了，都是危房了，人身安全难保证呀……

"半天工夫谈成签约，就这么简单？"

"是呀，就这么简单。"

我终于拨通老黄手机了，由衷赞叹："老黄，你真不简单呢。"

话筒传出老黄爽朗的笑声，还有清脆的声音："将心比心嘛，心里装着拆迁户，办法总比困难多，就这么简单。"

"现在还画吗？"

"画。我还想办个人画展呢，可现在不行，忙，等退休后吧。这些年我拍了很多老旧小区的照片。我要对照照片，一张一张画出来，给我们城市留下记忆……哎呀，办下这两件事，还真不简单呢。"

原载《微型小说选刊》2024 年第 18 期

年木匠的杰作

邓建华

香椿煎蛋的香味飘散开来时，年木匠挑着他那套和他一样老的工具，从冬茅草半掩的土巷子摇摇晃晃过来。父亲慌忙丢下手中的瓜瓢，雷急火急去开园门。

瓜瓢里的漱口水泼洒一地，父亲的客气话也倒了出来。父亲说，你看你看，有事总是辛苦您，今儿个又要劳您费心了。

父亲小心翼翼侧过身，就去接了担子。

年木匠上气不接下气，只是露出满嘴黄牙嘿嘿笑，根本连答话都使不上劲来。肩上的担子让父亲接过去后，他就站在园门边吃力捶背。

园门还开着，我赶紧去关。

这样用柴棍和竹枝编织的园门，家家都有，但时刻要记得收关。不为别的，就担心家里的鸡呀鸭呀跑出去，糟蹋队里的谷子。当然，也怕自家半大不小的孩子，掉到游鱼跃动的引水沟渠，或漂着蝌蚪的池塘里。关园门的时候，我没有理会年木匠，我把一丝丝厌恶也紧紧关在心里，不敢让它溢出来。我知道，倘若有一点点这样的痕迹挂在脸上，过后被父亲修理就是顺理成章的事。

上十里下十里，木匠有三个。年木匠最老，月木匠居中，日木匠最细。日木匠是月木匠的徒弟，年木匠是月木匠的师傅。上十里下十里，也有一句出了名的老话：教会徒弟，饿死师傅。徒弟挨过师傅的打，但师傅的饭碗都慢慢被徒弟给抢了。月木匠出师后，就能造水车、做扮桶、架浮桥、上大梁。有人说，你业务这么好，还是要留一点事给你师傅做啊。月木匠说，他是个小木匠，本来就做不得这些大路，只晓得做点木椅、板凳，我这是自己操练出来的。别人又说，他都几十天没事做了，没有一滴屋檐水掺锅了呢。月木匠思索一会，就说，那拜托你递个信，请他过来打下手啊。自然，这话等于白说，年木匠辈分这么高，饿死也不会给徒弟打下手的。日木匠跟月木匠学徒时，月木匠倒是留了一手的，许多诀窍只说了一半。日木匠连师傅教的那一半都忘了，出师后，却一夜之间风生水起。月木匠看都没看见过的笨拙的锯木机、电钻、电刨、强力胶等新玩意，被"眼眨眉毛动"的日木匠玩得溜溜转。做一整套家具竟然一个卯榫都不要做了，一律射钉和胶合了事。别人要半个月才能做完的活，他三五天能成。

连月木匠都感觉天要塌半边了，年木匠自然也就成了文物级别的手艺人了。

我放学时，常见年木匠倚在菜园的竹篱笆边上望天。有天，碰见他去扯篱笆上晾晒的盐菜，放在缺牙的嘴里咂吧咂吧嗑咬，被他老婆臭骂，家里都揭不开锅了，你想吃草就老老实实去吃草，还要带着咸的，你够格？

我听见了，也装着没听见。我看见了，也不敢回家说。我感觉我那天不怕地不怕的父亲，跟这要死不落气的年木匠好像蛮投缘。要不然，我家七七八八新新旧旧的木制品都不会与劣质产品有缘。碗柜门做起就关不拢，木椅靠背一天到黑吱吱响，板凳脚常脱落，就连一张小趴脚桌，也从来没有摆稳当过。这些，也都是资深匠人年木匠的杰作。我到别人家，看他的徒子徒孙月木匠、日木匠周周正正、气气派派的作品，简直眼都是直的。我甚至怀疑，我父亲请匠人时是不是有根筋搭反了。

这一回请年木匠来，是准备做两个工的。两个工，就是三十二元钱。这两个工要做的，是修理散了架的烤火桶、关不拢的大门，当然，这两件也是年木匠之前的杰作，另外新做三条麻拐凳和一个洗脸架。父亲是在卖完一头仔猪后，安排赶做和赶修这些木器的。我看不出有多少紧迫性和必要性。况且，手艺超好的日木匠正好这两天有空，工钱也一样。价廉物美的日木匠店子里也有现成的买，买的价格一起加上，才四五十元钱。但父亲大声旺气地宣布，要请年木匠做两个工。他之所以高调，是不让其他人在选匠人的问题上说三道四。

年木匠在园门边捶了一阵子背，又干咳了三五声，才来答父亲的腔。年木匠说，又要来劳吵你屋里几天了。

父亲将两瓢热水舀到一个搪瓷盆里，又将一条萝卜手巾放进去。他示意我给年木匠端过去。见我似乎慢了半拍，父亲就轻轻踢了我一脚，悄悄说，一株草都应该有一颗露珠养，你不小了，学做人就该明白些事理。

我不明白。我只是不敢违抗父亲的调摆。我只知道我们家跌跌撞撞的木器，都是年木匠的杰作，他一辈子也不可能修好他亲手做的每一件作品。

我还是将热水端过去了，在心底里默念一遍，一株草，要一颗露珠养？

一直念到今天，年木匠不在了，父亲也不在了，我隐隐约约感觉到，天地之间，每一颗露珠和每一根草，其实，都活得好好的。

原载《百花园》2024 年第 5 期

棒冰的记忆

安 谅

那年暑假，班主任老师明确：明人，阿多，山禾和小黑皮，还有一个黄毛女生，为一个小小班，明人是小班长，规定每周得集体做两次作业，相互检查和帮助，确保暑期作业完成。黄毛女生去她外地奶奶家了，实际上，就他们四个小男孩，常凑在一块，边做作业，边玩耍。

天爆热，阳光炙烤着大地，坐在屋子里，像坐在火炉旁，汗流不止。那是阿多家的客堂间，是几个人家中，最为宽敞的。他家还有个发出嘎嘎嘎噪音的台式风扇，扇出的是热风，但要比无风的热浪，似乎适意一些。那是上世纪七十年代的稀罕物，冲着这一点，几位小男孩也首选阿多家的客堂。

阿多的外婆是一位慈祥的老太。起先她常会买上几支棒冰，给小朋友每人一支。多半是绿豆棒冰，绿豆沙的冰块，顶头嵌着一溜绿莹莹的豆粒，咬上去凉凉的，甜甜的，糯糯的，满嘴生津，唇齿留香，燠热仿佛被驱逐了大半。

外婆后来住院了，明人，山禾，小黑皮，他们仨开始轮流买了棒冰来，明人以大人的腔调说，我们也得有难同当，有福共享，不能差了这个。大家都山呼海叫地响应，大人不在，他们更任性。而吃棒冰，也成了小小班的一个固定项目。有一天，小黑皮去买棒冰，回来时，一头涔涔汗水。棒冰裹在一条黑乎乎的毛巾里，丝毫没化。他把棒冰塞给他们时，不住地道歉，说是只剩几支折断了棍子的绿豆棒冰了，棒冰本身一点没问题，就是吃起来，有点不太方便。但这并不碍事。明人他们早已急不可耐地把棒冰的包装纸卷开，与残存的一截棍子一起，送进双唇间，滋溜溜地吸吮开了。

几分钟的光景，阿多忽然说道："咦，小黑皮哪去了？"

大家四下里张望，真的不见小黑皮的影子。

山禾停止了吸吮，盯视着棒冰，细长的眼睫毛扑闪几下，狐疑地说："我记得上次他给了我们棒冰，也失踪了一会。"

明人也若有所思："是呀。上次好像也是断了棍子的棒冰！"

阿多在边上频频点头："是，是，是。我那一支，棍子全没了，就一块棒冰了！"

这是不是也太凑巧了，每次他买的时候，都碰上只剩这些歪瓜裂枣、残将损兵了？大家心中都腾起了一阵迷雾。

小黑皮返回时，头发湿漉漉的，汗衫换了件。他面对大家的疑惑，只是解释道，他汗流浃背的，去冲了一把冷水澡，换了一套衣裤。

没展开说，桌上功课一大堆，明人一发话，大家埋头做起作业来。这事似乎被遗忘了。

有一天小小班活动结束，小黑皮先走了。他分明和上次一样，自己没吃。真是奇了怪了。山禾又发出了疑问："这小黑皮是不是太小气了，轮到他，棒冰便都是断了把的，鬼才信呢！"

棒冰原本四分钱一根，断了棍的一般折价为三分卖了。这是众人皆知的。阿多也嗤之以鼻。

明人息事宁人："别在背后说人家，毕竟，他还是买了，味道没变呀！"

这天晚饭后，明人正在家看书，山禾和阿多匆匆忙忙地来叩门。他们在明人的耳畔嘀咕了几句，明人便放下书，和大人打了招呼，与他们走出了屋子。

穿过幽暗的小区，从小区的大门右拐，走了几十步路。山禾手指按在嘴唇上，轻轻嘘了一声，示意他们轻声慢步。他指指前方。有一辆装煤的卡车轰隆隆地刚驶过。车后面，影影绰绰地有一个人影，在地上拣拾着什么，往一个蛇皮袋里一个劲地扔。

他们躲在路边民居的墙边，仔细地观望。终于看清这是小黑皮无疑，而且是在拣拾散落在地的煤屑块。

这太令他们惊讶了，小黑皮同学怎么会做这种不上台面的事。这也太坍台了！

他们克制住了，没直接亮相，而是尾随着他，看到他转到一个弄堂里，在几户人家门口兜售。有一位佝偻的老头，在门口接了，摸出什么叮当脆响的东西，塞在小黑皮的手里。他们估计是几枚硬币。

小黑皮反身时，他们赶紧躲藏了起来。

明人知道小黑皮的爸妈都在乡下。小黑皮是随外婆生活的，明人想不到小黑皮沦落至此。明人通过大人才更详尽地了解，他们的日子过得挺拮据的。

想到那断棍的棒冰，他心里从未有过地五味杂陈。

翌日上午的小小班学习，明人逐一关照阿多、山禾，千万别提小黑皮的事。轮到山禾买棒冰，明人又悄声叮嘱他，就买断了棍的棒冰。

等到山禾买来后，他又宣布，今后，只买断棍的，我们还是小学生，该省钱的。大家都举手，小黑皮眼一红，也高举起右手臂。

一晃半个世纪过去了。在海外受聘任教的小黑皮回国探亲，他请了几位发小兼小学同学叙聊。都是花甲之年，除了瞳仁清亮，时光在他们脸上已留了诸多痕迹。

那天，烈日炎炎。坐在温度湿度都十分舒适的房间里，感觉不到一丝燠热。

聚谈甚欢。忽然，有一单外卖来了，是用大泡沫盒密封保温的。小黑皮诡笑着打开。

竟是满满一箱花花绿绿、各种形状、各种味道的棒冰！还有各色的冰激凌！

小黑皮缓缓地说道："我总记得当年的这件事。你们不说，但是给了我理解和体面。我一直很感激。今天，这个虽已不合意，但是我的一个小小的表示。你们想吃哪种就吃哪种，你们给我的真情，我不会忘记！"

"这个时候，棒冰真是我们共同的回忆！"明人说。

三人都伸出手。

一阵清凉，舒畅地掠过心头。

原载《新民晚报》2024 年 8 月 31 日

送饺子

孟宪歧

冬至这天早上，野狐村人照例要吃饺子。

但煮好饺子后，没有一家自己先吃，都捞出一盘饺子，送给冬至他们吃。

每年冬至早晨，村里便热闹起来，送饺子早的，从冬至他们那里回来了，送饺子晚的正在往冬至他们那里走。

村里人见了面，照例打声招呼。

问："回来了？"

答："回来了。你刚来呀？"

问："你送的啥馅的？"

答："羊肉馅的。"

问："你送啥馅的？"

答："我送猪肉馅的。"

就有人说："好，好。让冬至他们都尝尝。"

冬至是谁？

冬至在哪？

冬至是当年的武工队队长。

冬至他们就躺在村西的松树下。

冬至他们是在那年冬至日牺牲的。

冬至他们是因为野狐村的老百姓而牺牲的。

冬至他们牺牲时连早饭都没吃。

他们这天也应该吃饺子，冬至吃饺子是野狐村的风俗习惯。

真是可惜。

那年冬至，天很冷。冬闲，老百姓一般睡懒觉，猫在被窝里。等太阳出来时再起，好歹暖和点。

昨晚家家户户都剁馅包饺子。虽说日子不好过，可冬至这天咋也得包顿饺子吃啊。

在冀北，冬至是大节气，要吃饺子。没白面的就包荞麦面的，没有肉就多放点荤油。反正，冬至吃饺子就跟大年初一吃饺子一样重要。

野狐村的老蔫各色，他每天天蒙蒙亮就起来了。他起得早，其实是为了多捡点牲口粪。起晚了，牲口粪就被别人给捡走了。

这天他依旧早起，依旧一副挑筐一柄粪叉。

按习惯，他早起的第一泡尿一定要撒在自家的地里。

他急匆匆往自家地里跑。跑到村口，他就傻眼了：一队穿黄衣服的人已经把村子包围了。

老蔫顾不上撒尿，拔脚就跑，边跑边喊："不好啦！鬼子来啦！"

鬼子原本准备在天大亮后开始屠村，可被这个早起的庄稼汉打破了计划，眼见老蔫越跑越远，鬼子开枪了。

老蔫应声倒地。

这时候的野狐村，本来静悄悄的，家家户户的炊烟都使劲儿往上冒，煮饺子的水已经滚开，有的饺子已经下锅。

一声枪响，打破了沉寂。

野狐村一下子吵闹起来。

小鬼子的机枪开始突突突爆豆子般响，准备逃出村的人被撂倒了一大片。

野狐村一千多口人命悬一线。

就在这危急关头，村外猛然响起了激烈的枪声。

小鬼子顾不上屠村了，立即集中兵力朝村外扑过去。

原来，北山武工队听见枪声后，判断野狐村一带有敌情，便火速赶到野狐村。

经过近两个小时的激战，小鬼子被全部歼灭。

但武工队也牺牲了七名队员。

武工队打扫战场时，发现了一具鬼子军官的尸体。

冬至队长走到这具鬼子尸体前，鬼子突然一跃而起，挥刀一下子刺进了冬至的前胸。

大家立刻乱枪齐发，将这个鬼子打成了筛子。

可因鬼子这一刀穿过了冬至的心窝，冬至慢慢闭上了眼睛。

野狐村人把冬至和他的七名战友安葬在村西头，周围栽上了松树。

自此，每年的冬至这天，大家都自愿给冬至他们送饺子。

每家都端着煮好的饺子来到西山下，插上几根香，有的还拿来了酒，把饺子恭恭敬敬摆在冬至他们坟前。

学校的师生们也都来这里敬献花圈，几十年从未间断。

那年，村里来了一位老人，他说他叫李民，是冬至的战友，他想把冬至他们的遗骸迁往城里的烈士陵园。

村里人说："我们愿意陪着他们，这坟不能迁。"

李民没有强求，他捐出了自己的几十万元存款，在野狐村建了一个陵园，李民花钱，大家出力，把陵园建成了一个美丽的地方。

野狐村的人清晨或傍晚，走进陵园，松柏常青，墓碑醒目，鲜花簇簇，石子铺成的甬道曲曲弯弯，人工湖泊清澈见底，清幽肃穆。

李民说："我们现在过上了好日子，也要让我牺牲的战友过上好日子！"

后来，李民也埋在了这里。

有一个老板相中了西山这块地，就找县里，找乡里。

乡长来了。

县长也来了。

村里人把县长和乡长围住了。

大家说："别的地，都可以用，就这地一分一厘也不能占！这是圣地，是英雄魂魄的归属！每年冬至都在等我们的饺子呢！想占这里，除非把我们都抓走！"

那个老板只好另选新址。

每年冬至，村里人照例要吃饺子，照例先给冬至他们吃！

原载《农村大众报》2024 年 1 月 17 日

水　袖

徐向林

筱兰芳踏着碎步上台，水袖一抖一掷、一荡一甩、一抛一扬、一叠一搭，台下必是掌声雷动，叫好声四起。

这是多年前的事了。这些年，作为地方小剧种的阜剧市场萎缩，阜剧团多年没排过大戏，被称为"阜剧皇后"的筱兰芳也多年没上过舞台了。

在老一辈人的记忆中，袖舞是筱兰芳的绝活儿。人们常说，筱兰芳的袖子是她的第二张脸，只要舞动起来，剧中人或悲或喜、或惊或怒、或娇或羞、或憨或痴的表情，人们都可以从水袖上看出来。

凭着这个绝活儿，筱兰芳获奖无数。也有不少戏校、剧团的年轻人想拜筱兰芳为师，但她择徒极其严格，没有一个年轻人能过她的考核，故而她一直没收徒弟。为这事，阜剧团的王团长没少操心，他多次劝筱兰芳降低收徒标准，筱兰芳却把眼睛一瞪，道："戏比天大，怎能随便降低标准呢！"

一句话，噎住了王团长。

可眼下，王团长接到一个紧急任务，他必须动员筱兰芳收徒。原来市里给阜剧团拨了三百万元经费，要求阜剧团排出一部高质量的新戏。为了阜剧文脉的传承发展，要求新戏的主要角色全部起用年轻人，这些年轻人还必须是当地阜剧名家的徒弟。也就是说，这次筱兰芳无论如何都要收一个徒弟了。

王团长挑了四个刚从戏曲学院毕业的女学员资料来找筱兰芳。他告诉筱兰芳，这四个学员只能留三个，分别拜阜剧团的青衣、花旦、刀马旦名角为师，留下来的都会获得阜剧团的正式编制。筱兰芳作为青衣名角，这四个学员首先任她挑。

筱兰芳大略翻了翻学员的资料，说："看来我这次不收徒弟不行了。"

王团长笑道："筱老师，现在表面上看是四选一，但这四个学员是从戏曲学院四百多个毕业生中挑选出来的，实际上是四百选一，一定会让你称心如意的。"

"既然这样，那就在明天的舞台上见分晓吧。"筱兰芳说出这句话时，王团长长出了口气，悬着的心终于放下了。

第二天面试前，筱兰芳问王团长："团里留三个，淘汰出局的那个咋办？"

"那就退回学校呗，戏曲学院学生毕业出来改行的多着呢。"王团长无所谓地说。

筱兰芳听后沉默不语。

面试开始了。学员分别以《铡美案》中的秦香莲、《二进宫》中的李艳妃等青衣角色亮相。一出场，她们就把水袖的甩、抻、拨、勾、挑、抖、打、扬等功夫施展得行云流水。王团长看得眼花缭乱，每个学员表演结束他都拍手叫好。

学员全部退场后，王团长赔着小心问："筱老师，看中几号学员了？"

"三号吧。"筱兰芳想了想答。

"啊，我以为您会看中二号。我觉得二号的表现力是四人中最好的。"筱兰芳的选择出乎了王团长的预料。

"三号潜力最大，就定三号吧。"筱兰芳不容置疑地说。

筱兰芳的徒弟选定后，团里花旦、刀马旦名角的徒弟也相继选定了。最终是二号学员出局。花旦、刀马旦名角对王团长说："二号的形象、气质和表现力是最适合的青衣人选，可惜了，没被筱兰芳选中。"

但是谁也没想到，二号因"祸"得福，她在市阜剧团落了选，却被省淮剧团作为重点人才引进，找到了更好的归属。而且在一年后省里举办的文艺会演大赛中，一举击败筱兰芳的徒弟，获得全省戏剧表演最高奖"幽兰奖"。

获奖名单公布后，很多人颇感意外，因为筱兰芳不仅是"幽兰奖"终身成就奖得主，而且还是此次大赛的主评委之一，她收的唯一徒弟竟然没获奖！

于是，议论声四起。有的说筱兰芳胳膊肘儿往外拐；有的说筱兰芳选徒弟时看走了眼；还有的说得更难听，说筱兰芳徒有虚名，不配当师傅……

对于这些议论，筱兰芳当没听见，从没公开辩解过。

筱兰芳的徒弟却受不了，一次排练过后，她独自坐在后台哭得梨花带雨，不料房门被轻轻推开，走进来的是进入省淮剧团的那个二号学员。筱兰芳的徒弟赶紧止住悲声，努力挤出一丝笑容道："祝贺你，一出道就获大奖。"

"谢谢，这个奖你以后也会获得的。"二号学员说，"我还想告诉你一个秘密。"

"啥秘密？"筱兰芳的徒弟有点儿丈二和尚摸不着头脑。

"那次我们四个人的面试中，筱老师第一个看中的是我。"二号学员说。

"怎么可能？她最终选择的是我！"说这话时，筱兰芳徒弟的脸上露出愤怒之色。

"你先听我把话说完。"二号学员不疾不徐道，"你是左撇子，舞水袖时，指、腕、肘、肩不够协调和统一，筱老师一眼就看出来了。如果她不收你做徒弟，估计阜剧团其他老师也不会收你，也许你就永远吃不上这碗饭了。"

二号学员的话让筱兰芳的徒弟一下子愣住了，难怪筱老师一年来把重心放在调教她的右臂上，并且说过还要花两年的时间才能把她的身体调平衡。"那筱老师把我这个有缺陷的人收为徒弟，你……"说这话时，她心里虚虚的。

二号学员正色道："我永远感激筱老师，是她极力向省淮剧团推荐的我……"

二号学员的话还没说完，房门又被人轻轻推开，一个沐着光的身影走了进来。两人定睛一看，来人正是筱兰芳。

筱兰芳问："你俩在这儿嘀嘀咕咕啥呢？"

"师父！"筱兰芳的徒弟一甩水袖，给了筱兰芳一个大大的拥抱，她紧紧地搂着筱兰芳，眼眶里又止不住溢出了泪花。

原载《红豆》2024年第4期

小木匠

张学鹏

小木匠做一手好木工，扎鸟笼，做桌凳，制门窗，组手工，样样精通。

小木匠把自己精心制作出来的木工艺品拿到集市上去卖，见者赞不绝口，爱不释手。

邻村包工头看中了小木匠的手艺，让小木匠跟着自己干。工头说："兄弟跟我干，不会亏着你，保证比你在家多赚十倍。我就缺你这样的人。"小木匠回家和媳妇一商量，媳妇欣然同意。

杏花初绽时，小木匠跟着工头外出闯世界了。

春夏秋冬，风霜雨雪，小木匠跟着工头尽心尽力干了一年木工活，年底工程完工。工头对小木匠说："这次工程大，投资多，你先回村与弟妹团聚吧，我留下来算账，拿了钱，回去给你发工资。"

迎着小雪，小木匠返程。回到家里，小木匠一家人盼着工头早日回来发钱，欢欢喜喜过春节。从腊八盼到腊月二十八，转眼就要过年，工头也没有回来。购买年货，孝敬老人，媳妇孩子添新衣……一家老小都等着小木匠的工钱过年哩。小木匠经不住媳妇鼓动，决定去工头家一趟，问问情况。

北风吹，雪花飞，小木匠小心翼翼地走进工头家，看见女人满脸愁云，领着两个孩子站在门里面，娘仁望着飘舞的雪花，发呆。见了小木匠，女人脸上的愁云一扫而光，笑着说："兄弟来了，外面冷，快进屋，你哥现在也没回来，也没让人捎个信，我正着急呢。你放心，大过年的，你哥一回来，我就让他把钱给你送过去。"说着话，女人将一杯热腾腾的茶双手送到小木匠手里。

小木匠腼腆地笑了笑，说："嫂子说啥呢，我不是来要账的，受俺哥托付，我来家里看看。"

小木匠看见工头家的院墙年久失修，倒了个豁口。冷风透过豁口嗖嗖地钻进院子。小木匠说："俺哥不在家，我来帮你修修院墙吧，修好院墙好过年。"

女人乐了，说："谢谢兄弟，等你哥回来，一定请你喝两杯。"

风雪中，小木匠提水和泥，女人当助手。小木匠干活仔细，用一根线拉在墙沿上，当准线，女人送泥、递砖，小木匠垒墙，每一块小砖头都得到了充分利用。豁口垒好，又整又齐。小木匠又在墙顶上摆了一层坎脊瓦，用扫帚打扫一下墙体，像新墙一样，比原来还漂亮。

女人看着收拾好的墙，墙头上落着一层薄薄的雪，乐得合不拢嘴。女人说："兄弟心灵手巧，干啥都好看，你哥找你干活，是找对人了。"

小木匠笑了笑。时间还早，小木匠不想回家，拿不到钱，不好向媳妇交代。小木匠看见院子里有一段废树桩，闲着怪可惜。小木匠找来斧子锯子等工具，做起了木工。树桩到了小木匠手里，仿佛有了生命，不一会儿，门楼下飘满木屑香，木屑飞扬，雪花飞舞，两个漂亮的木凳子就做好了。女人看着凳子，摸了又坐，坐了又摸。

天快黑了，堂屋里的灯没有亮。女人说："坏几个月了，你哥长年在外，线路没人修，我们娘仨一直凑合着过。"女人眼里起了风，涌了浪。

小木匠开始检修线路，很快，灯泡亮起，照得满堂彩。两个孩子望着灯泡，拍着小手笑。

小木匠走出工头家时，天已全黑。小木匠走在前，女人跟在后，雪踩在脚下，发出咯吱咯吱的声音。女人说："放心吧，兄弟，我知道你也不容易，上有老，下有小，都等着用钱，你哥一回来，我就让他去你家送钱。"

小木匠说："没事的，嫂子，人这一辈子哪能一帆风顺、事事如意，只要大家你帮我，我帮你，互相帮衬，没有过不去的坎。"

小木匠挥了挥手，说："嫂子回吧，俺哥可能就在路上，今晚你们就能团聚了。"

女人向小木匠挥了挥手，笑了笑，笑里有泪。

忽然，一阵清脆的自行车铃声从村头响起，披一身雪花的邮递员挥着手，对女人喊："你家的汇款到了……"

原载《湖南工人报》2024 年 2 月 21 日

搭　车

朱铭玮

　　"小章，今晚坐你车哈！"下课铃响过，章瑾刚刚回到办公室，放下教本，准备坐下休息一下，忽然，旁边飘来这么一句。说话的是女的，不用说，章瑾也晓得是马雯又要搭他家的车。

　　"好啊！"章瑾头也没抬，回了这么一句。自从他家从镇上搬到县城，马雯已不知道坐了多少次他家的车了，但，时间多久他却能记起。他家是前年搬到县城湖畔风景小区的，搬到县城没两天，马雯就不知道从哪里得到了消息，然后笑嘻嘻地找到他家，表示暑假后要搭他家的车，每天早晚各一次。如果他们不愿意，她可以按公交车的价格支付他们。

　　"唉，坐就坐嘛，要什么钱呢！"章瑾媳妇晓莉轻声说道，"我们每天去学校，正好经过你们小区门口。"

　　于是，暑假后，章瑾两口子就担负起了捎带马雯上下班的任务。一开始，大伙都没觉得什么，马雯也很自觉，每次看到车子要加油了，就表示可以给他们加油。可章瑾却觉得，加一次油，一两百块钱，实在没必要让别人支付。于是，每次他都婉言拒绝了。到月底，马雯要给他们两百元钱，章瑾两人感觉更是没法拿。到寒假，马雯将自家孩子不用的学习资料、课外读物收拾了一大包，然后一并送到章瑾家楼下。

　　"哎呀，你这是要干什么？"看到马雯提了那么多学习资料，章瑾两人感到哭笑不得——虽然其中一些资料是可以拿来给自家孩子使用，可也不需要这么多啊。

　　"你们就收着吧！不然我老坐你们家的车，心里可难受哩！"马雯不停地唠叨着，任何人听了也都会忍不住同情她。章瑾两口子于是把那一大包资料带到自己家了。马雯似乎也像完成了一件重要的任务似的，满脸轻松地回去了。

在章瑾一家搬到县城前，马雯曾经坐过其他几位同事的车。其中一家两口，曾经是和马雯一起来到他们工作单位的。他们先是收了马雯的费用，可带了马雯不到一周，就不乐意带了。原因大概是嫌马雯太拖拉，不能及时赶到小区门口。于是一段时间后，她果断地换了另一位女同事。那女同事脾气还好，可她又嫌马雯不会说话。明明是你找人家车坐，坐完了你也懂得拿东西感谢人家，可到最后非要来上那么一句："咱们现在是扯平了哈！"

女同事一脸蒙，难道我天天带你，是我求着带你的吗？我家里再穷，也不缺你的东西啊？她心里不痛快，嘴上当然也不会饶人。于是，一段时间后，就果断地让马雯另外找人带了。

马雯这会是彻底无语了。讲起年龄，她已是年过四十的人了。前两年，她曾经到驾校报名，想学个驾照。辛辛苦苦，她考过了科一，可等到科二培训，教练看着她笨拙的样子，气就不打一处来，冷嘲热讽于是不绝于耳。一开始，马雯就尽量忍着。可最后，她实在是无法忍受了，特别是有一次，教练当着其他学员的面，对她是大声呵斥。而且最后来了这么一句："你根本就不是开车的料！"

天！这算是什么话？难道人都生下来就会开车吗？我要是会开车还用花钱找你来教吗？马雯越想越气，越想越委屈。好在这时，章瑾两口子从镇上搬到了县城。她像不会游泳的人看到了救命的稻草一样，赶紧跑到章瑾家，好说歹说，他们总算是答应了。

章瑾两人自从开始带马雯，学校里就有许多同事私下议论，像马雯这么厉害的角色，居然也有人带她这么久，可见这家子脾气是够好的。章瑾两人也明白，如果他们家不带马雯，那马雯是很难找到其他人捎带的。而且如果他们要撕破脸，依马雯那张嘴，肯定会满世界地说他俩的坏话的。可这么带她，已经两年多了，当中还有两个暑假补课，马雯也是天天都坐。说不烦，那是假的。虽然每到学期结束，她依然会送些东西或孩子的学习资料，可这东西有多少实用价值呢?

有那么一件事,让章瑾彻底沉不住气了。这学期,学校里开始搞老师职称评审。按他的年龄,四十多岁,别人早就晋升中级了。可他材料交了好几次,依然是没什么结果。这一次,他又认认真真地准备了材料,交到了学校教科室。然后,等着评审结果。

这天晚上,马雯依旧是坐在车子后座上。一天的课下来,她也有些心神疲惫。旁边坐着一个年轻的女老师小王。

"喂,章老师,听说你参加职称评审了。今年应该问题不大吧?"

"不晓得,试试吧!"章瑾看着车子前面的夜色,嘴上轻描淡写地说着。可他心里却是五味杂陈——他已经试过好几次了。他当然希望今年能够通过,他已经不年轻了!

"没希望,我听别人说过了!"马雯不知道从哪里得到消息,言之凿凿地说着。

"你怎么知道,章老师论文写得好,材料多,应该没问题的。"小王嘴上在替章瑾说话。

"你们不用管,我有确切的消息。"马雯嘴上停了一下,继续肯定地说着。

章瑾听了这话,感觉一下子似乎掉进了万丈冰窟,浑身发冷。可他又不能追问马雯消息的来源。他对她产生了一股厌恶之情。要么你不说,要么你说明白。这样卖关子,不让人难受吗?

之后不久,职称评审结果公布,章瑾果然榜上无名。他感觉到有些无助,甚至可以说是绝望,于是对身边所有人都冷冷的,当然这也包括马雯,平时见到了她,他有时候都躲着走。

马雯自然不傻,于是一段时间后,她就不再坐章瑾家的车了。

原载《小说月刊》2024 年第 2 期

多吉打人

蔡永平

多吉想狠狠打次罗一顿，次罗做事太欺人了。那天傍晚，次罗在村里喝了酒，迷着醉眼，摇摇摆摆地回家，路过多吉家，看到院门半开，便一脚踢开门，踉跄着走进了屋子。多吉阿爸正坐在炕沿搓毛绳。

次罗瞪大通红的眼睛，流着哈喇子，指着多吉阿爸说："前几天你乱说老子偷了扎西的羊，你拿两瓶好酒给老子赔罪。"次罗是个胡搅蛮缠的刺头，喝醉了酒就耍酒疯。阿爸黑紫了脸，拍着炕桌骂："你这醉鬼干的破事我才懒得管，你给我滚出去！"

次罗冲上前，一把掀翻了炕桌，桌上的茶碗、锅盔在炕上乱滚。接着，次罗打了阿爸几拳："你还敢骂老子！"阿爸抡圆胳膊打次罗，被次罗揪住衣领，扔到了炕角。阿爸的头碰在墙壁上，直冒鲜血。次罗翻翻眼，骂骂咧咧地摇摆着出门走了。

多吉在离家七八里的地方放羊，扎西骑摩托去叫他。多吉赶回家，把满头血污的阿爸送到了镇上的医院。阿爸做了检查，头上的伤口缝了七针，左手腕骨折，打了石膏，住院了。

第二天早晨，多吉去找次罗。次罗揉着眼睛从被窝中爬起来。多吉涨红脸问："我阿爸招你惹你了？你为啥打我阿爸？"次罗喷着酒气："你个泡蛋娃胡咧咧啥！"说罢抓住多吉，把他扔出了门。

阿爸住院九天，医药费花了一千二百元。多吉找村主任，村主任叫来次罗。次罗嬉皮笑脸地说："主任，我发誓没打多吉阿爸，是他不小心自己碰到炕桌上了，还来讹我。"多吉和阿爸没有证人，村主任也没办法。多吉跳起来抡拳打次罗，却被次罗掐住脖子，直翻白眼。次罗黑透了脸骂："泡蛋娃敢跟老子动手，你还嫩呢！"

多吉对次罗恨得咬牙切齿，却奈何不了他。多吉要暗算次罗，让他也尝尝挨打的滋味。多吉找了一根手腕粗、直溜的桦木，截了五尺长，用细砂纸打磨光滑，双手抡起来呼呼作响。多吉似乎看到了棍子落在次罗身上，次罗疼得满地翻滚、连声求饶的样子。多吉紧锁的眉头舒展开来："等着吧次罗，有你好果子吃。"

多吉摸清了次罗的活动轨迹——次罗喝醉酒回家，必须过村西口的小桥。小桥旁有树林，多吉准备在树林里埋伏，等一个月黑风高夜，将次罗狠狠打一顿。

这天，多吉打听到次罗在村里喝酒，便戴上头套，紧握木棍，藏到了树林中。冬夜冷风呼哨，多吉几乎被冻僵了。他强忍着，可等到后半夜次罗也没出现，多吉耷拉着脑袋回了家。第二天，村里人说次罗醉成了一堆泥，没能回家。

过了几天，多吉又听说次罗在村里喝酒。多吉藏到了树林中。半夜，次罗摇摆着身子出现在小桥旁。多吉的心怦怦跳到了嗓子眼儿，他直起身，举起木棍，正要跳出来，这时不远处传来两人呼唤次罗的声音，多吉赶紧躲了起来。两个人走上前，架起次罗送回了家。多吉眼睁睁看着次罗进了屋。多吉跺着脚，抡动木棍："次罗，你跑不了！"

又过了几天，多吉又藏到了树林中。这天下起了雪，不一会儿地上积了一层。多吉蜷缩身子，紧咬牙关，蹲在树下。半夜，次罗摇摆着身子出现了，多吉猫着腰蹑手蹑脚地跟上前。次罗走到小桥旁，脚下一滑，栽到了小河里。小河结冰了，次罗想爬起来，却手脚不听使唤，起不来，像头大笨熊。

多吉绕到桥下，看到次罗竟仰躺在冰面上呼噜噜睡着了。多吉朝次罗的脑袋抡起木棍，又慢慢地垂下了手。他踹了一脚死猪样的次罗，转身踏着雪咯吱咯吱地回家。走到半路，多吉突然又掉转身，飞速地跑向桥下。

等多吉赶回来时，次罗已经不再发出呼噜声了。多吉大声喊次罗，次罗没声响。多吉拍打次罗的脸，次罗脑袋晃动了两下又没了反应。多吉扯起次罗的胳膊，却背不起次罗。多吉摸到了木棍，他把木棍放到次罗身下，解下次罗的腰带，把次罗绑到木棍上，然后扛起木棍，半拉半拖一步步把次罗弄上小桥，一步步挪到次罗家中。多吉把次罗放到火炕上，盖上被子，握住次罗冰冷的手脚狠劲搓。多吉又生了火，烧了开水，给次罗灌了热水。次罗脸上逐渐有了红润，发出了均匀的呼吸声。多吉守到天亮次罗醒来，才拄着木棍踏着厚雪回家了。

第三天，次罗提着一箱牛奶和两块砖茶，敲开了多吉家的门。次罗低垂着头说："是我做错事了，请你们原谅我吧，我以后再也不喝酒闹事了。"

次罗走后，阿爸从砖茶下发现了一沓钱，一数，一千二百元。阿爸瞪大了眼："这太阳从西边升起了？"多吉笑眯眯地说："次罗改过自新了。"

原载《百花园》2024 年第 5 期

重大错误

陈准贵

会议开得很成功。

这不是指会议内容有多重要，董事长发言有多精彩，会议氛围有多和谐……这些，都不重要。

重要的是，董事长——当然不是指真的董事长——参加会议没出一点问题，就跟真人参会一模一样，压根看不出不是真人，这太令人振奋了！

董事长事务繁忙，哪有时间精力来公司开这会那会呢。秘书部部长出主意说引进立体影像技术，公司的会董事长不用亲自来，立体影像参加就行了；至于讲话，由于董事长每次都是根据发言稿读，所以立体影像讲话也只需按程序播放发言稿即可，跟真人讲话并无区别。

现在，董事长的立体影像宣布会议结束，舒柔终于长长地松了一口气。作为会务人员，舒柔每次开会都提心吊胆，生怕出错，这次虽然只是个季度会，但由于董事长是第一次以立体影像参会，所以她更是紧张万分，生怕哪里没注意到出现漏洞。排座位、放席位牌、开话筒等各个环节，无不小心谨慎，会前无不一次次演示准备。而今，会议终于结束，还得到空前好评，舒柔的心情也一下舒畅起来。听，一个个与会人员离席都不忘称赞一番：

"太像了！"

"没有区别！"

"会务做得不错，服务细心，衔接很好……"

待人员走得差不多，会务人员开始整理会场时，舒柔忽见秘书部部长一阵风似的冲到面前，怒喝道：

"你怎么回事！"

舒柔一下蒙住，怔怔地看着部长阴沉的脸。

"问你怎么回事！"部长吼叫道，声音震得她的心脏发颤。

"我……"舒柔一脸茫然。

"我跟你说要细心细心细心！你还是犯重大错误！"

"错误……我……"舒柔竭力回忆会务的细节，座位、席位牌、话筒、茶杯、签到单……想起会后大家赞不绝口……却怎么也想不出哪里有什么错误。

"你还不知道？！这样的事做不好你下——岗——！"部长将"下岗"两字的音吼得又重又长。

她想起自己大学毕业后四处打工，好不容易才有机会到这个公司做会务，当下腿都发软了，低着头不敢吱声。

"董事长开会，你要准备什么？"部长见她还不知错，不得不恼怒地提醒。

"席位牌、话筒、茶杯……"

"你都准备了吗？！"部长拍着桌子。

"准备了……"舒柔再一次回忆开会时董事长立体影像面前的场景。

"再仔细想想！"部长吼道。

真的都准备了，董事长席位牌放在主席台正中间，话筒按时打开，就连茶杯都放在影像面前，还特意加了水，虽然影像并不喝水。

"我连茶杯都在董事长面前放了，还加了水……"舒柔嗫嚅着说。

"加水！加水！"部长狠狠地拍着桌子，"你还知道说加水！你怎么加水的？"

"会议开始时，我在董事长影像前加水……"

"你加了几次水？"

"我……我……"舒柔脑子嗡的一声，隐约间意识到了什么，啊，难道……

"一……次……"她一下泄了气，几乎要倒在地上。

"为什么后面不加？！哪怕加一滴！"部长用力拍着桌子，"你给所有人加水，就不给董事长加水，你这是什么性质的问题！"

"我……我……以为影像不……不喝水，加了一次后就……就没加……"舒柔啜泣起来。

"不喝就不加?！谁给你的胆量?！"部长的唾沫飞溅到她的脸上，"这是喝不喝的问题吗?！这是严重的……！……!！"

"是的……部长……我……错了……我知道错了……这不是喝不喝的问题……这是……原则问题……"舒柔泪水不断涌了出来，她自责犯下了这么严重的错误。

"你好自为之！我还要去跟董事长解释!！"部长怒气冲冲地往外走去。

看着她泣不成声的样子，部长暗暗地想，看来有必要启用机器人服务员，这样按程序就不会出现这样的重大错误了。

董事长听了秘书部部长诚惶诚恐的解释，并没发火，只是淡淡地问："你当时会上怎么没发现呢？"

"我……我……我当时也没意识到……"一句话问得部长张口结舌，冷汗直冒，双腿不住地颤抖。

"哦，没事，你走吧。"董事长挥了挥手。

看着部长狼狈不堪的背影，董事长暗暗地想，看来有必要启用机器人部长，这样按程序就不会出现这样那样的重大错误了。

原载《宝丰文艺》2024年第2期

缘　分

徐均生

　　小学新生报到那天，本家远房兄弟均浩来找我，带来一位小男孩。均浩对小男孩说："叫叔。"男孩胆怯地叫了一声"叔"，不敢抬头望我。我拍拍男孩的肩头，说："记得有事来找叔。"男孩应声而去。其实，在学校里的学生大都是村里的孩子，很多跟我同一姓氏，都是本家子女。

　　小时候，我跟均浩一起在村里读小学，在镇里念初中，均浩没有读高中，跟一位篾匠师傅去学艺，走村挨户，几个月不回家是常有的事。我翻过长春岭，出了村，出了镇，来到县城读高中。这高中一读就是三年，我考上大学那年，均浩出师，正式成为篾匠师傅。他没有出来单干，一直跟着师傅做活。他跟师傅的女儿好上了，师傅的女儿比他大三岁。

　　五年以后，我调到镇初级中学当老师。第二年，初中新生报到的那天，均浩带着一名少年来找我。"快叫叔。"少年叫了我一声"叔"，就低下了头。我说："记得有事来找我。"

　　均浩临行前说："这小子如做错事，你做叔的要揍他。"我笑笑，跟他挥手道别。那时候，我正读在职研究生，哪有时间管他的儿子，何况连婚都没结，根本没经验管教少年郎。

　　我研究生毕业时，均浩的儿子以优异的成绩考入县一中，而我也如愿调入县一中做老师，可以跟女朋友朝夕相处了。

　　又是新生报到的那天，均浩满面笑容地来找我，当然带着他的儿子。"快，快叫叔。"均浩的儿子很快叫了我一声"叔"。我说："有事没事都可以来找我。"这是真心话，毕竟能考进县一中，考上本科是没问题的。考得好一点，就是全国重点院校，比如清华北大，都是有可能的。

本来以为研究生毕业，又调进了县一中，跟女朋友可以谈论婚嫁，结果，女朋友结婚的对象却是富豪的侄子。我暗暗下决心，一定要离开县一中！不久，我考上了在职博士研究生。三年后，我博士毕业，调入信安大学做了一名老师。信安大学是省重点一本院校。

大学新生报到的那天，均浩同样带着儿子来了。他儿子已经是一位小伙子了，一米八的个子，浓眉大眼。他抬头看我了，目光有神，一点不胆怯："请叔叔以后多多指导我的学业。"我说："这个没问题，我们可以一起研究探讨的。"

均浩一直没有搭话，陪着我跟他儿子聊了半个小时。他要回去时对我说："我家志新跟你有缘。"志新就是他的儿子。我想想确实有缘，自从志新上小学开始，我一直跟他在同一个学校。他用功读书，我用心教书又考研读博，十二年时间过去了，真不容易！

四年以后，也就是我40岁那年，志新大学毕业，入了党，考上了乡镇公务员，派驻村里担任村支部第一书记，而我的教授职称破格通过了考评。

也就是第二年的夏天，老家三个月没有下雨了，忽然雷电交加，特大暴雨袭击了整个村庄，洪水泥石流汹涌而来，损失惨重。雨停的那天，均浩来找我。他是一个人来的，也是唯一的一次一个人来的。

他说："我想看看志新大学里的档案可以吗？"

我说："可以，我陪你去。"

我们查看了志新的档案，复印了一份，拍了照。

他说："我想去县一中看看志新的档案可以吗？"

我说："可以，我陪你去。"

我们查看了志新的档案，复印了一份，拍了照。

从县一中出来，他说："我想去镇初级中学看看志新的档案可以吗？"

我说："可以，我陪你去。"

我们查看了志新的档案，复印了一份，拍了照。

从镇初级中学出来，他说："我想去村小看看志新的档案可以吗？"

我说："可以，我陪你去。"

我们查看了志新的档案，复印了一份，拍了照。

从村小学出来，他说："你能在大会上说说志新吗？"

我正想回答时，他又说："你们有缘。"

我说："我来说说志新侄子，最合适。"志新——我的侄子，他的故事，由我来讲给大家听，确实非常合适。我拥抱了均浩，拥抱得紧紧的。

均浩说："志新妈妈在幼儿园等我。"

我说："我知道的，你去吧。"

我知道，幼儿园是志新人生开始的地方，接触到了很多家以外的信息，生活变得丰富而又多彩！

我知道，志新在抗洪抢险中救起落水的儿童后，却被洪流中的圆木击昏而光荣牺牲，年仅 23 岁！

我知道，我跟志新有缘！

原载《微型小说选刊》2024 年第 1 期

楼 事

秦兴江

铁柱只想要一座楼。

一开春，媳妇说今年不让他再干了，铁柱说就干这一年吧，咱买楼的钱还缺一截呢！唉，你说是楼重要还是命重要啊！媳妇嘟囔他。铁柱说干完这年我就听你的。谁知，偏偏就在这节骨眼上摊上了"事情"……

"奶奶的！建了一辈子楼，让楼给干了！"他长叹一声，一汪泪水无声地溢出眼眶。

铁柱从17岁就跟着别人到建筑工地当小工，拼死累活地跑了五年多，到23岁结婚时，婚房还只是五米宽的石头房。结婚后，铁柱照旧在工地上搬砖，有时也去浇灌混凝土。铁柱干活不偷懒，他白天风风火火忙一天，晚上还照样紧紧地搂着媳妇儿，浑身像有使不完的劲。虽然穷点，媳妇儿知足。可他不知足，他对媳妇说："用不了几年，我也要到城里去买楼！"

铁柱的家其实离县城不远，就住在县城边上。但铁柱非常盼望自己能拥有一套属于自己的楼房，铁柱每天都在县城里穿梭不停，哪儿有新的工地哪儿就有铁柱的身影。他手上干的虽说是脏累活，眼睛里却经常是春光烂漫，繁花似锦。有时在小区正干活儿，身边突然就会飘过仙女一样的女人。那些工友开玩笑，经常让他猜一猜是姑娘还是娘们，他总是有点拿不准。每次他都在工友们的一片取笑声中看着这些时髦女人扭着圆圆的屁股大方地走过，然后会愤愤地小声骂一句："娘个头！住在楼里的女人就是漂亮！"骂归骂，铁柱打心眼里羡慕这些城里女人，他暗暗发誓，这辈子一定也要让老婆孩子住上楼。为了这个梦想，铁柱咬紧牙关拼命干，况且这几年大楼越建越多，一年到头两年到尾总有干不完的活。他觉得这个梦想离他越来越近了，有好几回做梦他都高兴得笑出声来，但媳妇儿总是狠狠地咯吱他，把他弄醒："看你美的！"

是的，媳妇真是有先见之明——现在，他的梦碎了，那咣当一声不仅摔断了他的一条腿，还摔碎了他的一只胳臂。他知道，自己已经完全失去了劳动能力，可那些大楼的卖价却一天比一天高！以前他是多么结实的身子骨啊，可还没有挣到买楼的钱呢，如今却只能一动不动地躺在床上……

关于赔偿的事，铁柱咬紧牙关不松口："我不要钱——我要楼！"因为他的一条腿和胳臂都断了，再也不能干活挣钱了！现在铁柱满眼都是大楼，他要让媳妇孩子住上楼！

出院后，铁柱唯一能做的一件事情就是坐在自家门口远远地看那些大楼。铁柱每天都让媳妇拉一把椅子，他僵硬地坐在自家门口，然后望着县城那一片一片耸起的大楼，沉默着。他的一只胳臂吊着，腿也打着钢板，但他给人的感觉却不像一个病号，倒更像一个垂暮的老人，胡子拉碴，目光呆滞，而实际上他才40多岁。

铁柱望着那些大楼一言不发。他发现那些大楼就像比赛似的，一幢比一幢高，有很多还是他参加建起来的，铁柱眯上眼睛也能说出那些大楼的具体位置，甚至还能回忆起当时他和工友们在几单元几楼歇过晌，撒过几泡尿。可那些大楼昨天在他眼里还像他的孩子，今天却突然变成了一口口陷阱——要吞噬掉所有人的陷阱。他突然觉得这个到处用钢筋混凝土堆起来的小城疯了，那些开发商都疯了，那些像他一样干活挣钱的人都疯了，那些贷款也要买楼的人都疯了……铁柱开始厌恶那个叫"楼"的东西。

铁柱不再看大楼。媳妇忙完了洗衣洗碗喂猪那一套，就会过来陪他坐一会。这时候，他会紧紧盯住媳妇看半天不眨眼。自从他出事后，媳妇脸上皱纹变多了也变深了，皮肤毫无光泽。而以前他媳妇不是这样的，以前他的媳妇脸上油光发亮，白里透红，又年轻又俊俏。

"我真该死！"他伸出那只能动的手去摸索着媳妇的手。

媳妇白了他一眼："看你说的！我宁愿不要楼——只要你！"媳妇也紧紧地

攥着他的手，生怕一不留神，他就跑了。

　　铁柱使劲抽了抽鼻子，铁柱的嘴唇哆嗦得很厉害。泪眼蒙眬中，那些大楼不见了，他觉得只有紧攥着他手的媳妇和脚下的土地最真实。

原载《美塑》2024 年第 1 期

卖杏儿的男孩

林万华

那年 8 月，我驱车去新疆库尔勒旅游，在库尔勒城区外一条岔路口处，见到几个卖杏儿的男孩。他们一字排开，或蹲或站或席地而坐，面前摆放着一个荆条筐或戳着一个敞开的布口袋，里面装着又圆又大、黄里透红的杏儿。早就听说库尔勒的杏儿甜、柔软、个儿大，有淡淡的清香味，于是便将车停在路边。

见我走下车，对面一个男孩欣喜地用带当地口音的普通话跟我打招呼："大叔，尝尝库尔勒的甜杏儿吧。"男孩十三四岁，肤色稍黑，黑里透红，身材偏瘦，却挺结实。两颗黑珍珠般的眼眸，清澈明亮。

这里是什么村镇，路旁没有指示牌，沿着碎沙石铺成的岔路望去，远处有村庄，有成片的树和散落的房屋。

我在男孩面前蹲下，手指着口袋里的杏儿，不无惊喜地说："好大啊，像鸡蛋。"男孩羞涩地笑了，露出两排洁白的牙齿。"吃吧，都甜。"我没有丝毫犹豫，更没有任何疑问，男孩那淳朴的笑容和清澈的眼眸，早已证明他的话绝对没水分。我随手拿起一个杏儿，咬一口，哇，杏儿果肉饱满、汁液充沛，口感绵软，味道香甜，微微有点酸，不，是酸中带甜。一个大杏儿我两口就吞进肚里，随后又拿起一个。原本干涩的喉咙，瞬间就变得清爽润泽，口也不觉得渴了。不一会，我脚边就堆起一堆圆圆的甜杏核。

我突然发现，男孩身边没有称，没有盆等任何可以充当量具的物品。我心生疑惑，吃了这么多杏儿，事先也没有计量，要是再买些带走，他拿什么称重、结算、收钱？

见我不再吃了，男孩说："带上点吧，给家里人尝尝，路上渴了困了，吃两个还能解困止渴提神。"我点点头，从车里拿出一个蓝色手提袋，正要从男孩的布口袋里挑选一些装进去，男孩说："挑出来的杏儿先放地上吧。"我不解，但还是按他说的将杏儿放到地上。"带回去的杏儿，要挑稍硬的，硬的存得住。"说着男孩儿便帮我挑选，他动作娴熟，两只手起起落落，转眼间，一个个杏儿从布袋子里移至地面上。起初，我还有些不放心，将他挑选的杏儿拿起来看看、摸摸，确实是稍硬的，没有丝毫破损，而且又圆又大，黄里透红。

很快，我面前已堆起一堆杏儿，还有一小堆吃剩下的杏核，我用疑惑的口吻问男孩："怎么称重，多少钱一斤？"男孩像是没听到我的问话，他说："撑开手提袋。"我照办。他捧起挑选出来的杏儿，一次五个、一次五个，准确迅速地装进手提袋，嘴里数着："二五一十、三五十五……"不一会，手提袋里就装满了，我掂了掂沉甸甸的。"一百二十个，一个三分钱，一共三块六。"我惊愕："按个卖呀。"男孩说完，又数起我吃剩下的杏核。"十个，三毛钱。总共三块九。"男孩算得迅速、准确、无误。我笑着，拿出四枚一元的硬币递给他，说了声谢谢，便拎起手提袋往车那边走。男孩见状，连忙冲我喊道："等一会，还没找钱呢。"我摆摆手："不用了。"男孩将手伸进裤兜里摸索着、摸索着，却没有找到零钱，他显得焦急起来，一边在衣服兜里继续摸索，一边跟着我朝吉普车走来。见他焦急而又窘迫的样子，我说："孩子，真不用找了，一毛钱不算事。"说着，我已拉开车门跨进车里。男孩喊道："等一等，等一等。"随后便跑到路边，从布口袋里捧起一捧杏儿，又转身朝我跑来。我已启动汽车，将男孩甩在车后，他手捧黄里透红的大杏儿，追着我的汽车奔跑，嘴里还不停地呼喊着。我在后视镜里盯着男孩奔跑的身影，他奔跑了数十米，已气喘吁吁，终于无望地停下脚步，站在公路中央，凝视着远去的汽车，高高地举起手臂，不停地晃动着、晃动着，之后，竟躬身、低头，深深地鞠躬，接着，便蹲下身，将头伏在双膝上……这一连串的举动，让我心中不由得一震。他是在向我表达谢意，还是因为没有追上汽车，没能将手里捧着的杏儿装进我的手提袋而懊恼、伤心？

那一刻，我双眼模糊了，有泪水涌满眼窝。仅为一毛钱、几个杏儿，男孩竟追着汽车奔跑了数十米。我突然意识到，男孩会不会因为我的无意、随意，或是一点善意，而受到伤害，抑或打破了他此前一直遵守的规矩？为此，我心中陡然增添了一份不安与深深的歉意。后视镜里，他的身影变得越来越小，越来越模糊，直至消失在我的视线里。

然而，他的身影却镶嵌在我的脑海中，日益清晰。

原载作家网 2024 年 10 月 1 日

医术高明的老方

李　蓬

　　老方是镇上医院里的医生，周围凡有疑难杂症，其他医生无法医治，只要找到老方，经过他一番望闻问切，然后一服中草药熬水下肚，保管病情好转。为此县中医院曾想把他挖走，可老方习惯了农村生活，拒绝前往。

　　后来，老方到了退休年龄。医院院长为此发愁，老方一走，找谁接替呢？恰在这时，镇长带着一个人过来，要找老方看病。老方照样使出中医传统本领，开方抓药。镇长有些不放心："老方，你可要看仔细点，县长的病可是大事，耽误不得。"

　　老方说："既然进了这道门，就该相信我，否则另请高明。"

　　镇长还想说什么，但见县长不动声色，便没说下去。过了几天，镇长跑来医院向院长道喜，说是经过老方治疗，县长的顽疾有所好转，他要老方随他进城去给县长看病。镇长鉴于上次碰过钉子，便先找院长，可是老方坚持不去城里出诊，最后仍然是县长来镇上医院里看病。老方开了几服药，对县长说："中医讲究因时制宜，应该一服药一服药地开，吃完再看。不过我马上就要退休，给你多开几服。吃完药，就没事了。"

　　县长说："现在生活水平在提高，按新说法，60 岁还是青年人。你年龄上该退休，但医院可以返聘呀，像你这样的人才多难得！"

　　院长征求老方意见，问他是否同意返聘。老方略作思索，答应下来。老方让同事小吴只给县长抓一服中药，吃完后再来复诊，那样更利于掌握病情。

　　院长与老方签了五年期的返聘合同，不想返聘后不久出了一件事。那天，老方看完病，发现笔忘在了家里，他没法开处方。小吴递过来一支笔，老方直摆手，表示只习惯用自己的笔。老方属半边户，老婆是农村人，他家距镇上有两公里，农村道路经过硬化，小车可以直达。小吴想骑摩托载老方回家取笔，老方又摆了摆手："我叫老伴送过来。"

老方拿起手机给老婆打电话，为了声音清晰些，他还按了免提。老方要老伴送笔过来，老伴立即在电话那头大发雷霆，数落老方丢三落四。老方赔着笑，要老伴送笔过来，以免影响给病人抓药。

过了半小时，老方老伴总算把笔送过来了——原来她习惯于走路。老伴把笔交给老方，接着又数落他。小吴实在看不过去，说："大娘，方大爷已经被你批评过了，你就不要再说了嘛，免得影响他看病。"

老方老伴这才气呼呼地离开医院。好在老方沉得住气，他虽然挨了老伴的训，但并不影响心情，他给病人开好了处方，交给小吴抓药，接着他告诉病人，需要哪些药引，什么时候再来医院观察。病人担心老方会因心情不好而胡乱开药，但事实上，病人吃了药，病情好转。过了几天，病人跑来医院复诊。老方看了病，这时他发现忘了带眼镜，就又给老伴打电话。小吴想起他老伴的厉害，便说："方大爷，要不我骑摩托帮你拿？"

老方摇摇头："我还是叫老伴送过来。"

小吴迟疑说："她会不会——"

小吴不好明说，老方已经拨通了电话。自然的，老伴对老方又发了一顿火。老方始终赔着小心，请求老伴送老花镜过来。老伴过来后，再次猛批老方。老方始终赔着小心，最后仍然是小吴将老方老伴劝走。

院长心想：老方如此健忘，万一出了医疗事故咋办？他宁愿找不到高明的医生，也不愿意出事故。院长找到老方，希望中止返聘合同。老方表示："我虽然健忘，但我对医术没有忘。再说没有人接替，万一出个急病咋办？"

老方不愿意走，又经县长提议返聘他，院长不好强行中止合同。正在这时，省中医学院有个毕业生愿意来镇上医院上班。院长如获至宝，老方对年轻人也很看好，他在看病的同时，手把手地传授经验。院长见老方如此"识相"，更加不好中止合同。

老方还是隔三岔五忘这忘那，他也总要打电话让老伴送东西过来，老伴也总要对他大发其火。不过时日一久，大家见怪不惊。便连病人，先前还担心老方会因心情不好而下错药，结果他的处方照样管用。

年轻人学了东西，就想跳槽——那已是四年后的事了。老方劝他："镇上真正懂医术的不多，农村人又多是老弱病残，需要医生，你留在镇上才大有所为。去了大医院，你反而会被埋没。再说现在交通发达，住镇上和住城里没有多大区别，你今后可以把家安在城里，但在这里上班。"

年轻人听了老方的劝，打消了跳槽的念头。院长对老方很感激，心想别人怕"教会徒弟，饿死师父"，老方这是何等的胸襟！老方老伴即使影响了老方的心情，但有年轻医生坐诊，谅来不会出医疗事故。

但是说也奇怪，这时老方不再健忘，不过他的返聘时间也已到期。老方主动提出："合同到期，便终止返聘。"

院长感念老方这五年的帮忙，动情地说："退休后，你也好好享享清福。医院也是你的家，你老伴心情不好，吵了你，你有什么不顺，可以回医院里来静静。"

老方神色黯然："老伴已经过世了。其实我哪有什么健忘。我老伴生活在农村，与我文化差异太大，所以脾气暴躁。五年前，我察觉她得了绝症，只有几年活头，若是压抑她发脾气，生命还会缩短。只有等她一阵发泄，才会心情舒畅。现在她走了，医院里也找到了接班人，现在我总算可以安安心心地度晚年去了。"

原载《民间传奇故事》2024 年第 1 期

说问题

李国新

一次工作汇报会上，领导让大家汇报。大家都准备了文字材料，领导却说："今天不准说成绩，只谈存在的问题。"

于是，每个人按顺序发言，谈的都是问题，多则六条，少则两条。

汇报完毕，领导脸色很不好看，猛拍桌子说："没想到有这么多问题，平时你们到底在忙什么？"在座的人面面相觑。领导叹道："不说不知道，一说不得了，这些问题不得了啊！"

又一次，领导召集大家开会，大家准备好汇报材料，准备照着念。领导却说："这次开会也是说问题，成绩就不用说了。每个人的发言控制在五分钟内。"

大家逐个发言。这次都吸取了上次的教训，列举问题不过两三条，还有的表示没有问题。

领导听完汇报，眉头紧锁："怎么还有这么多问题，认识到问题还不整改，你们工作是怎么抓的？"说完，对唯一没有问题的部门领导予以口头表扬。

又一次工作汇报会，领导说："今天咱们还是不说成绩，只谈问题，成绩不说跑不了，问题不讲不得了，大家简单讲讲吧。"

大家逐个发言，这次问题谈得少了，即便谈也是蜻蜓点水，内容大都是鸡毛蒜皮，甚至算不上问题。比如学习方面不够深入，深入基层次数不够多，工作力度有待进一步加大。还有些谈问题像是在说成绩。比如，很多干部平时白加黑、五加二，身体开始出现状况，但依然奋战在岗位上，多少影响了工作效率。

大家发言完毕，领导皱眉不语，会场气氛紧张。好一会儿，领导才叹道："我认为这次的问题比以往还要严重。这已经超出了工作的范畴，是思想层面、认识层面的问题。什么学习不够深入啊，工作力度不够大啊，干部需要关怀啊这些，都认识到了还一直放任不抓，不是懒政怠政又是什么？”

又一次开会，所有人都没准备汇报材料，是领导临时通知的，依然叫大家说问题。

这次说问题，所有人基本上都是一句话，顶多两句话：这段时间一直在整改，过去大大小小的问题，从工作层面到思想意识、作风层面，都整改得很彻底。目前，单位全员精神振奋，斗志昂扬，人人肯担当有作为，献身工作无怨无悔。

领导听了微笑点头，总结道：“很好，早就应该这样了。”

原载《文摘周刊》2024 年 4 月 23 日

竹升面

黄超鹏

潮州人林子在羊城西关开了家面馆。

林子的老丈人鲁老丈只有一个女儿。鲁老丈身子骨硬朗，闲着没事，就从潮州乡下过来帮忙。林子的面馆生意不温不火，得知女婿店里用的面条都是从别人那里进货，鲁老丈便建议用自家生产的面条，自产自销。

林子嫌自己和面压面条麻烦且费时，鲁老丈拍着胸口打包票，说一定不会耽误他做生意。

第二天，鲁老丈起了个大早，就在店铺一角架好桌子，开始和面。鲁老丈用的是高筋面粉，不加一滴水，只加入鸭蛋液，混成面团。他找来一根碗口粗的竹竿，竹竿一头用纱布垫高、绑好，用重物固定住，然后将面团置于竹竿中段下面。鲁老丈骑坐在竹竿另一头，双脚悬空，身子上下晃动，一下弹起一下下压，反复弹跳，有规律地移动压面，面团被不停地展开翻起。如此反复，最后再切成云吞皮或制成面条。林子将面条煮好一试，发现面条韧性十足，爽滑弹牙，还有股淡淡的蛋香味。

竹竿在鲁老丈身下，如同轻盈挑拨的琴弦，流淌出悦耳的节奏声。好奇的食客，试着骑上竹竿，想学鲁老丈的法子压面，不是压不好，就是压不准，力道没把握好还容易把竹竿压断。众人佩服鲁老丈的身手和功力。

更令食客们称奇的是，鲁老丈老当益壮，一天能压上几百斤面条。鲁老丈压的"竹竿面"成了面馆的活广告，食客们可以一边吃面，一边欣赏鲁老丈压面，新鲜有趣。压出来的面条和云吞皮做成的云吞面，渐渐成了林子面馆的招牌。食客们嫌"竹竿面"不好听，取步步高升之寓意，将鲁老丈压的面唤作"竹升面"。

生意好了，麻烦接踵而至。

中午时分，正是面馆生意最旺的时刻。鲁老丈埋头压面，女婿煮面，女儿收拾桌子招呼客人。五个彪形大汉坐到面馆门口的桌子上，不吃面，却拍起桌子，乱扔碗筷，呵斥店内的食客。食客们被吓坏了，见势头不对，赶紧起身走人。

林子从后厨出来，认出了闹事之人，知道他们是附近几条街的地痞，一直打着收保护费的名义，勒索开店的商家。林子之前已经交过钱，可他们认为面馆的生意火爆，狮子大开口，要求林子上缴三倍的保护费，林子自然不答应。

"哥几个，有事好商量，别吓到客人。"林子拱手说道，"我们是小本生意，要三倍的钱，实在付不起。"

"不愿意给，就是没商量。"地痞们一把将桌椅全部掀翻。林子想上前阻止，砂煲一般大的拳头瞬间招呼到他的下巴上，林子惨叫一声倒地。地痞们还想上前踩林子几脚。忽然，一片粉末扬起，直扑地痞脸面。只听到噼里啪啦的响声，一眨眼的工夫，闹事的那帮人都躺在地上不断呻吟。没人看到鲁老丈是怎么出手的，只见他扶着那根压面的竹竿站在店门口，气定神闲。

地痞明白这是遇到了练家子，灰溜溜地跑路了。

附近的商家们得知后，拍手叫好，年轻人纷纷跑来，要拜鲁老丈为师。为了让众人不再受地痞欺辱，团结起来，鲁老丈同意了他们的请求。

"我使的其实是棍法，称为南枝棍。"鲁老丈倾囊相授。没多久，徒弟们都学到一身功夫，有三位天资聪颖的年轻人，棍法更是出类拔萃。没承想，学到功夫的徒弟心态发生转变，打跑了地痞，自己摇身一变，也暗中收起保护费来。

时间一长，劣迹传到鲁老丈耳中。借着给自己过生日的由头，鲁老丈将三个高徒请到家中。徒弟们兴高采烈，拎着贵重的礼物前来给师傅祝寿，贺礼一个比一个贵重。

酒过三巡，鲁老丈对徒弟们说："为师还有一招后手没有教与你们，今日我们师徒几人比试一番，我把最后一点心得也告诉你们。"

徒弟们听了，都喜出望外。

"你们三个一起上吧。全力使出所学，不用保留。"鲁老丈说。

徒弟们持着棍棒，一拥而上。鲁老丈毫不留情，噼里啪啦一顿过招。尘埃落定，三个徒弟的双手都被打断，棍棒亦断。打断的手骨，就算接好医好，以后也不能再耍枪弄棒，功夫算是废了。

"不是为师心狠，是你们忘了初心。"鲁老丈说，"这便是我教你们的最后一招！"

一年后，鲁老丈收拾行囊回了潮州。女婿林子虽然尽得鲁老丈真传，但严格遵守和鲁老丈的约定：此后收徒，须先考察三年人品，三年之内不教任何武功，只是在面馆里用竹竿压面。

原载《天池小小说》2024 年 1 月

有罪的人

安石榴

老杨福从别人手里买下西长安街一个小门面。他给山东老家写了一封长信——当然是请别人代写的，就一件事，拜托大哥给他找个姑娘，会摊煎饼就行，模样和家境不挑，大脚最好。最后这句是后加的，整封信都写完了，他琢磨来琢磨去让写信人打个挑加上的。自己在东北混了二十来年，如今下定决心安家，尽量称心如意吧。

信上他安排得相当周全，说，随后会给大哥寄些钱。这些钱分三份，一份给大哥，自己从十六岁闯关东到现在三十八岁，没有回过老家，家中爹娘全靠大哥养老送终，每每想到这一层愧疚难当，可这么多年风餐露宿、漂泊不定，没发财也没攒下多少钱，只能略表心意。第二份用作说媒，过礼。第三份呢，请大哥好好打听，看看那些准备闯关东的或者从东北回老家探亲访友正要回来的人，从他们当中找个可靠的，把姑娘带到牡丹江。老杨福也寻思到了这件事的难处，补充说，如果找不到合适的人，就写信告诉我，我回家接。

信发出去了，钱寄走了，剩下的事情就是等。他吃住在自己的小门面里，白天出去干点零活，趁机找老乡，没什么事儿也找，混个脸熟。他之所以买下这个二手小房子，就是因为看到牡丹江这个地方到处都是山东人，火车站的扳道工、装卸工是山东人，长安街上外国人开的木材公司、粮栈里的工人是山东人，商铺伙计也山东人居多，街上拉车的、叫卖的都操一口不齐整的山东口音。他琢磨着给他们吃便宜又扛饿的山东大煎饼，保准没错，写信的时候他就已经决定开个山东煎饼铺了。

半年之后，一个十七岁的山东大小伙子找到了他，还举着一封信。老杨福接过一看，是自己求人写的那封家书，一瞧小伙子的脸，和记忆中的大哥一模一样。两个人蹲在墙根下一对苤儿，原来小伙子是大哥的大孙子大乖。

天哪！说好的大姑娘变成了小伙子！

老杨福没气恼，寻思也行，自己马上四十岁，土埋半截身子的人了，就算当一辈子跑腿子也没啥大不了的，东北这疙瘩到处都是，不稀奇。侄孙子养老，没毛病。

大乖来东北之前苦练了几日摊煎饼手艺，煎饼耙子都带来了。老杨福一看这套家什儿，又看了看一米八大个头下长着的一双大脚，笑了，来了句：你爷爷也算地道，除了你不是女的，别的都对上了。

转眼爷孙俩就开张了。前店后坊，跟别的小买卖家没有两样，生意兴隆和顺也和这条街上别的店铺相类似。牡丹江，这个俄国人火车带来的新兴城市，机会非常野蛮，遍地都是。只有一样，大乖的婚姻起先不太平顺，费了一点周折。这事儿要怪就怪大乖，偷偷摸摸先和卖开水的大老张家的大花好上了，后来又听别人说大花名声不好，耳根子一软想开溜。大老张拎了一根炉钩子找上门来，老杨福这才知道这个奥妙，揪住大乖的脖领子就问一句话，是不是真的好上了？大乖无奈地点了点头，老杨福一只手没有撒开，另一只手抡起来啪啪两个大耳刮子，又提起右腿使劲踹上一脚，告诉大乖，你答不答应都得娶。

大花一进门，老杨福就基本不干活了，小小的作坊小两口正合适。本来就是夫妻档的小铺子嘛。小两口身强力壮，不几年就养下四个孩子，老杨福帮着带带孩子。有时候想喝口小酒了，带上四个曾孙子呼呼啦啦直奔小饭馆，大造一顿，桌面上杯盘狼藉，老杨福看着满心欢喜，心说，过日子过的就是这个劲儿。他心满意足。

不承想，平常人过平常的日子也不容易，虽然心中没有奢望，知足，可就是不能常乐，就是做不到，没有办法的事。为什么这么说呢？五十岁出头的老杨福病了，头一天还没啥事儿，第二天就起不来了。起先大花大乖以为人吃五谷杂粮哪能不生病，躺几天就好了，结果不行，请了郎中来开了药，还是不好，越发不好了。人不清醒，口齿却越来越清楚。突然有一天老杨福大喊了一声：

我有罪呀！大乖两口子在隔壁兑玉米浆，听到了吓一哆嗦，也没多想。大花放下活计，进屋给爷爷喂了一口水，翻了身，掖了掖被子。从此以后，老杨福只会说这一句话了，不定什么时候，昏昏沉沉之中，突然高喊一声：我有罪呀！那一声真是撕心裂肺，旁边听着都心惊肉跳。

一天晚上大花问大乖，爷爷以前都干过啥？大乖说，他不愿意说以前的事儿，我问过多少回了，说闯关东之后看过青，扛过大个，当过炮手，干过保镖。大花说，这也不是挣钱的营生呀，他的煎饼铺子怎么买到手的？哪来的钱？大乖说，有一次我也问了，他说他挖过棒槌，赚了点钱。大花听了沉思了一会儿，说，我听人说挖棒槌的人不容易，啥事儿都能发生。一个人进山，没有照应，整不好人参没找到，人先没了。几个人一起吧，没挖到的时候苦巴巴地找，找到了又苦巴巴地争，真刀真枪地干，不是狠茬儿也赚不到啥钱。大乖翻了个身，没接茬儿。

第二天大花早早起来，梳洗完了也没干活，去庙上了。回来之后直接到老杨福的床前，握着老杨福一只胳膊，头伏在老杨福的耳边，轻声说：爷爷，你安心吧，我去北山庙上给你烧了香，跪在老佛爷的脚下叩咕了。安心吧，老佛爷不怪罪你了。老杨福听了往外吐气，这口气好长，好长，然后他一点儿生息也没有了。

原载《北方文学》2024年第3期

金菜刀

于 博

金菜刀原名金栓子，金菜刀这个外号是后得的。

金栓子原本是个苦命人，小时候就没了父亲，母亲没有再迈出一步，含辛茹苦地一个人拉扯他。那个年月，家里没有顶梁柱，似乎比别人矮半截。好不容易熬到金栓子成年了，母亲却一病不起，临咽气时望着房笆说了句话，这日子啥时是个头啊！

埋了母亲，烧过五期，金栓子一人在家喝闷酒，猛听门口传来一声吆喝，磨菜刀！金栓子低头寻思一下，便迅速起身，在外屋抄起菜刀出了门。磨刀师傅姓曹，长得牛高马大，一脸横肉，走路有点腿瘸。据说他会点三脚猫的功夫，枪法也不错，早年在占三江绺子里有一号。有一年砸窑，老曹被打残了腿，便拔了香头下了山，在奎县以磨刀为生。大家很照顾曹师傅生意，主要是讨好他，省得他找麻烦。老曹对此门清，一来二去，竟以此为资本，蹬鼻子上脸，耍横放赖，在奎县县城横着膀子乱晃。有一回，老曹进了王寡妇家，以王寡妇磨菜刀不给钱为由，硬占人家便宜，气得王寡妇跑到街上哭天抢地，但愣是没人敢说个啥。

金栓子站在老曹面前，把菜刀一横，说磨刀。老曹接过刀，看了一眼满身酒气的金栓子，没吱声，放下绑着磨石的长条凳子，往磨石上撩了一下水，唰唰地来回蹭了两下说，金栓子，完活，一毛。金栓子一听价，吓了一跳，太贵了，再说就磨了两下子，你这不是硬拽老牛的孩子上街——扯犊子吗！裤裆擤鼻涕——讹人吗！想到这儿，他脸色一变，还没等说话，老曹却一脚踢翻了凳子，金栓子，你一出来那架势，老子就知道你今天根本不是磨刀，你是磨我老曹头上的角来了。老曹这一嗓子，喊来了不少人，大家都静观事态如何发展。

金栓子笑了，他弯腰捡起地上的菜刀，递给老曹，来，扯别的没用，你先砍我。老曹一下子愣住了。砍不砍？我问你砍不砍？金栓子提高了嗓音。老曹心里一哆嗦，真是冲的怕愣的，愣的怕横的，横的怕不要命的。正想怎么下台阶，金栓子说，好，你不砍我我砍你，明年的今天就是你的周年。说完，抢起菜刀奔老曹脑袋砍去。一股风声直逼脑门子，老曹妈呀一声，转身就跑，后背的布衫却被金栓子劈开了一尺多长的口子。老曹扑通一下跪倒在地，栓子，我老曹服了，你是我爹，不，你是我祖宗。我再也不来二佐磨刀了。金栓子说，你不来不行，我们找谁磨去？可有一样，你记住了，买卖公平，正常价，好好磨，规矩的。老曹点头，像鸡鸹米一样。围观的人群一阵喝彩，不知谁喊了一声金菜刀，从此，金栓子就成为金菜刀了。

话说没两年，小鬼子占了奎县，老曹不磨刀了，他成了保安队长。穿着一身黄衣服，挎着盒子炮，耀武扬威。当队长没几天，他就把王寡妇逼得上了吊。又过些日子，他领着几个日本兵进了二佐，找到金菜刀。有日本人在背后撑腰，老曹在金菜刀面前明显硬气了很多。怎的老弟，我想你知道现在是谁家的天下了吧？知道哪边风硬了吧？怎么样，出来跟曹大哥混吧，二佐缺个保长，我在皇军面前举荐了你，这可是个肥差，吃香的喝辣的，人上人哪！

金菜刀正在抠牙，闻听老曹一番话，他扒拉扒拉耳朵，啐了一口，把抠牙的笤帚糜子棍儿吐到老曹的脚面子上，说老曹我真瞧不起你，过去听说你在占三江手下当炮手，砸窑专砸大财主，那时候我真拿你当个好汉。后来你不走人道，我真想一刀劈了你。看你像个三孙子似的，我就让了你一步。可是没想到，东洋人一来，你都不知道你是什么面做的了。金菜刀说这些话，小鬼子的头头没听明白，扭过脸看老曹，见老曹的脸色不太正常，又转过脸看了一眼金菜刀，伸出大拇指，说了声吆西，你的大大的。小鬼子的意思是金菜刀明显比老曹厉害，他想把这小子拉过来为日本皇军服务。于是，他对翻译一通哇啦，翻译连连点头，然后直起腰，拿着架势对金菜刀说，皇军想请你参加大东亚共荣，官职和待遇要比曹桑的高。金菜刀听完，寻思一会儿，露出笑容，他拽了一下小鬼子的头头，对老曹和翻译说，你们都出去，我和长官单独谈谈。小鬼子的头头听翻译哇啦两句，便马上露出笑容，连连点头并摆了两下手，一伙人都走了出去，屋里就剩下金菜刀和这个小鬼子了。

老曹有点不高兴，和翻译耳语，你的和太君说，不能让金菜刀管我。话没说完，就听小鬼子头头在屋里一声惨叫，接着大门猛地被撞开了，金菜刀拎着菜刀冲了出来，刀刃还滴答血呢。老曹、翻译还有几个鬼子都愣住了，金菜刀眨眼就到了老曹面前，一刀砍在老曹的脖子上，老曹连喊都没喊出来，就翻了白眼。两个日本兵反应过来，同时用刺刀扎进了金菜刀的后背。鲜血喷出，菜刀飞起，在阳光的照射下，格外耀眼。

原载《广西文学》2024 年第 5 期

1979 年的龙舟

昌松桥

1979 年清明节的上午，一场春雨将人和桥的生待诏和金家仑的满里手赶到了金家仑小学屋檐下。

生待诏，扫墓啊？满里手眼睛眯成一条缝，点着头明知故问。

扫墓。生待诏答。

满里手望了望屋檐外的雨幕说，如今百废俱兴，花灯、花鼓、舞狮、舞龙、清明祭祖都已恢复，只有纪念屈原划龙船没有跟上来。

听说龙舟木有讲究，偷来的划得快！生待诏说。

听说过，不过，如今木材紧缺，哪里有木偷呢？

离此五十里，益阳船舶厂多的是。生待诏说。

雨点如小孩子躲猫猫，倏忽不见了，二人望了望天，就各自回家了。

农历四月中旬，一个月黑之夜，满里手组织二十个精壮劳力驾驶大队的那条大机船，乘风破浪，顺资江而下。

机船离船舶厂几百米处就熄了火，顺水慢慢漂至船舶厂。

满里手一班人轻手轻脚来到船舶厂，我的天，东南西北四面都是又粗又长的杉木。

满里手一挥手，众人就向北边那堆杉木走去。满里手率先动手，将一根杉木搬过来，不料秋南瓜一手没接住，木头直接从上面滚了下去，只听嘭的一声。

汪——这时远处传来一声狗叫，接着几条狗一齐叫，然后数束手电光从不同的方向划来。

众人大惊，抬腿就跑，机船驾驶员接到信号已启动机船动力。

满里手虽然受了惊吓，但见众人有惊无险，实属不易，不高兴白不高兴，于是，命令驾驶员打开探照灯，全速返航！

船至罗公滩，探照灯前，一艘逆流而上的机船正加大马力冲滩。

滩流湍急，航道较窄，驾驶员鸣了两声喇叭，算是向前面行驶的机船打个招呼。站在驾驶员身旁的满里手竟玩起了恶作剧，手拉着喇叭开关不松手。

这时，只见前面那艘机船突然转向往右靠边，船上的人员如一群受惊的野兽，竞相往水里跳。满里手吩咐驾驶员将船靠过去，看是什么情况。

船上装满了又粗又长的杉木，船上已空无一人。

通过查看，满里手一拍大腿，大声说，搬，这是人和桥生待诏的船！

众人齐动手，不到二十分钟，一船杉木就搬了过来。

船启动时却不见了满里手。

满里手。秋南瓜喊。

在咧。满里手在江边答应。原来，满里手正将那艘空船固定在江边。

满里手被众人拉上了船，满里手浑身湿透。浑身湿透的满里手右手一挥，快速前进！

船至沙嘴头，众人见后面灯光如昼，警灯闪烁，汽笛长鸣。一艘快艇呼啸而来。

快跳！有人喊。

跳个屁，加速前进。满里手跺着脚高声喊。

前面的船靠边！有喇叭在喊。

机船加速前行，根本没有停的意思。

机船与快艇对峙着。快艇只得将机船往左边逼，往左边逼。

这时快艇和机船不知不觉间已进入金家仓大队水域。河岸边金家仓上百人在等候。

等候的人们见势一齐冲入水中，一部分人围住快艇，一部分人将机船拖到岸边。

不到十分钟，一船杉木在警察的眼皮下被众人抬到了大堤内。

你们偷了船舶厂的木！警察喊。

谁说我们偷了船舶厂的木？满里手大声说。

船舶厂的木被人偷了。警察说。

这些木是我们从罗公滩搁浅的船上捡的，你们应该看到了罗公滩那艘搁浅的船。满里手高声说。

警察为难了，事件涉及第三方，况且事发点是桃江水域。只得回去请示领导再说。

当晚，满里手号召金家仑大队所有解匠、木匠、捻匠通宵加班，大堤边灯火通明。

第二天，一条全新的龙舟修造完毕，满里手随后组织群众将龙舟埋入地下。

第二天正好是星期天。

及至周一下午警察来调查取证时，人、木料、龙舟全无踪迹。

众人皆成了傻子，一问三不知。

警察说，新龙舟下水时，连人带船一起拖走。

群众性活动，图个吉利，这木头钱我个人交了吧！满里手私下里找到警察轻轻说。

行！警察说。

我们那里很有讲究，龙舟下水不能叫下水，叫登江。初一至初四是预赛，初五上午才是正式比赛。乡谚说：牛歇谷雨马歇社，人不歇端阳逗人骂；宁愿荒废一年田，不愿输掉一年船；输一船，霉一年。由此可以看出，乡亲们对赛龙舟的输赢看得特别重。

然而，金家仑的新龙舟船头稍宽了一点，阻力太大，试赛效果不好。新龙舟划不动，改装又来不及，大家心急如焚。

满里手说，谁说新龙舟划不动？分明是秋南瓜的招（舵）手技术差劲。秋南瓜眼睛一横，大声说，技术不行？老子正不想搞了，你来搞！说罢扬长而去。

满里手说，搞就搞，我就不信新龙船划不赢！

初五这天，比赛是金家仓与人和桥比。满里手赤着上身，头戴草帽，下穿一条用布条系着的荷叶边扎头短裤，早早地站在艄公的位置上。人和桥龙舟的艄公无疑是生待诏。

比赛开始。龙舟开始响鼓，双方桡片划动，鼓声越来越紧，两条龙舟如离弦之箭，齐头并进。满里手左手把招，右手扬着草帽，边跺脚边高声喊"加油——"。满里手将草帽往上一扬，肚子自然一缩。这一下，因扬得过于用力，肚子猛地一缩，扎头短裤往下一滑，成了裸体。只见他站在船艄上，使劲地扬草帽，使劲地跺脚，那忘我的形象，在江面上成了一道靓丽的风景。金家仓龙舟上的选手们看不到，而人和桥龙舟上的选手多人看到了这风景，看到了的人便分了神，分了神的桡手便忘了统一与配合，整条龙舟一下乱了方寸。两岸数万人见证了金家仓新龙舟遥遥领先冲过终点线。

原载《鄂州周刊》2024 年 8 月 16 日

工人村老段家的大年夜

白小易

段宇是铁西工人村最早考上大学的几个人之一。他从小就学了很多技能。到了学校，就给同学理发、修理小型电器。段宇很和顺，基本没有脾气，脸上总有笑容。

段宇的父亲是典型的沈阳工人。他们统一的特质包括：心灵手巧、心地善良、助人为乐、性格随和。在岗位上追求最好的工艺，在家里，样样事情都亲自动手。电工、木工、水暖工的小活儿，都不用请别人。做完这一切还不算，还有大把的业余时间去捕鸟、捞鱼。这些既是消遣，又能改善生活。每次回来，都分送邻居和工友。上学时我们很多同学去过段宇家，吃过他爸从浑河抓来的鱼。不过令人悲伤的是，老人家最后就死在了这条河里。段宇很久不能释怀，从那以后再也不会看浑河一眼，而且再也不吃鱼。

段宇的妈妈文洁那年才58岁。兄弟三人更加孝敬妈妈，小心伺候着。段宇的妈妈，五十年代凤毛麟角般的女性工科大学生，毕业被分配到厂设计室。响应号召，努力向工人阶级学习，她就嫁给了八级工匠老段。事实证明这很英明。1957年，厂里有点儿文化的人都出了事，而文洁因为已经是工人阶级的家属，得以幸免。老段去世一年后，她在儿子鼓励下参加了社区老年舞蹈队。儿子们希望妈妈早点走出来，但是没想到的一个结果是，妈妈在舞蹈队里竟然恋爱了！三兄弟对此的反应大不一样。段宇是老大，作为一个受过高等文科教育的知识分子，他支持了老妈。二弟却毫不犹豫地反对，似乎这对于老段家是个奇耻大辱。老三表现得很暧昧，一方面觉得妈妈有这个权利，另一方面又觉得别扭。

老妈相中的那个人，是她在区里举行老年舞蹈比赛时结识的。老妈也不详说，他们怎么搭上的话，都是个谜。反正从他们相识了之后，那老头儿就经常跑来打扫卫生，还非常会做饭。观察了一段时间，看起来各方面都不错。他姓郭，老伴儿是几年前病故的。有两个儿子，早都分开过了。相处了几个月，两位老人感觉不错，就开始做准备了。段宇为了慎重，建议两位老人先试婚一段，看看究竟合不合适。试婚的生活，仍然证明这位"后爸"确实是个好人。家务活儿几乎由他承包了。每逢过节和周末，还把段宇三兄弟都招到家里来，一桌好菜等着。三兄弟最后都承认了，的确是给老妈找到了一个最好的"养老院"。

可是就在准备成婚的时候，老郭突然脑血栓了。段宇老妈吓得直哆嗦，只能给段宇打电话。被两任好男人宠惯的老妈，根本什么也不会弄。段宇赶紧雇了个保姆帮忙。一家人也开始讨论当前局势——二弟说，还好没真结婚，只能一拍两散了；三弟虽然觉得这样有点儿不仗义，可是也没别的办法；老妈觉得她要坚持一段，也许老郭很快就好了呢。

几个月之后，老郭仍然不见起色。这时老郭的儿子们表现出了忧虑，担心段家对他爸的房子有图谋。老妈很生气，正好也对老郭的恢复感到绝望，便趁机从郭家搬出来了。段宇舒了一口气，也算仁至义尽了，起码心理上没有歉疚了。

转眼又几个月过去了，段宇偶尔还会听到老妈提起老郭。老妈一辈子都保持着一个小女生的心态，心理不成熟、怕事、没心没肺……可是也很纯真，很少从世俗观念看人看问题。快过年了，她就央告段宇抽空替她去探视一下老郭。年前杂事很多，段宇一直拖到大年三十的下午，开车回家的路上才想起还有一桩未完成的任务。于是他先开到超市，买了些东西，然后来到老郭家。敲门等了半天才听到里面有动静，开门的竟是老郭自己！他趴在地上，气喘吁吁。见到段宇，就像傻孩子一样大声号哭起来。段宇忙把他扶回床上躺好。老郭的口齿仍然不利落，好容易才问明白，他现在经常一个人在家，保姆回家了，儿子过几天来一次，给他洗洗、换换，留下些吃的就走。段宇原本打算待几分钟就回家过年的，现在他怎么能马上走啊，非得做点什么才心安。老郭的身上带着一股子馊味……就给他洗个澡吧。一看热水器还坏了！去澡堂子吧……段宇把老郭背下楼，奋力塞进车里。开车的时候他手脚都在发抖。可是走了许多家澡堂子和洗浴中心，不是过年歇业，就是拒绝老郭进场。连吵了几架，感到自己已经是浑身筛糠了。唉！今天是大年夜，谁也怨不得啊。

这时天也黑透了，手机不时响起，一家人都在催他回家吃饭。而段宇却饿着肚子开着车在街上转。他转头看看窝在旁边的老郭——难道我能把他就这么送回去吗……咬咬牙，他把车开回了家。

家人正在家门口放鞭炮。看见他的车，儿子跑过来迎接。看见副驾位置上的老郭，儿子定在那儿没说话。一家人也迎上来：这是咋回事？

老妈看见那个样子的老郭，立刻泪眼婆娑，指挥着另外两个儿子："快帮着扶下来！"见老妈这样表态，他们的不满也只好暂时压下。吃了饭，洗了澡，老郭在客房躺下了，质疑的声音才正式响起……

"就在老妈这儿养着啦？"

"咱家改成福利院吧……"

谁也没想到，一向没主意的老妈忽然变成了坚定的"领导人"："不争论！先过好这个年！"

包饺子、看春晚……只不过今年家里多了个老郭，大家都有些不得劲儿。可是看着老郭激动的样子，慢慢的就都有了一些崇高感。饺子熟了，先盛了一大碗端给老郭。老郭的眼泪就唰地流了下来。一家人赶紧安抚老郭。看着他一个接一个吃下去，忽然体会到了一种任何一次过年都不曾有过的奇怪的幸福感……

原载《北方文学》2024 年第 3 期

白浴巾

彭雪梅

白浴巾又被挤落地上。康耐克想骂人，可又不知道该骂谁。他叹口气，捡起湿漉漉的白浴巾，重新拿到水龙头下去洗。

康耐克使劲地揉搓。他有一种感觉，洗掉白浴巾上的污渍如同洗掉母亲身上的病痛。三个多月来，母亲一直高烧、呕吐、关节疼痛，卧床不能自理，他的心每时每刻都像有虫子在撕咬。好在护士对他说，给老人买两条白浴巾，替换着铺在身下，不生褥疮。他把母亲好转的希望寄托在白浴巾上。在他看来，白浴巾就是母亲完好无损的皮肤。

康耐克洗好白浴巾，看了看晾衣杆。晾衣杆充其量有一丈长，上面挤满了病人的衣服。他暗暗埋怨医院：一个楼层就安装一个晾衣杆能够用吗？可转念一想，这季节一下子出现这么多新冠后遗症病人，医院也始料不及。康耐克叹了口气，硬把挤在一起的衣服推开一道缝，强行把白浴巾挂了上去。看着晾衣架上拥挤的衣服，先晾的快干了，又被后晾的沾湿了。康耐克取下白浴巾，带出病房楼。

左拐右拐，在医院的一角他找到了一棵矮树。枝叶吸收着充足的阳光向四周伸展。这是晾晒的好地方。康耐克自言自语。他把白浴巾挂在树枝上，打了个哈欠，正伸懒腰，一只鸟从头顶飞过。"快收起来，这是公共场所！"一个保安在远处吆喝。康耐克赶紧取下白浴巾，看到上边沾了一根鸟绒毛，很细很细的。"幸亏不是鸟屎！"他小心地捏下绒毛，向四处望了望，朝着医院门口走去。

医院南边隔一条马路有一家公园。那里阳光充足，康耐克选好一棵桃树，抖开白浴巾挂在枝杈上。附近有一条小河，他朝着上面的水榭走去。几个月来的疲惫像电流一样传遍全身。他想趁晒白浴巾的时间补上一觉，就裹紧衣服，直接躺在木板上。木板已经被太阳烤热，阳光很强，比棉被盖在身上还热，他顾不了那么多。

"那是谁的东西快收起来。"一个环卫工人大声吆喝。康耐克刚入睡，迷迷糊糊听见有人喊，赶紧起身，揉着眼跑过去。"这是公共场所，不让晾晒。"环卫工人说着把白浴巾摔在了地上。他捡起来，拍了拍，白浴巾上已沾了尘土。他心疼极了！强行摁下心里的火气，剜了他一眼，一句话没说走开了。

康耐克举着挂有白浴巾的晾衣架，就像举着一面白旗。他心中暗想，我一定要照顾好母亲，把母亲的病治好，绝不向病魔投降。他举着"白旗"，沿着路边树荫下向前走。"哎，卖白浴巾的，多少钱一条？"一个路人问。康耐克的脸唰地红到耳根，顿时觉得热辣辣的，硬生生挤出两个字："不卖。"然后匆匆地逃离开了。

康耐克望向空中，竟然动了去太空晾晒的小心思。可听说太空也属于法律中的"公共场合"范围了。康耐克没有了方向。他索性把白浴巾披在后背上，来自白浴巾的湿气很快包裹了自己。

母亲生病打破了自己多年来坚持天天散步的习惯。现在何不披着白浴巾在阳光下散步呢，这不也是一举两得的事吗？想到此，他披着白浴巾朝着有阳光的地方走去。

路过体育馆时，一个球迷问他："哎，你是在模仿沙特王子吗？我也是王子的铁粉，咱们一起去看球赛吧。""我不是。"康耐克回答。那人继续问："你为什么披白旗？""我有重要的事。"康耐克无心解释，不顾球迷的盘问，披着白浴巾继续向前走。"神经病。"球迷望着他的背影骂了一声。

阳光下，他走了很远，感觉脊背暖暖的，一摸，白浴巾不知什么时候已经晒干了。"呀，原来自己就是一台移动的烘干箱啊！"他把白浴巾举过头顶，高兴得就像刚打了胜仗。他再也不愁没地方晒白浴巾了。

康耐克把白浴巾叠成一个"豆腐块"，贴在胸前。两手护着白浴巾，像妈妈保护自己的孩子。

路边有个石墩，他很想坐下来歇歇。偏偏大脑提醒他：母亲还在医院，不要在不该歇的时候歇。

康耐克很快回到了医院，把晒干的白浴巾给母亲换上。他拿起另一条被母亲污染的白浴巾，伸开胳膊，笑着逗母亲："这像不像一架移动的晾衣杆？"

原载《江河文学》2024 年第 4 期

让狼舔舔你的手

闵凡利

是上个世纪七十年代的事了。那时,我在东北的一个深山老林里伐木头。我们在林子里拣那些大的、粗的、够年岁的、快要枯的树伐,只有这样,才能保证森林年年葱郁,才能保证森林不被破坏。

我们是伐木三组。我们这组有三个人——我,李建国,张太平。张太平是我们三人中岁数最长的一个,我们都叫他老张。老张是猎人出身,会做夹子之类的捕兽器,常捉一些野物添补家里。李建国岁数比我小,二十三四岁,我称他为小李。那段时间,老张回关内老家了,我们这组就剩下我和小李了。

这一天,我和小李正伐着树,猛然听到一只狼的嗥叫声,声音很凄惨。我和小李就停下手中的活,循着叫声搜寻过去。结果发现一只狼被老张的捕兽器夹住了。狼看到我们,眼里露出凶光。从狼那不停滴淌的乳汁上,我们知道这是一只正在哺乳期的母狼。母狼显得非常焦躁,对着我和小李狂嗥,嗥声里充满着无限的仇恨。

小李看着母狼那越鼓越大的乳房说:"哥,这可是一个母亲啊!"我也看到了母狼的奶水在不停滴淌,就给小李点了点头。小李说:"哥,老张这次回家不知什么时候回来,这只母狼如若没人管会被饿死。"我说:"是的,饿死这只狼没什么,可它那一窝小狼崽也会都饿死。这一死就是几个生灵啊!"我们两人当即决定了一件事。就是这件事,改变了我们两人的一生。

我们当时商量决定:一定不能让这只狼饿死,救活这个狼家庭!

我和小李跟着老张学了一些看足迹找猎物的常识。我俩就跟着这只狼的足迹,费了九牛二虎之力,终于在一个大枯树洞里找到了狼穴。当我们将五只还没有睁眼的小狼崽抱到母狼的跟前,母狼简直像要疯了一样,我们忙放下,小狼崽听到母亲的叫唤，忙向母狼爬去。母狼把爬到自己跟前的小狼崽都弄到自己的身下，让小狼崽吸上奶头。小狼崽看样子饿了很长时间了，不一会儿就一个个吃得肚子滚圆，母狼的乳房也瘪了下去。

母狼不能去寻食，又不让我和小李靠近给它松兽夹，怎么办？为了让母狼有充足的奶水，我俩把吃的都省出来给母狼。母狼因被夹子夹住，没自卫能力，为防止别的动物来侵袭它们一家子，我和小李就在母狼附近搭了个窝棚，看护着这个狼家庭。

刚开始给母狼喂食时，母狼很不友好，龇着牙给我们发威，不允许我们靠近。过了五天，母狼看我们没有恶意，态度比以前好多了，不给我们龇牙了，我们去给它喂食时，它眼里的光柔和了很多，仇恨也淡了很多。又过了两天，母狼眼里也没凶光了，开始一见我们就像家里的狗一样给我们轻摇尾巴。我们已经获得母狼的初步信任。母狼先是轻摇，又过了三天，只要一看到我们，就开始使劲地摇了。我们知道母狼已是完全信任我们了，允许我们靠近它了。我们就是这样取得了母狼的信任，靠近了母狼，帮它把夹子松开的。

获得自由的母狼先把自己的那五个崽逐个舔了个遍，接着母狼走到我和小李的身边，围着我俩转了一圈，然后伸出了它那毛涩涩的舌头舔了舔我的手，又去舔了舔小李的手。之后，母狼在我们跟前躺下了，我和小李看到它的伤腿都有些溃烂了，就给它的伤腿上了药。此时母狼眼里的光，都是感激了。

过了几天，母狼的伤腿好了。

那一天，我知道母狼就要离开了，因为一清早，它就出去了，没过多大一会，它衔着一只野兔回来了。接着又衔回了一只小野鹿放在了我们的窝棚旁。看到这两个野物，我对小李说："母狼看样子要离开我们了。"小李点了点头。这时，听到我俩回来的母狼从我们给它搭的窝里出来了，身后跟着五个早已睁开眼的小狼崽。母狼领着它的五个小崽子围着我俩转了三圈，接着仰起头长嗥一声。这一声，我虽然不知道母狼说的什么，但我能感觉得出，母狼在用这种方式表达自己的感激。之后，母狼就带着狼崽走开了。

母狼一边走一边回头，在母狼回头的时候，我发现母狼的眼里竟有点点的泪花……后来，母狼的泪花常常开在我的生活里，它那涩涩的舌头舔我手的感觉时时让我感动和温暖，那温暖是信任的温暖，那温暖是真诚的温暖。也就在狼舔我手背的时候，我知道了什么是真诚。就是狼的那一舔，影响了我一辈子。我时常在想，如果我们能做到让狼舔你的手，还在乎得不到真诚吗？

原载《故事天地》2024 年第 5 期

筱麻红

侯德云

说大连这座特大城市，在一百二十多年前，还只是一个荒凉的小渔村，这话你信不？

你信不信它都是小渔村，有个土气的名字，青泥洼。东一个青泥洼，西一个青泥洼，两个都算上，拢共三十七户人家。

十九世纪末，俄国人来了，怀揣一份《中俄会订条约》，来青泥洼兴建港口和城市。港口和城市，都叫达里尼，意思是"远方"。

山东、河北数万民工来了，来建港口和城市。

卖东西的人来了。卖粮，卖菜，卖布，卖鞋，卖衣裳，卖帽子，卖袜子，卖锅碗瓢盆，卖狗皮膏药，卖春，卖唱……卖什么的都有。

几年后，日本人赶走了俄国人，将达里尼更名为大连。

二十世纪二十年代，伶人孙凤鸣带领他的戏班，也来了。初来乍到，在新开大街的同乐茶园落脚。

新开大街，名为大街，却并不宽敞，有人竟将它蔑称为小路。街道南段，是日本人的居住地，北段是华人商贸区，亨大钟表眼镜店、义隆号、丽华金店、裕成号绸缎庄、公和昌百货店、大仁堂药房以及数量颇多的烟馆、赌场、妓院，挤挤挨挨，喧喧嚷嚷，贫富皆有去处，热闹得让人发愣。

同乐茶园又名同乐舞台，可容纳九百余众同时喝茶看戏。舞台正前方是池座，池座前端设雅座，两侧设包厢。雅座和包厢里的高端看客，有茶水茶点供应，低端看客只能坐在过道的长凳上过戏瘾。

京剧名伶李万春在这里表演过《林冲夜奔》。杨瑞亭，赵松樵，在此也有过精彩亮相。

孙凤鸣的凤鸣班，在同乐茶园演了两年莲花落，之后将班名改为岐山戏社，迁至西岗子露天市场，创立岐山小舞台。

莲花落有多种名称，诸如蹦蹦戏、落子戏、平腔梆子戏等，后来统一称作评剧。

岐山戏社，是大连第一家评剧团。

西岗子露天市场的幕后老板，是日本浪人川岛浪速和大清国的落地凤凰肃亲王，这二位有一个共同的女儿，叫川岛芳子。

吊诡的是，市场的大门口，并列挂了两块牌子，红油漆写着大字，一行是"禁止日本人入内"，另一行是"优待中国人"。

市场里三教九流样样齐全，艺人也多，讲评书的，说相声的，唱大鼓的，以及魔术、杂技、练把式……每日锣鼓喧天，不亚于同时期的北平天桥和天津三不管。起初，艺人都是露天演出，用老辈人的话说，叫"刮风收摊，下雨玩完"，之后面貌改观，各种生意都支棚设帐拉场子。这里的热闹，比新开大街更让人发愣。

孙凤鸣，别名孙岐山，艺名东方亮，绰号孙瞎子。

孙凤鸣能断然告别同乐茶园，说明他一点都不瞎。他的不瞎，还有一个佐证：岐山戏社专招女弟子，聘专人调教。戏词，唱腔，手眼身法步，一招一式，都守着规矩。别看全是女弟子，敢跑梁子试试？屁股照打，藤条啪啪响，不信打不好你个歪歪腔。

一班全是女伶，戏迷瞅着稀罕，不光稀罕，还还还……还心跳加快。

孙凤鸣一生带出四科名角，第一科有花莲舫、李金顺等，第二科厉害了，有筱桂花、金灵芝，还有红透京津沪、人称评剧皇后的白玉霜。

第三科名角，首推筱麻红。

筱麻红原名张佩云，祖籍山东，生于大连，十岁那年，被养父抵债，进凤鸣班学艺。十五岁，生天花，麻了一张白脸。十七岁，艺成，因面相不佳，只在舞台上跑跑龙套，或者在乐队里拉拉弦、打打鼓。

西岗子市场往东南，不到二里，有一坡坎，人称南丘，丘上洋槐成林。史料上说，大连的洋槐，最早的一批，是从俄国移植来的。五月风起，丘上雪涌，槐香扑鼻。

某日，孙凤鸣起夜，再无睡意，趁着酒兴，踱出门外，披一身月色，往槐香浓郁处漫步，途中隐隐听见南丘传出人声，驻足立耳，心头一颤，竟是他熟悉的评剧《花为媒》。疾步入林，见林间空地，有一女子在练唱，身段，招式，再熟悉不过。你道是哪位？正是那位生了天花却侥幸不死的张佩云。

孙凤鸣藏身树后闭目品鉴，心里头一阵阵喝彩。

张佩云嗓音高亢，行腔婉转，吐字清晰，这些，孙凤鸣不是不知道，只不过，在这静寂的月夜，听来有别样气韵，愈加撩人醉人。十米外，弟子一曲"对镜自夸"才唱到"头上的青丝发黑如墨染"，这边班主已打定主意，让她敞敞亮亮地当一回张五可。

睁眼，孙凤鸣倏尔一悚，不远处，一双绿莹莹的眼睛，在树影下闪光。他知道，那是两只狼眼。

次日，张佩云隆重登台。锣鼓声中，观众见一麻脸、高颧的丑女子在舞台上款款走位，霎时七嘴八舌吵嚷开来，荡出一浪一浪的噪声。孙凤鸣脑门上唰一下，渗出一层白毛汗，一时竟懊恼自己的孟浪。

谁知张佩云唱腔一起，剧场倏尔肃静下来，孙凤鸣的白毛汗也倏尔消隐。

张佩云首次扮花旦，竟随随便便跑了一回梁子。她是成心的。一句"雪白的小脸蛋耳如元宝"，让她脆生生唱作"雪白的小脸蛋浅白麻子"。孙凤鸣心头一冷，观众却都乐疯了，笑声夹杂掌声，响成一片。演出结束，岐山小舞台的小板楼里，掌声，叫声，口哨声，久久不歇。

孙凤鸣一语定音："这叫红得一个山崩地裂。"

次日，孙凤鸣为张佩云起了艺名，筱麻红。

七年后，筱麻红为情事跟孙凤鸣闹翻，红颜一怒，掀翻了班主的三张酒桌。未几自立门户，辗转东北各地，走哪都是"雪白的小脸蛋浅白麻子"，走哪都麻哒哒地红。

九年后，孙凤鸣在辽西兴城过世。次日，筱麻红用鸦片支撑病体，在辽中新民县演出代表剧目《黄氏女游阴》，唱到那句"昨晚得一梦甚是凶险"，猝然倒地，死前面对虚空喃喃自语："谢恩师多年栽培，让奴家赚得一担口粮，一碗薄名。"

筱麻红享年三十三岁。

原载《北方文学》2024 年第 3 期

美猴天后

欧阳华丽

义章多奇人，孙如男算一个。

孙如男人如其名，整天欢蹦乱跳，踢天弄井。她父亲是县京剧团的团长，在剧团，她不但喜欢看戏，还喜欢看演员们排戏，在一旁一招一式地学，有模有样。

有时团里演《美猴王》，舞台上的"小猴子"数目不够时，就把她拉到台上去。她倒也不怯场，抓耳挠腮，眉花眼笑，手舞足蹈，把小猴子演得活灵活现。

也是，孙如男的家在莽山脚下，猴王寨旁，猴王寨的猴子数不胜数，从小就是她的乐园。她只要上山，就会在兜里带不少好吃的，分发给众猴儿。猴子怎么抓她手上的零食，抓住以后怎么吃，它们如何一蹿一跃，一抓一挠，她都熟稔于心，学得分毫不差。

只是谁也没想到，人长得心疼、声唱得中听的孙如男，长大后竟想学猴戏。

父亲劝她，学猴戏可难，你看你挺漂亮一女孩，如果整天一副鹰眼、龙身、鸡脚的形象，表演抓耳挠腮、挤眼缩脖，有什么好。在旦角中选一个吧，青衣、花旦、武旦，都行。再说，从古至今哪有过女猴王？

可孙如男振振有词，猴子都有母的！猴王怎么不能有女的？

没办法，父亲只能送她到省艺校去深造。两年后，孙如男学成归来。第一次上台演《美猴王》，她身手灵动，念打得法，一炮而红。年年春节，剧团大演，初一没有《美猴王》，初一电影院人挤人；初二没有《美猴王》，初二的狮子、长龙舞得热闹；单等初三《美猴王》一登台，电影院、舞狮的、耍龙的、说书的，便收了场，他们知道，开场也是观众寥寥无几，何况自己的戏瘾也抑制不住，早发了作。孙如男幕后一叫板，掌声便响，千声锣，万声鼓，她借由道具弹板,飞身上台,在高空完成前空翻,继而稳稳落地,全场顿时爆发满堂彩。立定后亮相,手中的金箍棒如花棍般刹那间舞得上下翻飞随心所欲,叫它走就走,让它回就回,叫它黏在手心里就绝不让它上手背,让它往东它绝不敢往西,观众看得眼花缭乱,叫好声不断。

一场戏下来,孙如男带着观众一起上天宫,闯地府,打妖精,斩狂魔,让人大呼过瘾!

毫不夸张地说,那些年《美猴王》就是剧团的上座率。可惜的是,到了九十年代末,随着娱乐形式的多样化,剧团陷入困境,无戏可演,观众寥寥,再也无法支撑下去了。剧团人员有的由剧团具体安排,有的自己四方奔走,自找门路,有的改行自谋生路。孙如男还想演《美猴王》,她父亲便带着她来到了省京剧院。

省京剧院的领导和不少同仁听说过这个女"美猴王",但没看过她的戏,便让她演一场试试。说是演一场,实则是折子戏《大闹天宫》。

演出那天并不卖票,但剧院的领导和有些名望的演员都到了,孙如男知道,都是行家,要留下来只有豁出去了。

一记大锣"锵"一声,孙如男踩着"登云步"上场,她身手矫健,打"飞脚"过桌子,按桌面翻"虎跳"到台中间,品御酒,尝蟠桃,一招一式入木三分,透露着一股似人非人、似猴非猴的机灵劲儿。

前面都很顺当,可当她拿过金箍棒时,心下一惊,暗叫不对劲,这根棒不但长过她的身高,还很沉,根本不是舞台上正常的分量。但她什么也没说,咬紧牙关,和天兵天将开打。

行家都知道,演美猴王是很不容易的,比如,美猴王身上的衣服,里面要穿上水袖、胖袄,再加护领,外面再加衬、大靠、金甲,一套行头下来,得十几斤重。头上还要戴紫金冠,上面还有猴王的翎子。戴着这一身装备,翻跟头、打斗,对女孩子的体力是一个很大的挑战。今天再加上这根又长又沉的金箍棒,对身量纤纤的孙如男来说是内外交困。不过这一切并没有影响她的表演,跟那些武艺平平的天兵天将对打时，她儿戏一般地应付、过招，伸脖缩颈，颇有喜剧效果。当哪吒、二郎神等劲敌上场时，她就用了"裹、翻、劈、砸、点、崩、挑、截、缠、绕"等十余种棒法，耍出了"混元花""车轮花""倒提柳""地躺棒"等花式技巧，威风凛凛，赢得下面一阵掌声。

最令人拍案称奇的是，就在即将开场时，领导突然接到电话，说舞台特效师因路上堵车，无法及时赶到剧场。没有特效师的烟雾效果，可台上美猴王的身上却自始至终都漾着一股袅袅仙气，人到哪，仙气便跟到哪，缥缥缈缈，若隐若现，若即若离，令观众仿佛置身于一个亦真亦幻的仙境。

最后随着一个筋斗云，美猴王扛着沉重无比的金箍棒，带着那一缕轻盈无比的仙气，又高又飘，一下翻进了后台。剧院里响起了雷鸣般的掌声。

院长一拍大腿，绝，这个人我们要定了！

谢幕时，孙如男许久未出，父亲感觉不对劲，连忙赶到后台，却发现女儿脸色苍白，累倒在地。

原来为了演出效果，孙如男每次上台都要吸一些吐烟花粉。吐烟花在莽山甚至是植物界都属特立独行的存在，每到花期，一缕缕的青烟，就会从一朵朵花蕾中喷撒出来，如吞云吐雾。孙如男每次上台都会将吐烟花特制的花粉，如吸烟般吸入一些，然后在表演时一点一点吐出，这是她的绝活。今天舞台特效师没来，她吸了平时的三倍，以至心力交瘁，差点窒息！

京剧院的领导听说了缘由，百感交集，院里演美猴王的男演员更是抑制不住眼眶泛红。

后来不知谁开了个头，戏迷们从此人前背后管孙如男叫"美猴天后"。孙如男听说了，不喜，也不恼，干脆拿它当了自己的艺名。

原载《胶东文学》2024 年第 7 期

摆 渡

赵 冬

松花江在吉林城绕了好几个弯儿之后，蕴足了力量，奔腾而去，直奔哈尔滨。这条大江给足了吉林人方便和快乐，同时也增添了些许烦恼。为啥？没有桥！外面的人进来，里面的人出去，全得靠大船小船在江水里摆渡。

城里城外有不少渡口，哈达湾、密什哈站、炮手口子、三道码头、头道码头、温德亨……这一大圈儿，老百姓为了过江而望水兴叹，着实吃了不少苦头。

民国十三年（1924年），从黑龙江拜泉县来了一位四处云游的老道，名叫德源，俗家名叫吕长春。他来到吉林城之后，为这里美丽的山水所倾倒，在这里住了半年，还是不愿意离开。因有大江封城，德源道士外出颇为不便，每次游玩都得乘摆渡船进出。这也没能挡住他的脚步，吉林城周围他玩了个遍。

这一天，德源自桦甸肇大鸡山游完回返，快到城里时，眼看着吉林城已近在咫尺，却又被河水阻拦住了，这里即温德亨河口。这里的河水曲折蜿蜒，从小白山下流过，直泻入江。他站了一会儿，周围聚集了很多进不了城的老百姓，他望着湍急的水流感慨万千，这儿如果有个桥就好了！

他蹬上了船，坐下就站不起来了，走了一天，浑身疲倦不堪，又饥又渴。船刚开动，船老大就开始收起了船钱。德源一摸兜儿，完了，一个子儿也没有了。他只好赔着笑脸，跟船老大商量："老板，我是外来的道士，今天不巧，钱都花光了，没钱了，行个方便吧！"

船老大眼睛一横，大声呵斥："没有钱坐什么船呀？"船上的人都看着道士，他的脸腾的一下红到了脖子根儿。

"你看，渡人于水等于救人于危难，行行好，我会感激你的大德之心。"德源不停地央求。

"不行，我渡了你，谁来渡我呀？我一个出苦大力的，没有你道行深。你呀，还是哪来哪去，自渡吧。"说着，就把船开回了岸边，撵他下船。

德源这个窘啊！听着船老大的奚落，恨不能有个地缝钻进去。

回到岸上，他气得浑身直突突，又一想，这也不能全怪人家船老大，你说要是渡口这么多人都不给钱，船老大是不是就得喝西北风了。

他蹲了半天，实在没有办法了，一分钱憋倒英雄汉呀！于是，他开始坐地化缘，化够了过江的钱，乘船回到了吉林城。

回城后，他找到了好友宋崇志，与之一壶小酒，诉说自己的委屈与憋屈。那一晚他彻夜难眠。老百姓太苦啦！过一次江有多难，他尝到了人间的辛酸，自己修道为什么？不就是获得解脱，享受自在吗？他暗下决心，要凭己之力，在温德亨那里建一座桥，以解周围百姓之疾苦。

说干就干，想好了就去做。德源道士发誓要化缘修桥，他开始在城里拜访富户商贾，晓之理动之情道之愿，还真别说，不少良家大户纷纷支持，他到了牛家，牛子厚先生二话不说，慷慨捐献。就连永衡官帖，也捐了一千一百多万吊。

德源天天都在拢钱，可手里的钱还差得很多。建桥可不是小事儿，就连富家大户也不敢随便想的，那需要的银子绝不是小数目。

这可不是个做事半途而废的道士，他下了狠心，不达目的这辈子就不离开吉林城。

在老友宋崇志道长的协助下，德源在北山坎离宫开始"坐罐"。啥是"坐罐"？是一种流行多年的旧的化缘方式，也叫化缘劝募。"坐罐"化缘十分残酷，就是人坐在木笼之中，笼内布满了锋利的铁钉，钉尖个个贴近人的头颅、五官、心脏等要害之处。人在里面不能打瞌睡，也不能动弹，稍微一动，钉尖就会扎上。钉帽上挂有标明钱数的捐签儿，部位越重要钱越多。有旁观的人善心一发即可拔出铁钉，交给主持，有专人做记录，记下姓名、籍贯、钱数等。如果没人捐款，他就一直在里面坐着，几天都不能动弹。这对人是一种很残酷的考验，可见德源建这座桥的决心。

宋崇志道长被他这种意志感染，也开始了化缘募捐行动。他远赴奉天等地化缘，历经无数辛苦磨难，带回来不少钱。

1933年，历经近十年的坚持，温德桥终于造好了，大桥全部用花岗岩条石建造，十分宏伟。

通桥那天，艳阳高照，花红树绿，人山人海，彩旗飘飘。城里城外的人都来了，飘扬着的蓝旗、红旗舞动着喜悦的气氛……为啥这么多拿旗的？因为很多满族八旗子弟都在这块儿居住。两个老道被许多地方官员陪着，走过了百米的桥面，老百姓敲锣打鼓扭秧歌，欢庆石拱桥的建成。就在这时，一个大汉跑了过来，一把抓住了德源的手："道长，你还记得我吗？"

德源定睛一看，认出了他，正是当年摆渡的船老大。

"哦，我想起来了，要不是你把我赶下了船，这桥还真建不起来呢！"德源感慨。

船老大扑通一下给德源跪下："道长，你建了桥，虽砸了我的饭碗，但我一家子感恩你。我当年不是人，不配再摆渡了，你才是真正的摆渡人哪！"

德源躬身把他扶起，与宋道长相视一笑，曾经的委屈与憋屈在这一刻一股脑儿都烟消云散了……

原载《百花园》2024年第4期

不让见面的恋人

伟 山

陆小可一个下午都在忙着收拾行李。他把一大摞信件从抽屉里一封一封拿出来，端详了好久，再小心地放进身旁的行李箱里。陆小可弄完信件也数完了，这是207封信。他满脸漾着笑，连眼光也是温和的。

陆小可在等最后一封信，也就是第208封信。信一收到，他就要去省城和心上人见面了。

四年前，陆小可高考落榜，在那个灰色的日子里，他又迎来了一生中最最黑暗的日子，父母双双死于一场车祸。当时陆小可感到天都塌了，自己孤单一人，真想一死了之。

那时，他居然迷上了省电台的一档交通节目，不管忙闲，口袋里总装着一台袖珍收音机，到时间就听。他的迷恋当然与自己的家庭遭遇有关，他在关注着很多和自己一样的家庭，更在倾听着那些身残志坚的事故人的创业故事。当然这个节目的主持人林晓更让他难以忘怀。林晓是个很年轻的女孩，有着亲切又富含磁性的声音，陆小可每次听了，都觉得心里暖暖的，说不出的温馨。

时间长了，陆小可就在心里偷偷勾画林晓的样子。她应该是一个漂亮的女孩，眼睛很大，一笑还有俩酒窝。对了，她应该还有一头瀑布般的长发和高挑的身材。想到这里，陆小可忍不住笑了。有好几次，陆小可就想拨打节目直播时的热线，和林晓聊一聊，把自己的困境和迷茫说给她听。可每次按下号码，他觉得心咚咚地都要跳出来了，只好匆匆挂断电话，摸着发烧的脸不知所措。

一次，陆小可鼓起勇气给林晓写了一封信，除了说自己是她的忠实听众，还诅咒该死的车祸把自己害得无所事事，整天不是窝在家里睡觉，就是去街上和人打架。没想到，不久他就收到了回信。信写得很长，字迹也很工整，她鼓励陆小可要忘掉过去，学会站立，当然是精神上的站立，勇敢地走出去，用自己的劳动创造财富，让自己活得灿烂些。信读完的那一刻，陆小可很激动，自己十九岁了，是该出去闯荡一番了。可转念一想，干什么呢？自己从小到大啥也没干过，父母每天在这座小城里起早贪黑，总是省吃俭用也不让自己受一点委屈。可现在，陆小可想不下去了，眼泪也止不住地流下来。他推开窗子，呆呆地望着对面的马路。他看到了几个抱着一摞传单到处散发的人，他一喜，觉得这个工作好，不用本钱，也挺轻松的。可陆小可干了不久就够了，一天要发几千甚至上万份传单，腿都跑断了。陆小可又看着干保安挺精神，可一上班，没白没黑的，有时还要担着一份责任，最关键的是上班时间不能听收音机。这下，他是说啥也不干了。

再给林晓写信时，陆小可又把自己的困惑说了，他说父母活着时没觉着怎样，没想到钱真是不好挣。看来，自己这辈子也没啥指望了，就慢慢地瞎混吧。末尾还写了一句：我爱你，真想和你在一起。这本是一句玩笑，可林晓来信时却当真了。她说，好呀，可你要干出一份属于自己的事业来，要不你怎么给我幸福呀。陆小可当时就傻了，觉得林晓不会是骗自己吧，这天上哪有掉馅饼的呀。就又给林晓写了一封信。林晓回信说，是真的。从今以后，你一个星期给我写一封信，要把自己的工作情况和心情如实写上，我每次也必须给你回信，也写上自己的感受。但我只给你四年的时间，你要觉得你能独自撑起一片天空了，就来找我，否则咱俩就各奔前程。只是这四年里，你不能打我电话，更不能来省城看我。陆小可一一应允。

也许是爱情的力量，四年里陆小可表现得非常坚韧，风里雨里吃尽了苦头，一直在顽强地创业。他干过很多苦力，也摆过地摊，收过破烂，虽苦但快乐着。现在，陆小可是一家小型建筑公司的经理，还经营着一家不大不小的超市。有房有车，在小城也算个中产阶级了。

终于，林晓的第 208 封回信到了。陆小可读完信，知道林晓也盼着和他见面，非常高兴。他把信放进行李箱，整整四年的光阴和情感也就齐了。陆小可感慨万分，没有林晓这些满含鼓励和牵挂的回信，自己现在还不知道会是啥样呢。

见到林晓是在省城比较有名的一个广场上。林晓的确和自己想象的一样，很漂亮。陆小可把一大束火红的玫瑰花递给林晓，并朝她深深鞠了一躬，说谢谢你四年的鼓励和牵挂。

林晓脸一红，从挎包里拿出一张照片，说你该感谢的是她。

照片上是一个脸上有严重烧痕的女孩，坐在一辆轮椅上。她微微笑着，眼里满是自信。

这是？陆小可欲言又止。

这才是真正的林晓，我是她的同事。她在四年前的一场火灾中为救一个孩子烧成了残废，但她特别热爱她的工作，依然用甜美的声音和无私的胸怀为听众服务。就在那时候，你给她写来了第一封信，她不甘你的放任和消沉，才和你有了这208封信的"成功之约"，林晓姐可谓用心良苦呀。

那，林晓呢？陆小可有些蒙了。

就在和你通信的第三年，她患了绝症。她走前，又和我有了一个秘密约定。让我接替她主持节目时名字不要改，并且每次都要模仿她的笔迹给你回信。我做到了，林晓姐在地下也该含笑了。

陆小可在一旁听着，脸憋得通红，有些哀怨。

林晓，我的爱人！我今天来是想告诉你，这几年我资助的几个贫困学生还等着吃咱的喜糖呢。陆小可突然一声哀号，眼泪咕噜噜滚落下来。

原载《短篇小说》2024年第5期

刺 秦

凌 尘

秦国的驿舍比燕国的驿舍气派多了，墙体是用青砖砌成，粗大的木柱子，让屋子更高更宽阔。进了屋，我才感到舒适些。自从进入咸阳地界，我的病情更重了。一个多月的行程，天竟然一滴雨也没下。一路上，几乎看不到多少绿色。秦国的风有些干冷。这些日子我一直昏昏沉沉的，可能水土不服，更糟的是我感染了风寒。还有一件事让我气愤，荆轲竟然把我的手下赶走了。我们一行二十多人，到达咸阳的时候，只有六七人了。进了屋，我疲倦地躺下。迷糊中，有人喂我汤水。我舔了舔干裂的唇，有些苦涩，是我的手下韦青喂我吃药。

韦青问："好些了吗？"

我说："睡了一觉，好多了。是你抓的药？"

韦青说："是荆轲。"

"他人呢？"我坐起来。

韦青说："带着巩义去找人了。"

我知道，他去贿赂蒙嘉，觐见秦王嬴政。

天终于阴下来，傍晚时分，有零星小雨落下。我的病似乎一下好了，晚饭我喝了两陶豆粥，还吃了一些肉。秦国的伙食比燕国强多了。虽然下起雨，但我感到空气干冷，没有湿润的感觉。我身上有了些力气，就想找荆轲说说这些日子的事。临行前，太子丹秘密召见我，让我监视荆轲。如果他半路逃走或有投靠秦国的异动，就让我杀了他。至于其他的事，让我听他的。他为什么把我的人支走，我得问个明白。

荆轲见了我，问我，好了？本来我要质问他，想起他给我抓药的事，我心里宽慰了不少。

我说："你为什么把我的人放走了？"

荆轲看了看我，他手上拿着一卷丝帛，我进门的时候，他正看着。"你的人？"他不紧不慢地说，"那不是你的人，那是我们的人，是燕国的勇士！我让他们走是有更重要的事。"

我的声音提高了："有什么事能比刺杀秦王更重要！"

荆轲眼一瞪，放下丝帛，向门外看了看："秦舞阳，你能不能小点声，让秦人听见，还怎么报太子丹的恩，还怎么解燕国的危。"

我不敢再说什么，荆轲注视我良久。我被他看怔了，低头看看，发现自己正握着腰间的剑。

荆轲说："你要放松，两天后秦王召见我们，你能去否？"

我果断地说："能！"

荆轲又说："去见秦王，任何利器都不能带。"

我握剑的手松开了，心里竟感到空落落的。

我们以燕国使者的身份觐见秦王。去之前，荆轲站在驿舍一动不动，足足呆了半个时辰。他不知从哪儿弄了身秦人的宫衣，让我穿在里面，外面套上我的衣服。荆轲说："穿厚点，防风寒。"

我捧着督亢地图，荆轲提着装樊於期人头的漆盒，我们上了秦王迎接我们的马车。马车沿着秦国的街道，直奔咸阳宫。马蹄踏着路面的声音，仿佛敲在我的心上。木轱辘每转动一圈，都会发出嘎吱的声响。下了车，跟着侍者又走了很长时间。那些高大的城墙，发出阵阵阴冷。我的鼻子有点堵塞，只能半张着嘴呼吸。

眼前一片开阔，咸阳宫就在眼前，高大雄伟的宫殿，威武的执戟武士。我知道，只要进了殿，我们的生死就难说了。有宫人出来，替下侍者，我们随宫人进殿。两旁站立着秦国的大臣，他们把目光都投向我们。我感到一股寒流从脚下升起，我忍着，不让眼泪鼻涕流出来，我的表情怪异，却不能抽出手擦脸。接近秦王的时候，我看了一眼，就在这时，我的手有些发抖。我的举动被大臣们看见了，先是议论，然后让我站住。荆轲回头看了我一眼，他的眼像一道光一样刺了我一下。秦王端坐在殿上，一脸威严，他的声音像洪钟："燕国使者，怎么了？"

荆轲放下漆盒，上前深深一揖："禀报大王，舞阳乃北方粗人，没见过大王威严，因此害怕，望大王宽恕，让他完成使命。"

秦王对身边人说："罢了，你把他的地图拿来，让他退下。"

宫人来接。

荆轲说："此图需要我指给大王看。"

秦王摆手。荆轲恭敬地把地图放在案上，慢慢展开，边展开边说督亢的风物人情。图毕，露出一把匕首。秦王大惊。荆轲握住匕首，一把抓住他的衣袖。殿内大乱，群臣慌乱无策。

荆轲失败了，当荆轲被秦王砍断了腿，我就知道我们失败了。荆轲靠在柱子上摇摇头，眼神瞟向我的时候，我迅速脱下外套，这时没人注意到我。我跑出大殿，压着嗓子边跑边喊："出事了，出事了，快救大王。"殿外的侍卫也乱了，他们拥挤着进了大殿。我穿着秦国的宫服，逃离咸阳宫。荆轲让我穿秦服的时候，悄悄告诉我，如果失败，你一定逃出来，想办法给太子丹报信。

当我跑到驿舍，秦军捉拿我的人已经在半路上。我对韦青和巩义说："快走，通知沿途的人，给太子丹报信。"

韦青拉着我："一起走。"

我悲切地说："荆轲死了，作为燕国的勇士，我要和他在一起。"

"我们不走。"

我拿起案上的青铜剑，横在脖子上："走，再不走谁给太子报信。"

远处有噪杂的声音，韦青和巩义骑上驿舍的马走了。我终于放下心，看了一眼案上燃烧的油灯。

那场大火从秦国驿舍烧起来，火光冲天，浓烟滚滚，烧了咸阳城一大片的地方。

原载《辽河》2024 年第 9 期

假如一切重来

史雨昂

还记得那是个下雪的日子，白茫茫的雪模糊了天地界限，灯光穿过窗上的饱满水珠，倒映着外面临近节日的欢乐气氛。就在万物都在收缩的时候，我接到了那个人的电话……

"先生，其实您可以多一些客观描述。"坐在对面的修复师打断了我的回忆，输入系统的描述被自动删减到只剩下几个关键词。

"哦，抱歉。这个真的能复原过去吗？会不会泄露出去？"

"系统将根据真实记忆搭建独属于您自己的树洞世界，我会为您补充记忆不连贯的缺失部分，请放心。"修复师没有察觉我停止输入信息的真正原因，重复着我早已知晓的事情。

即使已经过去许多年，我仍然会怀念与她相处的日子，心里不断重演——假如一切重来，我会在第二周就向你表白，推掉同学的聚餐去陪你看电影，我会用我攒下的钱买车票提前去见你，会跑去你在的城市学习工作，每天去你实习的地方接你，在你最累的时候拥抱你……每周五我们都去你最喜欢的那家餐厅吃饭，然后在我们最喜欢的繁华夜景中步行回家……

写完最后一段，我的眼眶感到些许湿润，完成了信息确认就快步离去。

两天后，我收到了电子邮件。我立刻推掉全天的工作，颤抖着将代码复制到我的云脑头盔，戴上后躺在床上进入梦乡。

这次登录云脑，我感觉就像浸泡在温暖细腻的牛奶之中，每寸肌肉与神经都舒展开来。再次"醒来"是在五分钟后——我被一通电话吵醒，猛地从床上坐起来，只见窗外只有白茫茫的雪，桌上的陈设能让我意识到自己处于十五年前自己的记忆世界。

手边的电话还在响，是她打来的。接起电话后讲的内容和我记忆中的一样，她为了看即将上映的电影，打算补全前传，想要和我一起在线上看完。而我边听边打开十多年前的老式笔记本电脑，越来越多的记忆随之翻涌上来。

　　我为她点上最爱喝的奶茶，并着重备注"送达时不要摁门铃"。做完这一切后，我们开始安静地观看电影。这次，我没有与她滔滔不绝地交流无聊的世界观，她也没有被门铃打扰，只是在休息时顺带开门拿了奶茶。电影结束时我向她表白，说与她相处的第一周感觉很舒适，最后在互道晚安中甜蜜入睡。

　　现实中这原本是充满遗憾的一夜，被她以"磨合"为名原谅。真正醒来后，我发现自己早已超出云脑系统的健康使用时间。我立刻联系记忆修复师升级服务，委托他尽可能地让这个树洞世界变得真实。我还想要与她分享我的众多喜悦，特别要求将我与她分离后收获奖项的记忆向前移动，从而与和她相处的那段时间融合。

　　那时，别人总说我的梦想是遥不可及的，只有她相信我能行，而我也相信她能够触碰到自己的梦想。来自十五年前的鼓励与信任跨越时空，为我提前老化的灵魂注入新的活力。我开始尝试离开办公室，专门用半天的时间出去漫无目的地闲逛，就像在记忆树洞里的她拉我坐上公交车，在最后一排打开窗户迎着风，明媚的阳光洒在她的脸上，与窗外不断流动的街景一样透着琥珀般的璀璨。

　　我在自己的树洞世界里度过了幸福的十八个月，到了与她在现实中分手的那天，记忆修复师主动询问我是否要延续树洞，这项技术可以为我虚构与她相伴一生的世界。但树洞中的那个她，毕竟是现实中独立的人，所以我想先去见她一面再做决定。

　　她还是像之前那样，待人温柔，时时刻刻散发着活力，见到我也很爽快地坐下叙旧。我们都实现了梦想，过上想要的生活，只是陪伴在身边的那人不是彼此。

　　望着她透亮的淡棕色眼睛，我变得语噎，意识到自己是在打扰她幸福的生活。

"如果遇到棘手的事情可以和我说。"她见我欲言又止，就先开了口。

"不，我只是……"我不敢看她，转头盯着窗外飘起的小雪，"还记得我们第一天认识的时候也下雪了，今天我外出交流合作项目，正好顺路过来，想向你道歉。"

"道歉？"

"为过往道歉，就是我们相处的那段时间，经常让你感到难受，很抱歉。"

"哦，其实我也想。"她听完露出笑容，"所以你现在弥补完曾经的遗憾了？"

"算是……"我鼓起勇气再次看向她的眼睛，愣了两秒，突然意识到她隐含的意思。"你也有树洞世界？"

"当然，我曾经也想过，或许我们在更成熟的阶段认识会更好。"

"嗯，确实。"

我与她都释然地笑了，彼此告别，从此走上再也没有交织的人生。

我知道，过往无法重来，但告别的那一瞬间，我已经在脑中与她度过余生。

之后我和修复师联系，拒绝了树洞世界的更新，只会在感到很疲劳时，进去回味与她相处的那些阳光灿烂的日子——这是永远独属于我们两个人的地方。

原载《中国青年报》2024 年 9 月 2 日

江万福

刘永飞

如果不是换了送水工，或许我真的就把老江淡忘了。

我至今都不知道老江叫什么，只知道他是水站的老板兼送水工。老江的水站在我居住的这条街上，逼仄的一个店面，无论什么时候经过，里面不是满满的桶装水，就是满满的空桶。

老江的水站是一家夫妻店。和高高大大的老江相比，他的妻子实在矮小消瘦，给人的感觉一桶水都搬不动。也许真的是这样，反正每次订水，接电话的永远是他老婆，而送水的则永远是老江。

大约是四年前，送水的任务忽然换成了他的妻子。见她双手拎着一桶水气喘吁吁地往楼上提，我问她老板呢，她用衣袖揩了揩额头上的汗说："送水时摔倒了，在家躺着呢。"我问她严重吗，她犹豫了一下说："还可以吧。"

一个月后，老江开始送水了。不知道是肿着，还是吃胖了，他的脸似乎有点变形，说话有些卡顿。也许是有意掩饰额头上的伤疤，他送水时戴着棒球帽。后来，大概是习惯了，伤疤不见了，帽子也没见他摘下来过。

有一次，我对他大热天戴帽子实在不解。他嘿嘿地笑着，摘下湿漉漉的帽子，然后指了指自己的脑袋。我被吓了一跳，只见他的头顶右侧凹进去一个大坑。问他怎么了，啥时候搞的。他又嘿嘿地笑笑说："上个月送水，电动车轧了一块西瓜皮，头抢了地。"

看着他那像被削去了一半的脑袋，我一下子不知道该说什么好了。但我还是由衷地为他感到庆幸。我说你的命真大，摔得这么厉害，不但捡回来一条命，腿脚还如此利索，你真够幸运的！他听后向我眨眨眼睛，想说什么，结果还是嘿嘿地笑了两声。

这时，我突然想起看到过的一个新闻。说是西安的一家医院，可以通过 3D 打印，给类似头骨缺失的人定做骨头，而且已经进入临床应用。我把这件事情跟他讲了，他似乎很感兴趣。我说我有时间帮你找找这家医院，到时候你也去打印一个，就不用每天戴着帽子了。

自那天后，我们的距离拉近了不少。每次送水，他不会马上离去，会跟我或者我的家人短短地聊几句。比如今天的天气不错，我家的孩子很乖，等等。我也问及他的孩子，他说两个呢，在老家跟着爷爷奶奶读书。

大约是两年前吧，天气异常炎热。新闻里说，这个城市的高温和高温天数双双突破了有气象记录以来的历史极值。可就在这几天里，我订的水迟迟未送，给水站打电话催，老板娘说好的好的，就不见送水上门。直到三天后，我再次打通老板娘的电话，说再不送水就去总站投诉。她才支支吾吾说他们在老家处理一些事情，明天就回来了。我说，你早说呀，我去超市买几瓶就可以了，你也不说，水也不送，让我们等，这大热天的谁受得了？老板娘在电话里一个劲儿地说对不起，说回来马上就送。

后来水送来了，是老板娘送的。看她厚厚的工装被汗水湿透，我打趣说老板呢，这家伙真知道享福。老板娘苦笑了一下，没说话，拎着空桶走了。

时间又过了两个多月，已是秋天，每次还是老板娘送水。有一次实在忍不住了，我问老江呢，他咋不送？老板娘说："他走了！""走了，去哪里了？"看到老板娘瞬间红了眼眶，我立刻意识到什么，连忙向她道歉。我问她是什么时候的事情，她说两个月前。我问老江得的什么病，这么急？老板娘指指自己的脑袋。

"脑梗？"我问。

老板娘点点头，弯腰拎起空桶下楼去了。

我想，大概也只有这个病才能让一个人猝不及防地离世吧！想想老江也够倒霉的，人说大难不死必有后福，可见并不准确，谁能想到他逃得了意外却逃不过脑梗呢？

此刻，老江那戴着黑棒球帽的脑袋在我面前晃动。我想起了对老江的承诺——帮他打听那个能 3D 打印头骨的医院。说实话，我并没有认真地去打听过，我感到深深地内疚。

此后一直是老板娘一个人送水，有时候晚上 10 点多了，还见她吃力地往楼上拎水。我说你找个人帮帮忙吧，她说："怎么雇得起哟！"

碰到老板娘吃力地往楼上送水，我产生过写写老江的冲动。但是随着时间推移，我还是渐渐地把这事给忘了。如果不是换了送水工，或许我真的就慢慢地把老江给淡忘了。

就在半个月前的一天晚上，一个牛高马大的年轻人来送水。我问他，是老板娘雇的人？他吞吞吐吐半天，才说老板娘是他婶子，他是老江的侄子。

我这才知道他婶子回乡下了。他说两个孩子一个要高考，一个要中考，离不开人了。我说你叔叔真是个好人呀！他说是的，全村人都这么说。

我说："当初他要是早去拍个 CT 啥的，也不至于得脑梗。"

年轻人说："他得的不是脑梗。"

"那是啥？"我问。

"他的头之前受过伤，里面有一个东西没取出来，医生说这是个定时炸弹，让他手术，手术费要 100 多万，关键是手术不能保证成功。"

我问他，老江是突然发的病吗？他说不是的，他经常性地头疼、头晕，有时候一下子会晕死过去。疼了，他用拳头击打脑袋，缓过来，就继续送水。家里人都劝他手术，他说医生不能保证治好，就不浪费那个钱了！没想到，后来的一次发病，再也没有醒来。

大概是所有的水都送完了，年轻人没有急着离去。他递给我一支烟。我说不会。他自己点着。烟雾迷蒙之中，我家门口仿佛又出现了那个戴着黑色棒球帽的晃动着的大脑袋。

我说："老江老江喊了这么多年，还不知道他叫什么呢？"

他深深地吸了一口烟，片刻又快速地吐出来说："江万福。"

原载《小小说选刊》2024 年第 7 期

戒　指

夏兴初

荷花手上戴着一只戒指。

煮饭，荷花戴着戒指，听戒指在碗碟上发出叮叮的声音。锄禾，荷花戴着戒指，看戒指在阳光下金灿灿地耀眼。

姑娘媳妇们见了，羡慕死了，夸赞荷花。荷花美滋滋的，感觉才十八岁。

没多久，荷花生病住院了，本就瘦弱的她，出院后，又瘦了一大圈，手上的戒指也戴不住了，干活时总往下掉。

荷花怕丢，就去金店加工。她想把戒指改成小码的。金店师傅把戒指往仪器上一放，对荷花说，你这戒指不能改。

荷花疑惑，为啥？

师傅说，这戒指是镀金的。

假的？荷花脑袋嗡的一声。

仔细看着戒指，荷花五味杂陈。菊花怎么会送我假戒指呢？

荷花和菊花在寨子里从小一起长大，如亲姐妹。

菊花比荷花大三岁，小时候就像亲姐姐一样照顾荷花。荷花没穿的，菊花偷偷把衣服给她。有哪个孩子欺负荷花，菊花第一个冲上去。荷花感动，你像我亲姐，我要和你好一辈子。

长大后，菊花比荷花早安了家，进了城。

这年冬，菊花给荷花打电话说，老公在外地打工回不来，我马上要生了，你有没有时间，来照顾我几天。

荷花说，生孩子是大事，有没有时间，我都得来。

荷花撂下手中的活儿，就去照顾菊花。

荷花进门当天，菊花半夜起床小解，在厕所里摔了，大出血。

荷花连忙打120，把菊花送到医院，医生建议剖腹产。

菊花怕挨刀，不点头。荷花坚定地说，一旦出了事，关乎两个人的生命，到那时后悔都来不及，听医生话，剖腹产。接着代表菊花家属签了字。

当一个七斤多重的男婴从菊花腹内取出时，荷花高兴得掉下眼泪。

为了报答荷花，菊花把自己手上的戒指摘下来，对荷花说，这个是我订婚时老公买的，我身上就这一件纯金的东西，送给你做个纪念吧。

荷花看着戒指，心里羡慕，但坚决不收。荷花说，我俩是姐妹，照顾你是应该的。

菊花含着眼泪说，你不仅是我的妹妹，更是我们娘儿俩的救命恩人啊。

荷花说，我整天泥一把土一把的，还是你自己留着戴吧。

菊花生气了，妹妹，你救了我们娘儿俩的命，别说是送你一只金戒指，就是送座金山，都不为过。

菊花硬拉过荷花的手，把戒指戴在她手指上。

荷花推辞不过，只好收下。她从没戴过戒指，家里穷，买不起，今天戴上金光闪闪的戒指，心里有种甜蜜……

回到家，荷花翻来覆去看着戒指，心里有些气愤，没想到，菊花的老公竟然用假戒指骗菊花。

春节快到了，荷花去探望菊花和孩子。

菊花的老公一见到荷花，就把她叫到走廊。刚想开口，荷花就黑着脸，你为什么用假戒指欺骗人？

不是，我不是欺骗菊花。菊花老公红着脸低下头。

你不是用假戒指骗人，这是啥？荷花掏出戒指，塞到他手上。

菊花老公说，事已至此，就告诉你实话吧。和菊花订婚那年，菊花的母亲得了癌症，在给菊花买戒指时，突然想到菊花母亲治病欠了一笔债，可手里的钱不多，就买了一只镀金的给菊花，想等有钱后，再补偿她。

菊花的老公满头大汗，从兜里掏出一只金灿灿的戒指，塞给荷花，这个保证是纯金的。

荷花接过戒指掂了掂又看了看，很欣慰地还给菊花的老公，去给菊花戴上，再欺骗决不饶你。

菊花的老公又将戒指塞过来，不不不，这是菊花应该送给你的。

荷花将戒指重新塞给菊花的老公，从他手上夺过先前那只戒指扬了扬，菊花姐已经送给我了。

菊花的老公憋得一脸通红，你那只是假的呀。

荷花笑了笑，可你们的心是真的。

原载《躬耕》2024 年第 11 期

青花妙手

吴宝华

清朝乾隆年间,台州府永安县县城县衙街街尾,开有一间专门修复青花瓷器的店。店主孙均垚五十开外,白净面皮,中等身材,清瘦干练,虽然其貌不扬,但在江浙一带却有"青花妙手"的美誉,其祖传技艺能把碎裂的青花瓷器修复如初,不见一丝瑕疵。许多顾客抱着不小心打碎的青花瓷慕名而来,将信将疑地把碎瓷交给孙均垚,不几天来店里,意外地发现青花瓷已修复如初,心悦诚服地交钱取货,欢天喜地而去。

却说这天,孙均垚坐在店内修复一只青花瓷盖碗,忽见人影一闪,走进一个中年妇人。妇人提着一个布兜,脸上满是悲苦之色,她缓缓地将布兜放在桌案上,深深地道了个万福,说:"请孙师傅救救我!"

孙均垚关切地道:"此话怎讲?"

中年妇人道:"今早马海民马老爷让我去他家打扫卫生,我不小心打碎了一个花瓶,马老爷说那是元朝的青花瓷,是他家祖上传下来的传家宝,要我赔他一千两银子,若拿不出银子,就要我闺女嫁他的傻儿子。"

孙均垚道:"马海民是本县首富,他家有丫鬟家仆,怎会要你去打扫房间?"

中年妇人道:"马老爷的总管来叫我时跟我说,他家丫鬟突生怪病,马老爷怕传染家人,打发丫鬟回家养病去了,故家里缺少人手。"

孙均垚点点头,心知这是马海民故意设下的圈套。他从妇人提来的布兜里拿出碎瓷,仔细查看,发现青花瓷花瓶只是裂成两半,要修复并非难事,于是他马上动手修复。

孙均垚取出秘制的胶料,放进一个精制的小皿中,下面用烛火慢慢烘烤,待胶料化开后,使用狼毫笔小心地把胶水涂抹在花瓶破口处,待全部抹均匀,然后对接复原，数分钟后，胶水固化，花瓶被牢牢粘接好。接着，他取出特制的彩色粉末，根据花瓶的釉彩，小心地撒在创口处，稍倾，用丝绸小心拂拭。

大约一个时辰后，修复完成，整个花瓶浑然一体，完美如初，看不出一丝瑕疵。中年妇人接过花瓶，左看右看，惊喜万分，千恩万谢地去了。

过了三个月，孙均垚在店内修复青花瓷时，忽听两个顾客交谈，说近日江西景德镇发现了湖田窑遗址，挖出不少元代青花瓷碎片。

说者无心，听者有意，孙均垚心里有了一个计划。接下来半个月，他加紧把手头的活干完，然后挂出休店一个月的告示，收拾了一切应用之物，带着儿子星夜赶往景德镇，找到挖出元代青花瓷碎片的农夫，花钱买下适合修复的碎片。

然后，孙均垚和儿子住在客店中，潜心修复青花瓷。

过了半个月，他们修复了十余件元代青花瓷，再去集上买下大小合用的木箱子，箱内垫上刨花、棉絮等柔软之物，小心地把青花瓷放在箱里，然后雇了马车往回赶。

路上，每遇富家大户，孙均垚便带着儿子上门售卖元代青花。当年上自达官贵人，下至黎民百姓，皆喜爱青花瓷，而元代青花是古董，若品相完好，价格不菲。

孙均垚修复的青花瓷，皆完好无瑕，人们看不出一点瑕疵，孙均垚根据瓷器大小品相，要价数十两到数百两白银不等，价格公道合理。于是，那些富家大户都会买下一两件青花瓷，以作装饰和传世。

孙均垚回到永安县地界时，手里只剩下两件青花瓷了，他亲自带着瓷器来到马海民马财主府上。

马海民酷爱青花瓷，见到那两件元代青花，爱不释手。孙均垚每件要价五百两银子，马海民犹豫一下，咬咬牙买了下来。

过了一天，孙均垚回到店里，儿子忽然问："爹，怎么银匣里只有一百两纹银？被偷了还是被抢了？"

孙均垚淡淡一笑，道："钱财乃身外之物，要那么多干什么？一百两银子够咱们花销一年了，况且店里还有收入。"

原来一路上，孙均垚趁儿子睡熟，他就带着银子出旅店，看哪户人家贫困，就把银子塞进那户人家的窗子，或十两或五两，一路走来，他周济了千家万户。

人们意外得到银子，以为是神仙显灵，却不知道是"青花妙手"孙均垚所为。

原载《小说月刊》2024 年第 4 期

传家宝

顾振威

我大姑嫁到遥远的新疆，遥远有多远？ 3000 多公里，挺遥远吧？

那次我大姑回来，父亲惊讶得眼珠子差点儿没像玻璃球一样蹦到地上。大姑的泪珠子像洋槐花一样一嘟噜一嘟噜地往下砸落。

"不逢年不过节的，咋这个时候回来了？"父亲问道。

"我夜里做了个梦，梦见你肚子被人划了个大口子。做了这样的噩梦，我在那还能过安稳日子吗？"

大姑的梦做得真准，父亲的肚子的确划了个口子，因病被医生划的。

大姑只在我家住了八天就要回去了。在这短暂而又漫长的八天里，大姑和父亲几乎形影不离，二人似乎有着说不完的话。母亲走东家串西家，不是借米就是借面，不是借鸡蛋就是借棉油，想方设法给大姑做好吃的。

大姑苦苦劝说："我不是外人，粗茶淡饭也能填饱肚子。"

母亲眼泪汪汪地说："我只有您这一个大姐，又离这么远，您能回来几回呀？不好好待您，我良心会不安的。"

大姑住不下去了，要回新疆了。那天天阴得能挤出水来。父亲把大姑送到村口，大姑紧紧抱着父亲，抽泣着说："弟弟，回去吧，以后我还回来看你。"

父亲眼角湿湿的，一直把大姑送到二里外的五台车站。

以上这些只能算是序幕，故事的真正开始应该是在父亲回到村口的时候。像是喝醉了酒一样，父亲踉踉跄跄地往家里赶。突然间，一腔热血直往脑门上涌，父亲看到狼藉着柴火棒和杂草的路边赫然躺着一张十元的纸币，不远处竟然还有一张面额为五斤的全国流通粮票。

阴沉沉的天空下，空荡荡的大路上，听到的仅是鸡鸣狗叫的声音，前不见行人，后不见来者。父亲弯腰捡起钱和粮票，握在手心，而后，一动不动地站在寒风凛冽的村口，焦灼地等待着失主。

过尽几人皆不是，直到灰黑的幕布把村子严严实实罩住，父亲也没有找到失主，只好带着满腹心事回到家里。

母亲知道后，脸上乐开花："有了这钱和粮票，咱一家六口就不会饿肚子了。"

父亲叹了口气："咱家人老几辈子也没做过伤天害理的事！就是饿死，也不能占人家的便宜。"

还没吃晚饭，父亲就一头钻进浓浓的夜色里。

父亲很快就从队长家回来了。

"队长怎么说？"母亲问道。

"队长说他帮我打听打听，钱和粮票先放在我这。"

这一打听就是五年多，父亲也没有问出丢钱的人。其间家里缺过吃的面，断过点灯用的油，也因没钱缺过盐，父亲一直咬牙坚持着不动钱和粮票。直到家家户户日子都好过了，直到粮票退出了历史舞台，父亲还在保存着捡到的十块钱和五斤粮票。

其实讲到这儿故事就该结尾了，可现实生活就是这么精彩，一直将故事进行下去。家家户户的日子都好过后，大姑又从新疆回来了。一次拉家常时，父亲微笑着对大姑说："上次送你去车站回来，我落了个心病。"

大姑扬了扬眉毛："什么心病？"

"我在咱村口捡了十块钱、五斤粮票，到现在也没有找到失主。"

大姑笑了："我的傻兄弟，别找了，钱和粮票本来就是你的。"

"咋会是我的？"

"你还记得在村口我抱了你吗？抱你时，我偷偷地把钱和粮票塞到了你的褂子兜里。"

父亲喃喃着："我当时穿的是蓝布褂子，兜子烂了个洞，我怎么没想到呢？"

"那次回新疆，我可没少受苦。兜里没有一分钱，我又是步行，又是搭顺路车，一路乞讨半个多月才回到家。人饿得又黑又瘦，你姐夫笑话我，说我刚从煤窑里爬上来。"

　　"姐，这钱还给你吧？"

　　"这是咱家的传家宝，你好好保存着。"

　　写到这里故事就到了尾声。三十年前我参加工作的时候，父亲把这个真实的故事讲给我听。如今三十年后，儿子也参加了工作，我又把这个故事讲给了他听。

　　尽管父亲和大姑都不幸离世了，我想，这个真实的故事会一直流传下去的……

原载《周口日报》2024 年 6 月 21 日

青　檀

马金章

马车出县衙，上了县前街。

仅两辆车，前车装着家用货物，后车是竹席立围覆顶的篷车。

车拐入土地庙街。

这是崇祯七年春二月。知县霍明堂要辞别黎阳，赴任新职。

土地庙街两边站满了恭送知县的人，可车门紧闭，窗帘垂挂。知县怎么不露面呢？众人不解。

车在青石板铺设的路面上"咯噔咯噔"前行。

突然，从梅花巷口蹿出两名手持长矛身着铠甲的兵丁。兵丁蹿到车前，"唰"一下将长矛横在车前一拦。

车夫"吁"一声停了车，呵斥道："你们干啥？胆敢阻拦知县的车。"

"奉土地爷差遣，要拦的就是知县的车。"俩兵丁强硬地回答。

此时，一位红颜皓首、长髯如雪、肚圆肩阔、身着官袍、挂着桃木拐杖、土地爷模样的人昂着头走出梅花巷。

"土地爷怎会率兵丁拦截知县的车？"人们好奇，闻讯后潮水一样向这里涌来。

只见土地爷走到篷车旁，拿着官腔喊道："霍知县——"

车内没有应声。土地爷抬起拐杖，"咚咚"敲敲车帮催促："霍知县，屈尊出来吧。"

仍无应声。

土地爷猛捣一下拐杖，对着篷车怒吼："霍明堂，别拿土地不当爷，赶快给我出来！"

一个兵丁上前劈手"啪嗒"一声打开篷车门。车内传出一声女子的惊叫。

车里，仅有一位十四五岁的姑娘。她是知县的女儿倩兮。

"你不是索要买路钱吧？"车夫乜一眼土地爷。

"本土地不怀己私，只为斯民做主。今日，吾要夺回属于黎阳县百姓的财宝。"

众人惊愕，继而哗然。

一位老人上前对土地爷说："众所周知，霍知县勤政克己，德昭功伟。你土地，可不能信口开河啊？"

土地爷盯着老人，喷着唾沫星子说："他霍明堂，何德何能？却为自己立了生祠。我身为本县土地，公办没衙署，私居没家宅，害得我老鼠一样，东躲躲，西藏藏。"

一位青年走到土地爷面前说："生祠是众人自发捐钱悄悄给霍知县建的，可大人知道后坚辞不受，就改为土地庙了。土地爷怎会说出你这样的话？"青年抬手一把将这人的假胡子揪了下来。"你不要扮着土地爷，腌臜霍知县了。"

这位打扮成土地爷的人，竟是刑满释放不久、曾当过土匪头子的张蛮子。俩装扮成兵丁的人，是他过去的小喽啰。

张蛮子劈手从青年手中夺过假胡子，喷着唾沫星子说："昨天晚上，土地爷托梦给我，让我代他问罪霍明堂。霍明堂，黎阳理政这些年，口说一心一意为黎民百姓，实则贪婪成性。"张蛮子将胡子挂在耳上，下巴一抬，扯着戏台上土地爷的腔调喊："他霍明堂，厉鬼样的长指甲，整天刮损我的地皮，刮得我都露出骨头渣儿了。"

有人质问："有何证据？"

假土地脖子一梗，拐杖头一指："证据就在车上。"

俩兵丁用长矛"呼啦"一下挑开了货车盖布。

货车上翻了个遍，没找到要找的东西，俩兵丁又扑向篷车。他们从篷车里抬出一个沉甸甸的木箱。

倩兮疯了一样扑过去，用身子紧紧护着箱子。

假土地用拐杖捣捣箱子，得意地问倩兮："这里面，是搜刮我的财宝吧？"

"不，不是。"倩兮否认。

"不是？打开，让大家看看到底是什么。"

假土地一把扯开倩兮，俩兵丁用长矛头撬开了箱子。

黑黢黢的一箱土暴露在众人面前。

假土地哈哈一笑："果然是搜刮的我的地皮。快快倒出来，看看下面还藏着什么？"

"噗"一声，黑色泥土被倒在地上。俩兵丁扒拉开一看，泥土里藏有两节细细的白骨。

这时，县丞从土地庙侧门走出来。他挤进人群，俯身拾起那两节细骨，举过头顶，看着张蛮子说："这是霍知县黑山剿匪时，痛失的左手两指指骨。霍知县要将这指骨带回故里，有何不妥？"

假土地一歪头，反问道："县丞大人，我问你，前边这辆车，昨天去哪儿了？"

"昨日，本人差两个衙役，随知县夫人去了黑山。"

"去黑山拉了什么？"

"拉了黑山的土，带了黑山的宝。"

"宝藏在哪里？"假土地急切追问，"你知道不知道，霍明堂跑哪儿去了？"

县丞向土地庙指了指。

假土地对围观的人一挥手："走！去土地庙看大戏了。"

惊奇的一幕出现在众人面前：庙院里，霍知县提着水桶，夫人拿着一把铁锨，正在给一棵刚栽的青檀树苗浇水培土呢。

假土地见此情景，扯下胡子，挤出人群，悄悄溜走了。

原来，霍知县当年率众在黑山剿匪时，受伤失掉两指的地方，一搂粗的青檀树旁，又长出了一棵青檀幼苗。知县夫人昨天将这棵幼苗挖了回来，想将它移植故里家庙，以明德显志。霍知县却对夫人说："为官，一草一木也不能贪恋。我履职黎阳五载，带回一抔黑山沃土纪念更好。这棵青檀，就栽到土地庙院吧。"

如今，黎阳土地庙院里那棵青檀，仍枝繁叶茂，苍翠擎天，主干有三四搂粗。

原载《传奇·传记文学选刊》2024 年第 3 期

哥哥的单车

刘向阳

开始上陡坡，哥哥的背部湿透了，我赶紧跳下车，说："哥哥，我帮你推！"哥哥瞅我一眼，抬腿潇洒地下车，简直帅呆了。

我殷勤备至，凑上前去给哥哥擦汗，央求着骑一骑。"我不会骑单车，同学们都笑我，你就让我试试吧。"已到坡顶，离家愈来愈近，哥哥就默许了。

我像打了鸡血般亢奋，攥紧龙头，迫不及待地跨过车身，弯腰奋力蹬车。可是，无论我怎么使劲，始终提不起速度，回头一看，只见哥哥骑跨而坐，垂着两条腿替我保驾护航，焉能快起来？

我灵机一动，一惊一乍道："哥哥，西瓜滚地上碎了！"

哥哥果然中计，下车左右张望，问："在哪里？"我哈哈大笑，两脚发力，单车加速向前，就把哥哥远远地甩在后面。

哥哥很生气，边追边喊："宝生，你慢点骑，注意安全，要下坡了……"

迎着凉爽的夏风，蓝天白云，秧苗青青，小鸟飞掠上空，风光无限美好，我感到好惬意，正要大声呐喊，突然从旁边支路上晃出来一位银发老人。我惊慌失措，双手紧扳龙头急刹车……"完啦，出事啦，哎哟，哎哟——"我吓得尖声大叫，连人带车摔在地上，西瓜骨碌碌地滚下沟渠……睁开双眼时，我发现自己躺在路边草地上，裤子破了洞，膝盖出了血，浑身疼痛。单车也坏了，哥哥鼓捣半天不能骑，就催我："宝生，你还愣着干吗？快走啊。"

"人呢？"我问哥哥。"什么人啊？你是脑子摔坏了吧，快走啊，到街上修车去！"哥哥说完推车就走，风风火火。我顾不得疼痛，赶紧爬起来，一拐一扭地跟上去。"哥哥，分明有个爷爷，可能撞着了……"我有些害怕，两股战战。"没看到啊……下午两点半，我要考试呢，耽误不得！"哥哥催促道。

哥哥高考落榜后还想复读再战，无奈家里供不起，不得不放弃上大学的念头。他在水泥厂矿山车间做临时工，装卸搬运土石，每天忙得像陀螺。厂子距家十多里，哥哥每天步行上下班，奋斗半年买了这辆车，平素把它当宝贝，我摸一下都不行。

恰逢包装车间招合同工，哥哥有高中文化，干活吃得苦，深得领导赏识，领导就给了他一个名额。早些日子，哥哥已通过面试，只要笔试合格，就能成为一名正式工人了。全家人都替他高兴呢。

正是中午时候，温度特高，路上无车辆行人。我怯怯地扯着哥哥衣角："哥哥，要是有人看见……""啰里啰唆，都怪你……闭嘴！"哥哥样子很凶恶，吓得我不敢吭声了。

下了长坡，转过一道弯，哥哥的步子越来越慢了。好几次，哥哥停滞不前，最后像是下定了决心，说："宝生，咱们回去看看！"我嘴唇干裂，膝盖好痛，实在走不动了，亦勉强跟随。

到了出事地点，那阵势可不得了，来了许多村民，把银发老人围在中间，叽叽喳喳地议论纷纷："老韩，你怎么掉沟里了？摔着了吗？""看你满脸血污，是不是车子撞的……""车子呢？"……

老韩打了个嗝，不停地哼哼唧唧，突然坐直身子，瞪圆了眼睛，指着我说："是他，就是他……"

众人一股脑散开，把我和哥哥团团围住，一个壮汉还抢走了单车。

"看他还是个小学生啊，怎么……"

"这叫肇事逃逸，是要负全部责任的！"

"走，到医院检查看看，住下来再说。"

"旁边的是哥哥吧，为什么不管呢？"

……

我哪见过这场面，吓得眼泪哗哗流。哥哥护住我，挺身而出："对不起，是我撞的，我负责……"

老韩被扶上单车，壮汉推着他前行，我和哥哥像犯人一样被押着，一行人浩浩荡荡地向医院走去。

我肠子都悔青了，如果没来姐姐家多好啊。早稻成熟了，一家人齐上阵收割稻子，接着插晚稻秧苗。父亲和哥哥是主力，我和母亲当帮手，两天内忙完"双抢"。像往年一样，我和哥哥马不停蹄奔赴姐姐家——她家有十多亩水田，"双抢"如打仗，盼望我们支援。哥哥载着我到了姐姐家，姐姐姐夫求之不得，领着我和哥哥、两个外甥，起早贪黑，抢收稻谷，赶插晚秧，连续干了好几天。昨晚，家里托人捎来口讯，让哥哥务必准时参加今天的笔试，这可要决定哥哥的前程呢。清早，姐姐在单车后座捆了两个西瓜，我跳上车，挥手道别。孰料乐极生悲，中途遭遇车祸，把老韩送进了医院……

黄昏，我和哥哥到家。"宝国，你错过了考试，哎……"父亲铁青着脸。"单车呢？"母亲问。哥哥低头无语。我好愧疚，饭后就睡了。母亲发现了我膝盖的伤痕，追问发生了什么，我竹筒倒豆子般讲出实情。父亲半天没吭声，然后喃喃自语："天意啊。"

次日，哥哥步行去水泥厂上班，仿佛什么也没发生。下午，人事科科长把哥哥叫到了办公室。原来，医院那边打电话到厂部，说陈宝国没撞人，是老韩喝醉了酒，自个儿摔伤的，单车可以取走了。真相大白，厂里破例让哥哥补考，招录他为合同工，后来还转了正。有一位姑娘爱上哥哥，他们结婚生子，日子过得甜蜜又幸福。

哥哥在水泥厂干到退休，那辆单车留给了我。

原载《小溪流·少年号》2024年第7—8期

姑 妈

卢 群

姑妈的丁字屋，前面是厨房和客厅，能容四五人吃饭；后面是卧室和库房，摆着睡柜、衣柜和梳妆台。睡柜由杂木做成，上面是床铺，里面是粮仓，旁边是踏板。踏板的前面，排列着衣柜和梳妆台。衣柜有两层，上面放衣物，下面放棉被。梳妆台也有两层，上面是洗漱用品，下面是脸盆脚盆。踏板上有只柜子，摆放在姑妈睡觉的这一头。掀开柜子的盖板，里面是马桶。合上盖板，可以当凳子。

从记事时起，姑妈就病歪歪的，白天也大多躺床上。不过，躺在床上的姑妈，手却没闲着，我们的衣服和鞋子，大多是她做的。

我有三个姑姑，另两位我们喊嬢嬢，享有姑妈称呼的，全村子只一个。这就奇了，同样是父亲的姐妹，为啥叫法两样？奶奶说：你姑妈没嫁人，你们就是她的孩子。姑妈就是妈，你们要孝敬哦。

华子为啥不叫姑妈？（华子是二叔家的孩子。）

姑妈有你们就够了，多了照应不过来，奶奶笑道。

奶奶说得对，姑妈是五保户，每年有四百斤口粮。我们家劳力少，只能吃基本口粮。基本口粮只有三百斤，哪里够呢？因此姑妈的口粮，一半进了我们口中。也许是这个原因吧，奶奶对姑妈特别好，每天都要到她家坐一会，而陪同"出访"的，是我们！

我们一般是晚饭后"出访"，此时姑妈已躺到床上。我们推开虚掩的门，径直来到她床边。踏板上的柜子是奶奶的专座，我们的座位，通常在姑妈的床上。

一上床，我们准能在姑妈的枕边找到吃的。无疑，那是姑妈为我们准备的。我们一边吃着香喷喷的零嘴，一边听奶奶和姑妈唠嗑。从进门到离开，两人话语不断，真不知道哪来那么多话儿。

奶奶的六个孩子中，只有父亲是公家人，大家庭里的许多事情，都是父亲拿主意。父亲在县政府工作，周末才能回来。每次回来，父亲都要去看看姑妈。去时不空手，或药品或补品或日用品，都是姑妈需要的。每到这天，姑妈会把自己收拾得清清爽爽的，人也比平时精神许多。

父亲一到，姑妈就忙起来。不一会儿，一碗热气腾腾的面条，就端到父亲面前。父亲每月有三十斤粮票，因为补贴家里，常常处于饥饿状态。姑妈心知肚明，只要父亲来访，总要给他开小灶。

1965年秋，奶奶的生命走到了尽头。临走前，奶奶拉着爸妈的手再三叮嘱，一定要照顾好姑妈。姑妈听了失声大哭，撕心裂肺地哭。这是十岁的我，听到的最悲痛的声音。

此后，我们依然每晚都要到姑妈家坐坐，妈妈领着去的。父亲也像过去一样，每次回家都要去看看姑妈，吃一碗姑妈下的面条。这期间，父亲同母亲商量，等有能力了，给姑妈盖一间大些的房子。可是谁能料到，父亲也有失信的时候！1970年春，父亲也走了！父亲才四十岁啊，他的五个孩子，最小的才六岁！

那几天，我们像掉了魂似的，只知道哭哭哭。后来还是叔叔和舅舅出面，才把丧事办妥。姑妈呢，状态比我们还要差，从父亲咽气时起，就一直守在旁边，一直泪流不止。最后还是母亲出面，才把她劝住。

父亲一死，姑妈就急速地衰弱下去，吃什么药都不管用，半年后，就同奶奶和父亲会合去了。

安葬姑妈前，母亲跟我们商量，要把姑妈葬在父亲旁边。这是啥意思？没出嫁的姑娘，应该葬在父母身边啊！

母亲叹了口气说：有些事，该告诉你们了。随即，我们便听到了一个天方夜谭般的故事。

五十年前的一个夜晚，爷爷劳作回来，隐隐听到婴儿的哭声，近前一看，是个女孩。爷爷把女孩抱回家，取名喜凤。十年后，奶奶生下了父亲，爷爷同奶奶商量，想把喜凤许配给父亲。那时，喜凤已经很能干了，几个弟弟妹妹，都是她帮忙带大的。十五岁时，父亲参加了新四军，跟随部队南征北战。这期间，爷爷提起过她和父亲的婚事，喜凤没同意。喜凤说：我比他大十岁，不妥。再说，他出去这么久，或许已有了意中人。

喜凤说得对，父亲参军时是一人，回来探亲时是两人。母亲是父亲的战友，也是救命恩人。西南剿匪中，父亲受了重伤，是母亲把他背回来的。

奶奶很愧疚，到处托人，要帮喜凤找个好婆家。喜凤说：妈，这辈子我哪也不去，就守着您！后来，二叔三叔相继成亲，喜凤见家里住房紧张，坚持要搬出去住。这时，喜凤的身体已出了问题。奶奶担心住远了不好照应，就在自家旁边，给她盖了间小屋。我们出生后，奶奶就让我们喊她姑妈，要我们一辈子孝敬她。

姑妈的故事，深深地震撼了我们。怪不得奶奶对姑妈这么好，怪不得姑妈对我们这么亲，原来是这样啊！妈，妈……

没等母亲说完，我们就齐刷刷地跪到姑妈灵前，哽咽着喊起"妈妈"来。

原载《金山》2024 年第 2 期

海岛茉莉

江志强

岛，孤零零地悬在大海深处。驻扎岛上的只有八个兵。班长兼炊事员老黄年龄最大，兵龄最长。

给养船半个月来岛一次，送来米面粮油、书报杂志，还有兵们的信。北归之时，给养船就把兵们写的信捎走，靠港后寄向祖国各地。每当此时，兵们总是齐刷刷站成一排，朝着给养船的航向敬礼。

平日里，兵们也像在陆地上一样，出操、训练、读报、唱歌、唠嗑、巡逻，剩下的时间都用来写信。每次寄出的信都厚厚的、鼓鼓的。单薄的信封，似乎载不动笔尖下流淌的河。

对这八个兵，基地首长格外牵挂，数次捎话过来："岛上还缺啥？尽管提！"于是，班务会上，老黄组织大家讨论："咱岛上还缺啥？"

两名新兵压低声音说："缺网……"

老黄笑了："没网，也要守岛。没网，也能活着。"

继续想。一个老兵嘴里蹦出一个字："土。"

"土"字说到了每个兵的心坎上，大家不约而同地点头。

只是，兵们没向首长提出来。部队运力有限，若非紧急情况，甭给首长添麻烦。

一个冬日的上午，老黄搭乘给养船离岛探亲。归队时，他的行囊里装着一包土，足足二十斤。

老黄在值班室的地上铺开几张旧报纸，小心翼翼地把土摊开："正宗的东北黑土！"

兵们围着黑色的土，长时间盯着没抬眼。他们把手伸向了土，轻轻地揉搓着，眼里溢出明亮的光。

接下来，副班长小吕探亲归队时，同样带回二十斤土。小吕的老家在华北平原，他带来的土呈褐黄色，是那种可以种植小麦、玉米和大豆的土。

一年下来，兵们相继探亲归队时，都把家乡的土带到岛上。这下，岛上的土丰富起来——东北的黑土，华北的褐土，云贵高原的砖红土，黄土高原的黑垆土……

这么多不同的土，如何存放？老黄的意思是"融在一块儿"。小吕不同意："土与土的品质不一样，搅和到一块儿，怕是不行。"

老黄乐了："刚上岛那阵子，兵与兵的品质不一样，习性也不一样。现在呢，统统融到一块儿了。"于是，不同颜色的土，被兵们融在了一起。

又一个春天来了。老黄决定，在土里栽一朵花。

送给养的战友很给力，给岛上送来一小包茉莉花种，还有一个精致的花盆。花盆呈长方形，外壁雕着一幅国画，空白处有四个遒劲的字——"江山多娇"。

兵们高兴坏了，围着花盆看个没完。

"先别急着高兴。"送给养的战士说，"首长说了，要是能把茉莉花养活，嘉奖你们！"

原来，这个花盆是基地首长特意送的。首长听说了兵们和土的故事。只是，首长有些担心，茉莉属娇贵花种，在岛上能否存活是个未知数……

六个月之后，首长上岛视察工作，看到那盆茉莉正蓬勃绽放。端详兵们的脸，首长眼里写满敬重："同志们辛苦了！"

首长感慨道："这土，和别的土不一样。这样的中国土融合在一起，有力气！"听着首长的话，兵们被海风吹得皲裂的脸上荡漾着春天。

"这岛，有我们守着，请祖国放心！"老黄带领大家向首长敬礼。

这个故事，是我的二舅、故事里的班长老黄讲给我听的。二舅从军十三年，守过六座大大小小的岛。最让二舅得意的是，他和战友们居然在恶劣的环境中养活一株茉莉。

二舅对我说，自他退役后，那座大海深处的小岛上已经换了六茬兵。只要回乡探亲，兵们总会把一包家乡的土带到岛上，不仅用融在一块儿的土种植茉莉，还种菜、种树。

二舅退役时，行囊里有五枚军功章，还有一个烟盒般大小的木盒子，里面装着来自岛上的"中国土"。

那晚，倾听二舅的回忆，我似乎听到茫茫大海上传来的涛声。那株茉莉似一把火炬，闪动在我的眼前，把黑乎乎的夜，照得亮堂堂的。

原载《山西老年》2024 年第 4 期

红布袋儿

赵勤华

  德爷在村里说话最有分量。这天下午，德爷正在地边溜达，接到一个电话。挂断后，德爷神色凝重，看到二牛正在菜地里忙，便喊住他，说："你留根叔在工地突发心梗，拉到医院，人没救过来走了……我得给他主持一下后事。你赶紧去给留根准备遗像，我去安排其他活儿。"

  二牛听到这消息，一下子难以相信。二牛和留根在同一个工地上打工，这几天二牛家庄稼生虫，他在家给地打药，这才没去工地。早上留根出工前，还把钥匙交给二牛，要他中午去家里帮忙喂鸭子呢。

  二牛对德爷说："我去留根叔家里翻翻。"接着，他来到留根家，找了半天，没找到一张相片，倒是找到了留根的身份证。他把身份证揣在身上，去乡里照相馆，让他们想办法，用上面的照片当遗像。

  下午时分，一切就绪。

  虽是丧事，但没人哭。留根是个年过半百的老光棍儿，没其他亲戚朋友了。

  只有一个人，看上去很伤心，她就是村西头的寡妇，大荷。

  大荷从小腿瘸，嫁过来第三年男人得病走了，没留下孩子。如今，她已守寡二十七年。大荷与留根平辈，年龄相仿。村里有人嚼舌根子，说他俩在搞黄昏恋，可他俩也没认过。

  村里几个女人来烧纸，大荷跟着进了院子，她看到遗像，愣住了低下头，眼泪吧嗒吧嗒直往下掉。大荷擦擦眼泪，探头向屋里看了看，想对德爷说什么话，但欲言又止，最后什么都没说。

  隔天傍晚，德爷吃完饭刚要出门，大荷迈进了院子。

  德爷磕磕烟袋锅子，示意大荷进屋："你那天好像有话说，我正想找你问问呢。"

大荷坐下，开口道："村里人说我和留根在搞对象，您信吗？"

德爷回答："我信。留根要是不走，我等着喝你们的喜酒呢。"

大荷说："德爷，不怕您笑话，我们已好了俩月。留根去世前一天晚上来找我，商量五一把我们的事办了。他从腰包里拿出个红布袋儿，说里面有六千元钱，是他攒的。那个布袋儿是我给他绣的。我想再给他几千元钱，他死活不要，说工地有活儿干，等干完发了工钱，到时候就请大伙喝喜酒。虽是半路夫妻，咱也不能让别人看笑话。"

德爷说："也就是说，留根发病前一晚，腰包里有六千元钱？"

大荷道："对，当时他把布袋儿放回他的腰包，我看见腰包里有他身份证呢。他被送去医院抢救时，是工友帮他垫的钱，说明留根身上没钱，腰包在家里。而且……是二牛找到了他的身份证，去修的照片，可二牛没提起腰包里有六千元钱。"

德爷一愣："你的意思是……二牛把那六千元钱拿走了？"

大荷没点头，也没摇头。她定定地看着德爷："我可不敢乱说。"

德爷吸了一口旱烟，对大荷说道："你先回，我老头子想想办法。"

大荷走后，德爷把一杆子旱烟都吸完了。他想起来，办丧事时，二牛给了他一串钥匙，是留根拜托二牛那天中午开门喂鸭子用的，现在留根人走了，钥匙就给德爷保管了。

德爷拿上钥匙，来到留根家。在床头柜下的抽屉里，他找到了那个腰包。除了二牛弄完遗像放回去的身份证、百十元零钱，旁边有个红布袋儿，里面就啥也没有了。德爷想了想，捡起红布袋儿，装进兜里。

月底，德爷拿着烟袋锅子来到二牛家。二牛急忙搬来椅子，问德爷什么事。

德爷说："快五一了，本来村里有桩喜事，现在办不成了。"

二牛好奇地问："谁家的？"

德爷说："大荷和留根。他俩曾一块儿来找过我，说要在过节时请大家吃喜糖，喝喜酒。"

二牛脸色有些不自然，说："他俩真在搞对象？可惜了……"

德爷说："是啊，可惜了。大荷是个好女人，风里来，雨里去，一个人愣是攒了一笔钱。那天，她当着我的面，拿出整整六千元钱给留根，说是办喜事用。"

二牛听后，只"哦"了一声。

德爷磕了磕烟斗，说："留根没要那个钱，他说一个大老爷们，花一个残疾女人的钱，怎么好意思？大荷说，都是一家人，这钱又不是从谁家偷的，有啥丢人？"

二牛光顾着点头，还是没说话。

德爷从兜里掏出个牛皮纸信封，递过去："县里工地今天刚发了上个月的奖金，村里人让我带给你。"

二牛面带诧异地接过信封，放到了桌上。

德爷说："奖金带到，我回去了。"德爷走到门口，又回头说："大荷塞给留根的六千元钱，是用一个红布袋儿装的，我亲眼见着的。"

等德爷一走，二牛急忙回屋，打开牛皮纸信封，里面哪有什么奖金？只有一个红布袋儿，是空的。二牛看着空的红布袋儿，脸上露出了羞愧的神色。

德爷前脚刚到家，二牛后脚就跟上来了。二牛一进屋，就递上那个红布袋儿。他红着脸说："德爷，留根叔之前跟我说过几次，他无儿无女，等老了就去养老院。我那天看见那些钱，想着钱没人能继承，就鬼使神差……我真不知道那是残疾寡妇的钱。"

德爷接过红布袋儿，里面沉甸甸的，是二牛刚刚放进去的六千元钱。德爷笑眯眯地说："我一会儿就给大荷送过去。"

看二牛还是忧心忡忡，德爷继续说："这事儿不会有第三个人知道。我告诉大荷，这钱是我在留根的腰包里找到的。二牛讲义气，办遗照时只拿了身份证，没拿钱！"

二牛愣了半晌，重重地点点头说："行！"

原载《故事会》2024 年 4 月上半月刊

画　像

肖曙光

　　巡道工老方的追悼会上需要一张遗像，因为老方生前不爱照相，一时间找不到一张合适的照片，工务段就请来一位画家帮忙，想给老方画一张遗像。

　　画家拿着工务段从档案中找来的一些旧资料照片，替老方画了一张像。画像上的老方双目圆睁，炯炯有神的眼里透着一份执着和刚毅，天庭饱满，下巴圆润，一看就颇有点英雄气概。为了让画像更贴近本人，画家拿着这张画像去给村民们看，想听听大家的意见。

　　老方本就是这个村里的，当初铁路通到村里，工务段就地招工，他才进了工务段。他从村头搬到了村尾铁路边的小屋，就成了"公家人"，让村民羡慕不已。

　　村里人看了画像，都摇头，说："不像！不像！"

　　"哪里不像？"画家问道。

　　"眼睛。"村民王群说，"他的眼睛总是眯缝着，我们笑话他是'一线天'呢。"

　　画家拿出旧照片，说："他年轻时眼睛明明不小啊，咋会变成眯缝眼了？"画家很是不解。

　　"他天天盯着铁轨，晚上光线又不好，那眼睛能不有变化？就像我那孩子，整天看书，眼睛都近视了。"一位村民这样解释。

　　确实，白天火车运务繁忙，老方通常是晚上才开始工作，他几乎每天都是天快黑了才出门，提着信号灯在10公里长的铁路上巡查，检查轨道上的夹板、螺栓、螺母和卡丝等零件有没有松动或丢失的情况，经常走一个来回就是整个晚上。总是要到曙色微露时，他才顶着一头露水，拖着疲惫的身子回到小屋，一关上门，一会儿就能从屋里传来响亮的鼾声。村里人已经习惯了夜晚那盏移动的信号灯，从村口往铁路上看，那灯光在黑魆魆的夜里，总是显得格外孤独而倔强。他们知道，那是老方提着信号灯在铁路上巡查。老方正低着头、弯着腰，手拿铁锤轻轻敲打着铁轨，清脆的声音响彻寂静的夜晚。如果灯光停下来，一定是老方发现了问题。昏暗的灯光下，他或蹲着，或跪着，或撅着腚正在维修加固呢。偶有火车经过，老方便站在轨道旁边，举起信号灯朝火车轻轻晃动，告诉火车可以安全通行。"呜——"一声汽笛长鸣，那是火车对他的回应，老方便像受到褒奖的孩子，露出舒心的笑容。

"眯起眼睛是为了发现零件上的细小问题，特别是在漆黑的夜里——这话是老方自己说的。"又有一位村民补充道。

想到老方就这样一年又一年"日落而出，日出而息"，工作这么多年，从未出过差错，画家觉得老方习惯眯着眼睛，好像也有点道理。

于是画家重新修改了画像，又问："像不像？"

村民们却还说："不像。"

画家正疑惑时，村民刘大力说："额头。"他指着画像说："老方的额头上有一道疤痕。"

"是的。小孩子喊他赖疤叔。"几个村民证实道。

"疤痕怎么来的？"画家问。

刘大力沉默了。另一个人搡了他一把："还不是拜你所赐。"

刘大力脸红了。那几年大家日子过得苦，眼红老方的铁饭碗，大家都觉得拿铁锤敲一敲铁轨，谁不会呀？按规定人和牲畜不能进铁路边的围栏，但村民有时就是故意撕开围栏把牲畜赶进去。老方左阻右劝，没人理他。他只好自己去赶牲畜，经常赶走一群，又进来一群，累得他气喘吁吁。有一年，刘大力家的羊群进了围栏后，又跑到铁路上，一列火车正开过来。老方刚好看到，他拼命赶羊，但还是有一只羊，被火车巨大的轰鸣声吓傻了，站在铁轨上不动。老方猛扑过去，就在火车飞驰而过的一刹那，他抱着羊滚到路边，结果额头撞在一块石头上，血流如注。

"我对不住老方。"刘大力红着眼睛说，"差点酿成大错。"

画家苦笑一下，再次修改画像。

"这回像了吗？"

村民们端详着画像。左瞧瞧右看看，有的说像，有的说不像。就在莫衷一是时，一个村民高声说："下巴不像。"

"对，他的下巴是尖的，刀削了一般。"村民说。

"他以前的照片上好像是圆圆的下巴啊，而且圆润饱满的下巴才会好看呢。"画家说。

"他以前是胖，但自从做了巡道工，天天忙得脚跟打后背，早就累成尖下巴了。"又有村民说，"我们这里是山区，暴雨容易引发山洪，冲毁铁路。遇上下大雨的日子，老方更得冒雨去巡查线路，每次见他回来都浑身湿个精透，像刚从水里捞出来一样。"

刘大力接过话茬："是啊，还记得那场大雨吗？他不仅保护了铁路，还帮了我们。"

大家当然记得。那场雨下得像水库开了闸。半夜里，老方撞撞跌跌地来敲响村里人的门，让大家赶快转移，说发生了泥石流，洪水裹挟着泥沙、石块正向村里冲来。

"那回老方帮我们脱了险，但这回他却在泥石流里没了。"刘大力的话让众人眼眶湿润了。就在前几天，又一场大雨引发了泥石流，巡查铁路回来的老方，在通知村民转移的途中遇难了。

画家叹息着再次修改画像。他说："老方原来是这个样子。不过画像上看着有点丑了，没有原来那么俊朗。"

大家点头说："嗯，但这才是我们心中的老方。"

原载《羊城晚报》2024 年 1 月 31 日

卖 枪

袁作军

1937年隆冬，江汉平原没有下雪，但风雨飘摇，寒冷异常。

这天，丁村财主丁老爷听到小道消息，忙找来余管家。原来，丁老爷广有田产，家资万贯，时常被一些混混和毛贼偷盗、袭扰。他总想搞一件称手的大杀器以壮声威。这不，丁家的一个佃户从野外巡田回来，向丁老爷透露消息说，有人要卖枪，在土地庙等。丁老爷不便自己出面，赶紧拿了二百大洋，让余管家前往交涉。余管家鬼精鬼精的，另外他的拳脚功夫也十分了得，不怕有人用强使诈。

余管家赶到村外的土地庙廊檐里，看到一个疲惫不堪的人，他乜斜着三角眼，说："丁老爷派我来的。是你要卖枪吗？"

对方"嗯"了一声，打开了破布包裹，把步枪拿给余管家看，说："一百大洋。"

余管家说："又不是金银做的，这么贵？"他料定这人是个逃兵，枪的来路不正，就想狠狠地杀价。

这人叫老王，确实是南京保卫战中打散溃退下来的。一路上他躲躲藏藏，向着家乡江汉平原方向奔逃。眼看快到家了，这不能吃不能喝的枪弹，留着终究是个祸害，他便想尽快脱手。

余管家看出了老王的心思，三角眼一骨碌，说："兵爷，我在乡公所保安队混过几年，对枪的行情是略知一二的。一杆崭新的汉阳造，才八十块大洋。你这枪，都磨破皮了。"

老王说："你可看清楚了，我这是美国货，春田步枪，跟汉阳造、中正式比，好到天上去了。新枪少不得值两百大洋。我还另外奉送一百发子弹呢。"

余管家想，你一个逃兵，我就是明摆着要杀价，你能奈我何？于是说："五十块钱。你同意，咱们就成交，不同意，买卖不成仁义在。"

老王想了想，似乎下了很大的决心说："五十就五十吧。"然后他开始验枪，再压进去两颗子弹，朝天就是砰砰两枪。枪没问题，子弹也点了数，可以交割了。但老余没打算掏钱，他说："我刚才听你放枪，声音不怎么纯粹，怕是里面的零部件生锈了吧？"

老王定定地看了老余好一会，才说："刚才不是验过枪了吗？……这样吧，我再拆散给你看看，行吧？"

老王嚓嚓嚓，三下五除二就把步枪拆得零零落落了，说："你看好了，零件都锃光瓦亮的没错吧？"

余管家执拗地说："反正，那枪声，不太正常。"说完艰难地从棉袍口袋里，摸出四十四块大洋，说："就这么多了。"

老王没再作声，重新组装好步枪。

双方钱货两清，然后一拍两散。

余管家心中暗喜，丁老爷开的底价是一百大洋，四十四就把枪买到手了，多的钱是不是应该归我？

余管家带枪回到丁家大院，兴冲冲地说："老爷，真的是好枪，美国货。"说着，他就动手装弹，要打给丁老爷看。他把枪口对准了院外树枝上的喜鹊，扣动了扳机。但枪没响！

余管家检查枪支，发现居然没有撞针。撞针是一个香烟长短的小铁棒，是击发子弹最关键的零件。没有撞针的枪，跟烧火棍就没有什么区别了。余管家额上沁出了冷汗，只好把准备私吞的钱拿出来，吞吞吐吐说："老爷，我，我，我为您节约了一大笔钱呢。这枪只花了四十四块大洋。"

丁老爷气得跺脚："四十四块大洋就买根烧火棍？这钱要从你薪资里面扣！"丁老爷性格暴烈，向来说一不二。惨哪，老余一年的薪资也不过五十块大洋。

这个跟头栽得太大了。余管家仔细回顾买枪的过程，是不是老王拆枪的时候动了手脚？想到此处，老余拍拍脑袋骂自己："任你精似鬼，喝了别人的洗脚水！"

余管家多精呀，这笔损失得找回来。经过十多天的明察暗访，老余终于在十多里外的温村，堵在了老王的大门，说："兵油子不地道哇。"

老王一愣，明白是买枪的余管家找后账来了，就说："啥事？""交出撞针，什么都好说，否则……"余管家双拳暗暗使劲，捏了起来。看来他要动粗。

老王看看一脸疑惑的父母妻儿，说："我们到村外去说。"

来到村外树林边，老王说："这枪我报价一百块钱。你只愿意给四十四块，当然就只能买个枪身。"

余管家说："你也太黑了吧？"

老王冷笑说："咱俩彼此彼此。你给我补齐一百块大洋，撞针就给你。"

余管家怒喝一声："我给你个锤子！"冷不丁双手一前一后抓向老王的面门。这是少林功夫——弹抓，既快又狠，弄不好，撕破面皮，抠瞎双眼。余管家想要武力制服老王，取得撞针。

殊不知，老王身材不起眼，可他在部队是侦察兵，反应敏捷，动作刚劲。他一个转身，躲过了老余的弹抓，接着一招神龙摆尾，踢在对方的腰间，余管家摔倒在地。电光石火之间，老王反扑上去，掐住了余管家的咽喉，好半天才松手，说："我跟你没啥深仇大恨。我不杀你。你走吧。"

余管家坐在地上，喘匀了气，才说："你还是弄死我吧。你不弄死我，我们全家也得饿死。我一年才挣五十个大洋，丁老爷就要我赔买枪的四十四个大洋……"

老王说："你怎么不好好说？走，我们去见丁老爷。"

老王跟着余管家见到丁老爷，拿出四十四块大洋，换回了那根"烧火棍"，说："这下不扣余管家的薪资了吧？"

丁老爷说："不扣了，不扣了。"

老王说："你还要不要买枪？我给你整一支好枪。"

丁老爷说："买，当然要买，但要打得响哟。"

老王当场变起了戏法。他手指一按枪托底部铜钱大小的弹簧铁片，就从附品筒里取出了撞针，咔嚓咔嚓，三下五除二就装上了，再往弹仓里按进去一粒子弹，向着门外砰的就是一枪，然后递给丁老爷说："春田步枪，一百大洋。"

原载《故事会》2024 年 2 月下半月刊

一株野草的春天

严新财

命运总是喜欢和人开玩笑，比如蒂莫西。他从小就有特别高远的志向，如果做不了伟大的人，也一定要做一个非常有钱的人。可他出身的家庭贫穷得让人无法想象，普通穷人家是家徒四壁，蒂莫西的家连"四壁"也没有，他们很多时候是睡桥洞和大街的，他的父亲就是为了躲避巨额债务从爱尔兰逃到北美的。

蒂莫西不光是家里穷，他也特别笨。老蒂莫西看着儿子总是摇头叹气：穷可以怪我，但笨不是我们遗传的吧。因为老蒂莫西认为自己精明过人，只是时运不济罢了。

那蒂莫西究竟有多笨呢？他7岁那年一个大善人送他去上学，结果一年下来，竟然连26个字母也没学会，学校认为他笨得出奇，居然拒绝他继续入学。

蒂莫西8岁就辍学了，老蒂莫西就把他送到一个皮革作坊去当学徒。老蒂莫西是这样盘算的，既让儿子有口饭吃，不至于饿死，又可以有个稳定的居所，还能学门手艺以便将来安身立命。

皮革作坊的老板很喜欢蒂莫西，因为他能一整天坐着看师傅干活，目不转睛，一动不动。他的专一让老板欣喜不已，以前皮革作坊的徒弟像流水一样不停地换人，现在好了，蒂莫西一来就死心塌地干了八年。皮革老板实在有些过意不去，在蒂莫西16岁那年给他做了一件皮袄，取名为"自由袄"，意思是蒂莫西可以出师了，并且给了他8英镑，算是工钱。

蒂莫西怀揣8英镑和发家致富的梦想满心欢喜地开始到大城市闯世界，他精湛的皮革手艺并没有给他带来什么好工作，他只能给达官贵人清洗皮衣和擦擦皮鞋。

由于他干活不惜力气，不偷工减料，态度好得让人不忍拒绝，所以找他做事的人还是有的，其中就有一个富得流油的寡妇伊丽莎白。

　　别看伊丽莎白其貌不扬，年纪也是徐娘半老，可追求她的人却门庭若市。伊丽莎白也明白，那些有钱人家接近她明显是为了他们的财产能立马翻几番，小白脸追求她是为了走致富捷径，少奋斗几十年。只有这个傻傻的蒂莫西是真的喜欢她，因为他笨到家了，还不会耍心眼，或者说他就是缺心眼。如果说一个缺心眼的人跟她耍心眼，那只能说这是上帝的刻意安排。伊丽莎白与蒂莫西交往几年之后终于接过了蒂莫西抛来的绣球，21 岁的蒂莫西一下子迈进了富人区，成了巨富的家人——他成为有钱人的梦想就这样变成了现实。

　　蒂莫西的一夜暴富让邻居们羡慕嫉妒恨，嫉妒恨的那部分人以有这样粗鄙的邻居为耻，鲜艳的玫瑰是无法容忍无名野草在自己身边摇曳舞姿的，他们要把这个文盲邻居挤出自己所居住的富人区。

　　嫉妒是一股邪恶的火，它能烧坏人的心智。几个嫉妒蒂莫西的富人一番商讨之后，派一个叫汤姆的大亨来到蒂莫西的家，汤姆几番恭维吹捧之后，就建议蒂莫西大量购买美国独立战争中发行的大陆币，说这既是爱国的壮举，又是发财的大好时机。蒂莫西笨到听不出邻居肉麻的吹捧中暗藏阴险，他真的用自家金币大量购进大陆币。那帮富人压根不相信华盛顿领导的大陆民兵有能力打败强大到号称"日不落帝国"的大英帝国，他们诱使蒂莫西购买大陆币的目的就是想使他不久之后就变得一文不名，再次从富翁变成乞丐。

　　但美国居然打败了英国赢得独立，蒂莫西的大陆币一下子成了抢手货，市值翻了好几倍，蒂莫西竟然成了亿万富翁。

　　汤姆等人没想到弄巧成拙，很不甘心，就再次使出阴招，怂恿蒂莫西把煤运到纽卡斯尔去卖，说这是美国独立后最好的一次发财机会，如果蒂莫西这样做了，他就能成美国首富。蒂莫西哪里禁得住这样的迷魂药，于是倾其所有购买大量煤炭到纽卡斯尔。那些讨厌蒂莫西的邻居欣喜若狂，蒂莫西这次一定在劫难逃了，纽卡斯尔本身就是美国的煤炭产地，遍地是煤，蒂莫西把煤炭运到那里去卖，无疑就是自讨苦吃，自寻倒霉，自掘坟墓。

　　然而，蒂莫西的凯旋却让那些邻居惊掉了下巴：蒂莫西又赚得钵满盆满。蒂莫西的几船煤炭抵达纽卡斯尔的时候，正巧赶上纽卡斯尔煤炭工人大罢工，那些前来买煤炭的老板急得团团转，蒂莫西简直就成了他们的救星。蒂莫西就这样真的成了美国首富。

　　几个不怀好意的邻居痛心疾首，捶胸顿足，他们做梦也没想到，蒂莫西这株野草，居然能逆势茁壮。邻居们还想继续出更狠的招数给蒂莫西挖坑，可他们心里却发怵了：我们挖的坑越大，他的财富就越多。于是有人就打起了退堂鼓。

　　他们的理由很简单：上帝既要让玫瑰绽放，也要给任何一株野草春天！

原载《小说快报》2024 年第 3 期

2024 年选系列封面绘图画家介绍

段正渠 1958 年生于河南偃师，1983 年毕业于广州美术学院油画系。现为首都师范大学美术学院教授与博士研究生导师，中国国家画院油画所研究员，中国美术家协会油画艺委会委员和中国油画学会理事。

《魏塔》 段正渠　100cm×180cm　纸本水彩、色粉　2018 年

段正渠画作短评

　　在段正渠建立他的个人语言和风格之初，表现性绘画承载了艺术自由的时代意义，他所选择的对象——陕北的风土人情，则与民族和文化主体的意识有关。现在，复杂多元的画面内容代替了这些具体的文化符码，也使题材的选择上具有了极大的包容度，日常的场景，任何人、动物、植物，没有意义指向的内容，都可以入画。画面的复杂度支撑了一种具有说服力的完整性，也破解了在题材上和精神上对整一性和宏大叙事的某种依赖。借此，创作获得了自主和独立，脱离了借由题材或风格的选取来获得意义的束缚。

——卢迎华《右卫——段正渠的新作》